庶女出頭天 3

風文創 111

七星盟主 著

風文創 111

目錄

六十章　吻

司徒錦幾乎是一夜無眠，翌日清晨不等緞兒過來叫她，便自己起床了。洗漱過後，她吃了半個饅頭，便放下碗筷，再也吃不下了。

「小姐，您昨晚沒睡好嗎，怎麼眼圈都黑了？」緞兒一向以主子為重心，時時刻刻注意著自家小姐的變化。今天司徒錦的神色在她眼裡極其不好。

司徒錦摸了摸臉，道：「真的有那麼糟糕嗎？」

緞兒點了點頭，不過立刻又笑著說道：「不過，小姐也不必擔心，緞兒會將小姐裝扮得漂漂亮亮的，絕對不會讓您在世子爺面前失禮的。」

聽緞兒取笑她，司徒錦又忍不住羞赧起來。

這丫頭，如今是越發的沒個正經了。跟著朱雀久了，居然也敢開起自己的玩笑，還真是近朱者赤近墨者黑啊！

經過緞兒的巧手，司徒錦的臉色果真好多了。看來，女為悅己者容，這話還真是一點也沒錯。即使小姐一向冷靜自持，在與未來姑爺見面之前，也很在意自己的形象。

緞兒替自家小姐綰好了髮髻，又插了一支蝴蝶形狀的步搖之後，這才滿意地笑了。「小姐要是裝扮起來，還真是個大美人呢！」

司徒錦摸了摸髮鬢，瞪了她一眼，也懶得跟一個小丫鬟計較。可一想到要與那個人見面，她忽然又變得躊躇不安起來。

出門之前，她一直以為不過是多一個人一起賞桃花而已，可真正到了這裡，她忽然發現似乎不如想像中那般簡單。

前世，她一直對太子仰慕有加，但又不敢表明自己的心跡，只盼著有一天他自個兒能發現。那少得可憐的感情經歷，在重活一世之後，更是沒有勇氣涉及。隱世子那樣的男子，是多少女子心中的良人，她憑什麼獲得他的青睞呢？

看著她猶豫不決的模樣，緞兒便知她又害羞了。於是不管司徒錦情願不情願，扶著她就往後山方向走去。

「快些放手……」司徒錦沒料到緞兒力氣還挺大，一時掙脫不開。

「小姐，世子已經等很久了，您就別再彆扭了。」緞兒一心想幫他們，自然不會讓司徒錦退縮。

好不容易踏出了一步，怎麼能前功盡棄呢？

不管司徒錦怎麼推脫，隱世子已經在她面前，就算她想要轉身離去，也已經晚了。

當看到她一身淺綠色衣裙，有些侷促地站在桃樹下時，龍隱的眼神忽然變得亮了起來。她總算是肯出來了！

看著他一步步靠近，司徒錦忽然失去了勇氣，整個人差點兒栽倒在地。

龍隱大驚，立刻飛身上前去攙扶她。「妳……有沒有事？」

司徒錦羞窘得不知道如何是好，只能勉強穩住身子，稍稍推開他。「我……我很好，多謝世子。」

「都說了沒人的時候妳可以直呼我的名字。」他張嘴提醒道。

無人的時候？難道緞兒離開了？司徒錦四顧之下，這才發現，這桃花林裡除了他們二人，再也不見別的人。如此一來，她心裡更加慌亂。

看著她又開始咬著下唇，他便知道她有些手足無措。「前面的桃花開得更加豔麗多姿，要不要去看？」

說著，他便上前一步，逕自朝著桃林深處而去。

沒有他在身邊，司徒錦的確輕鬆不少，於是緩慢跟了上去。她是來欣賞美景的，自然不能就此甘休，於是心下坦然不少。

兩個人一前一後朝桃林遠去，緞兒跟朱雀二人站在桃樹下，眼睛都要直了。

「小姐還是未能打開心扉，我看了都著急了。」朱雀手裡拿著一枝桃花，一臉著急地說道。

緞兒也為他們的事情擔心。

小姐從小到大都很活潑，但從馬背上摔下來之後，就變了個人，也不經常笑了，個性沈悶得像個小老太太，比起夫人還要沈穩。她不是不喜歡現在的小姐，只是原先主子的活潑可愛，她也懷念得緊。若是主子能夠敞開胸懷，不再為過去的種種而沈悶痛苦，那將是多麼美好的一件事。

尤其是現在，有世子這麼一個細心呵護小姐的男人，小姐應該感到高興才是。可能是以前傷透了心，所以小姐不太相信人了吧？唉，真希望世子可以讓小姐重拾笑顏，變回以前那個開朗愛笑的姑娘。

「都看不到影子了！朱雀，小姐有世子保護，咱們就別操心了，自個兒玩去吧！」想通了這一點，緞兒倒是安心不少。

朱雀覺得緞兒的話不無道理，於是兩個丫頭朝另一個方向去了。

一直跟著世子的影衛，此刻也被周圍的美景所吸引，沒有跟上去。世子早先也吩咐過了，不讓他們跟得太近，於是他們也就順從主子的心意，留在這一片樹林裡欣賞美景。

當司徒錦跟著龍隱一起登到最高點時，已經日上中天了。看著腳下那一片花海，司徒錦沈悶的心，也漸漸變得明朗起來。那漫山遍野的桃花，嬌媚地盛開著，淡淡的花香縈繞在身邊，這種美景的確賞心悅目。

看著她臉上鮮有的笑容，龍隱有些呆了。

「這裡果真是世外桃源，美得不可思議！」司徒錦讚嘆道。

「喜歡的話，以後每年都可以來這裡。」他看著她，眼裡滿是寵愛。只要是她喜歡的，他一定會儘量滿足她的心願。

聽到他低啞的嗓音，司徒錦這才反應過來，她身旁還有個人呢！於是她收斂自己過於外放的情緒，捏著手裡的帕子，不再輕易出聲。

龍隱也不是個多話的人，此刻兩個人都沈浸在花的世界裡，久久沒有出聲。但即使是這樣的靜默，兩個人卻都覺得很滿足。

「這裡……似乎長年不曾有人上來？」終於，司徒錦覺得自己太過小心翼翼了，主動開口問道。人家邀請她來賞花，她卻總是放不下身段，將他拒於千里之外，的確是有些過分了。

龍隱見她主動問話，心裡也逐漸開朗起來。「這裡地處偏僻，又刻意派了人把守，所以很少有人知道。」

司徒錦聽完這一番話，就更加好奇了。

「既然是荒郊野外，為何要派人把守？」這樣的美景，不應該讓世人共享嗎？

龍隱望著那優美的景致，眼神卻變得飄渺起來。這裡是他無意中發現的秘密基地，只有在這裡，他才可以忘記那些不愉快的事情，才能夠盡情發洩自己的情緒，不用整天冷著一張臉。

沐王府那個地方，並不能讓他感受到家的溫暖。

一直以來，沐王爺對他都不怎麼和顏悅色，總是嚴厲地培養他，一點兒都不像個慈愛的父親。而他那個母妃，將所有的心思都花在跟莫側妃那個女人的鬥爭上，與自己一向不大親近。至於其他人，根本就是狼子野心，他也沒將他們當成自己人。從小到大，他都用冷漠偽裝自己，以至於到最後，他就真的變成了涼薄之人。思及此，龍隱的神色又沈了幾分。

「你怎麼了，是不是我說錯了什麼？」司徒錦看到他臉上那落寞的神情，有些不忍地問道。

龍隱的目光總算從遠方收了回來，當對上司徒錦那關切的眼神時，他的心忽然一暖，連帶著那些日積月累的哀傷都一起消逝不見了。

「錦兒……」他艱澀地開口，卻充滿了感情。

見他直呼自己的閨名，司徒錦臉上頓時染上紅霞，在龍隱的眼裡，竟比那桃花還要豔麗幾分。

一直發乎情止乎禮的二人，似乎因為這一聲低喚而拉近了許多距離。

龍隱看到她含羞帶怯的模樣，心中歡喜不已，看來他的努力並沒有白費。他的錦兒，比起之前面對他時的無動於衷改變了許多，而且變化不止一點、兩點。

「錦兒……」龍隱神情專注地看著眼前這個他日思夜想的女子，一遍一遍地呼喚著她的名字，彷彿除此之外，便沒有別的方式可以表達自己內心的澎湃之情。

司徒錦被他這番舉動攪得心神不寧。

隱世子的性情人人皆知，他何時變得這般……她有些難以啟齒。但相較起那冷冰冰的世子，如今站在她面前這個充滿柔情的男子，更讓她感到無所適從。

「你……別再……」

一句話還未說完，司徒錦只覺得眼前一晃，一個黑色的身影便來到自己面前，繼而一雙有力的臂膀，將她緊緊地困在他懷裡。

驚愕之餘，司徒錦有的只是更多的羞澀，卻無半點兒害怕和厭惡。

照理說，這般被人非禮，她該感到憤怒才是，可是眼前這人是隱世子，是她未來的夫君，這個念頭一旦出現在她的腦海，她便不怎麼排斥他的擁抱了。也許是有了先前皇家圍場湖裡的一次擁抱，所以她更能坦然接受他的無禮吧！

龍隱見她沒有像往常那般抗拒自己，更加心猿意馬起來。她的輪廓漸漸清晰，模樣也比以前清秀了些。除了那依舊單薄的身子，她已經算得上是個令人心動的小美人了。而這個小美人，即將成為他的妻！

感受到他灼熱的目光，司徒錦臉頰覺得像火燒一樣。

在漫山的桃花林中，兩個人緊緊地相擁在一起。此時那無聲勝有聲的境界，真真是美不勝收。

龍隱滿足地看著懷裡的嬌俏女子，看著她纖長的睫毛一閃一閃的，心裡像是被羽毛輕輕刷過，有些癢癢的。

還有她那嫣紅的臉頰、粉嫩的唇，無一不勝過這嬌嫩的桃花，讓人移不開眼。

他本不是孟浪之人，但美人在懷，哪有坐懷不亂的？更何況，司徒錦還是他心心念念了許久的心儀之人，一時之間呼吸便沈重了起來。

司徒錦嬌羞地將頭依靠在他結實的胸膛之上，靜靜地享受著被他寵溺的時光。他的呼吸綿長，淡淡的龍涎香充斥在鼻息之間，讓人沈醉不已。

察覺到她嘴角的一抹笑意，龍隱更是失了心跳，一雙眼睛盯著她那粉嫩的唇，恨不得能夠一親芳澤。然而他心裡又害怕唐突了佳人，惹她生氣，只好死死地忍著，努力轉移自己的注意力。

隨著他視線移開，司徒錦也敏感地發現到他呼吸的紊亂。

他到底在想什麼？為何會有這麼大的情緒變化？司徒錦好奇地抬起頭，偷偷打量他天神一般俊美的側臉。

龍隱似乎感覺到了她的視線，於是低垂眼簾，兩個人的視線就那樣糾纏在一起。司徒錦忽然感到呼吸困難，一時竟然不知道將視線放在哪裡。

龍隱突然笑了起來，抽出一隻手來輕輕地撫著她頸子邊的髮絲，眼睛溫柔得似乎可以滴出水來。

司徒錦羞怯地想要退縮，卻被龍隱摟得更緊。他將頭埋在她頸窩深深吸了一口氣，屬於她特有的、帶著淡淡的女子馨香鑽進鼻息，緊繃了許久的心鬆弛下來，許久，他才小聲說道：「才多久沒見，好像長高了一點。」

司徒錦正是長身體的時候，一天一個變化也不稀奇，可是這話由他嘴裡說出來，她就覺得格外甜蜜羞澀。

司徒錦滿面通紅地依靠在他的胸膛上，想著過往的種種，一種從未有過的情愫油然而生。她不再抗拒他，也不再封閉自己的心，一雙纖細的手小心翼翼的攀上他的腰，輕輕放著。「你怎麼知道？」

龍隱聽到她的話，胸膛輕輕地震動起來，低沈的笑聲從嘴邊逸出，他的睫毛低垂著，目光灼灼地看著她，慢慢低頭，涼薄的唇瓣懸在她的小嘴半寸距離上。「那是因為我時刻都注意著妳。」

溫熱濕潤的氣息噴灑在她臉上，他的呼吸和她的呼吸交纏在一起，司徒錦覺得臉上的溫度愈來愈高，身子也愈來愈躁熱，她羞赧地移開雙眼，不敢和他對視。

「錦兒……」他伸出一隻手抬起她的下巴，強迫她跟自己對視。「再過兩、三個月，妳就十五歲了。」

「那……那又怎樣？」司徒錦一向伶俐，此刻卻結結巴巴起來。

龍隱的唇又低了一點，一步一步朝著目標前進。「那就，可以……嫁給我了……」

最後那幾個字含糊地消失在兩個人的唇邊，龍隱看著司徒錦那柔嫩的唇瓣，再也控制不住內心的渴望，緩緩吻了上去。而捏著她下頷的手也向後移到她的腦後，輕輕將她壓向自己，好讓他們更加貼近。

他的唇帶著一點點清涼，用力地親吻著她的唇，呼吸越發急促，心跳也如擂鼓般震動起來。司徒錦只覺得唇瓣被他吻得有些刺疼，一雙手無助地抵在他肩膀上，好像快要窒息了。

龍隱這方面的經驗鮮少，唯一的一次，也是為了救她而不得已為之，根本不能夠盡興，也算不上技巧。他只憑著心裡的渴望用力吸著她的唇，兩人因為生澀緊張，牙齒時常磕碰在一起，既疼又覺得意猶未盡。

「龍隱……」司徒錦用力地捶打著他的肩膀，她覺得雙腿發軟，有些站不住腳。

龍隱大口喘著氣放開她，卻仍緊緊將她箍在懷裡，粗礪的拇指輕柔地撫摸著她被他吻得有些紅腫的唇瓣，他低啞地在她耳邊嘆了一聲：「錦兒……」

司徒錦的雙頰紅得快要滴出血來，在他懷裡不安地忸怩了幾下。

「別亂動！」龍隱的聲音越發嘶啞。

他正值血氣方剛之年，心儀的女子就在自己懷裡，他需要極大的自制力才能控制自己的渴望，哪裡禁受得起她在他懷裡這般掙扎產生的肌膚摩擦。

司徒錦是個閨閣女子，根本不知道他發生了何事，只能低聲嚶嚀，想要逃離他那溫度過高的胸膛，好讓自己能夠喘息。「放開我……」

龍隱看見她那被吻得紅腫的唇瓣，低低地笑了一聲，本來只是想低頭看她一眼，誰知道看到她那含情嬌羞的眸光，嬌嫩的雙頰浮起兩團紅霞，讓人更難以自拔。被她那含羞的目光吸引，龍隱又忍不住低頭吻住那片讓他眷戀不已的唇，不同於剛剛的急迫和緊張，他吻得小心翼翼且溫柔。

司徒錦想往旁邊躲開，卻被他緊緊抱住，動彈不得。她只覺得今日有些過了，張口要叫他放開她，她的牙關輕啟，舌尖卻因此觸碰到一片柔軟的濕潤。

兩個人身子都是一僵。司徒錦緊張地想要重新咬緊牙關，龍隱卻好像受到某種鼓勵和啟蒙，伸手固定她的下巴，舌尖頂開她的牙關，溫熱濕潤的舌頭就這樣橫衝直撞闖了進來，勾住她的丁香小舌用力地吮吻著。

他的呼吸愈來愈粗重，貼著她腰間的大手不斷地傳遞源源熱量，另一隻手慢慢移到她纖細的鎖骨，情不自禁地摩挲著。長年習武磨練出來的粗礪手掌，在司徒錦身上引發悸動，讓她心尖一陣顫抖，酥麻的感覺從鎖骨一路蔓延到腳趾。

司徒錦整個人都快站不住了，兩隻柔若無骨的手只能緊緊抱住他的肩膀，細喘著氣，哀求地發出嚶嚀聲。

龍隱悶聲輕哼，不知意識到了什麼，急急地放開了她，目光灼熱地在她臉上流連，沒有看到厭惡的神色，他暗自鬆了口氣。

好不容易得到自由，司徒錦便急忙推開他，往後退了幾步，與他拉開一段距離。

「我……我餓了，我們下山吧。」

第六十一章　拜見舅父

從山上回來之後，司徒錦就有些魂不守舍。

緞兒也沒有追問，將早已準備好的午膳送到她的房間，便默默地退了出去。不過看著小姐嫣紅的臉頰，她便猜到發生什麼事了。這樣也好，讓小姐與世子多培養一些感情，到時小姐嫁過去之後，也不會感到太尷尬。

在山上住了兩日，司徒錦再也不敢單獨跟龍隱出去。就算是他來請她，她也吩咐緞兒和朱雀寸步不離地跟著她，生怕山崖上那一幕又重演。

一次的失常就已經夠了，她不想再繼續錯下去。最起碼，那些親密的事情，要等到大婚之後才名正言順，不是嗎？骨子裡，她還是個受禮教束縛的閨閣女子。

「朱雀，收拾一下，明日一早下山。」

朱雀聽了這話，微微一頓。

她家世子爺還打算明日帶小姐去山頂看日出呢，怎麼這會子小姐卻要走？好不容易出來一趟，該玩得盡興才是。

見朱雀半晌沒有回應，司徒錦不由得抬起頭來。

朱雀自知失態，趕緊應了一聲，便同緞兒忙活了起來。她們出門的時候，本來就沒有帶什麼東西，因此收拾起來也簡單，三兩下就整頓好了。

傍晚時分，龍隱得知司徒錦要提前離開，心裡莫名慌亂。難道是在桃花林唐突了佳人？否則，她怎麼避而不見，躲著他呢？想到這裡，他難免有些放心不下，於是叫來朱雀問話。

「屬下參見主子。」朱雀見到負手而立的黑色身影，恭敬地單膝跪地。

龍隱一直沒有轉過身來，自始至終都背對著她。「她……為何急著下山？在山上住不慣嗎？」

朱雀微微鬆了口氣，答道：「回主子的話，小姐此次前來還有別的事情要做，故而明日一早就離開。」

「哦？什麼事情這般急切？」他好奇問道。

即使她沒有生氣，想必也是不好意思了吧？那個彆扭的小女人，總是那麼令人又愛又恨。

朱雀便將司徒錦如何找的藉口，又是如何打算的，一股腦兒地跟主子彙報了。看著主子這般在意小姐，她心裡也是開心的。

「舅家？那個江家？」他不經意地問了一句。

「是的，就是二夫人的娘家。據說距離古佛寺不遠，小姐是帶著二夫人的家書出來的，不去一趟，似乎說不過去。」朱雀如實稟報。

龍隱微微閉了眼，在腦海裡搜索關於江家的資料。

這江家也算得上是書香門第，早些年很得先皇喜愛，曾經官拜禮部尚書，在京城裡也是數一數二的名臣。只是後來漸漸沒落，退出了京官的行列。如今江家還在朝為官的，就只剩下司徒錦的二舅江華，但也不過是個七品芝麻小官。

「明日一早啟程？」他再次確認。

朱雀低頭應是。

龍隱忽然轉過身來，神色不明地說道：「也好。明日與妳們一道去。」

朱雀被他的話嚇得不輕，她沒想到主子已經在意小姐到了這個地步，居然一路跟隨，也不怕讓小姐有負擔。

想著小姐今日的不尋常，朱雀早就猜到了一些事情。主子是不是太過心急了些，這人都還沒有過門呢！不過，看到主子對小姐好，她也樂見其成。

「是，屬下這就回去稟報小姐。」

正要轉身離去，龍隱忽然又叫住她。「先別告訴她。免得……」

朱雀會意過來，連連點頭。確實不能讓小姐事先知道，否則小姐沒準兒害羞得都不敢出門了。「主子說得是，屬下絕對不會透露半個字的。」

龍隱對她的表現很滿意，隨手給了她一粒藥丸。

朱雀看到那褐色的藥丸，頓時兩眼發光。「多謝主子賞賜。」

龍隱沒有理會她，意氣風發地回房去了。朱雀卻興奮了一陣子，看著那藥丸良久，才將它餵進了嘴裡。

那可是好東西啊，提升內力的同時，還能美容養顏，主子果然了解她！

翌日清晨，司徒錦早早起來梳洗，又準備了一些乾糧，便帶著兩個丫鬟去跟住持大師辭行。「打擾多時，小女子特來告辭。」

在她的眼神示意下，緞兒將一包碎銀子遞給了方丈。

「這是香油錢，多謝住持近日來的款待。」

那方丈口宣佛號，一再感謝，這才將她們主僕三人送下山。

司徒錦沒見到龍隱的身影，微微鬆了口氣。但沒想到剛要上馬車，那人就陰魂不散地出現了。

「見過世子爺。」緞兒和朱雀見到他，立刻行禮。

司徒錦微微一愣，瞬間臉紅，一時站在馬車旁躊躇不前，不知道如何是好。

龍隱將她的羞澀看在眼裡，臉上卻極力保持平靜。「不必多禮。」

緞兒偷偷瞄了一眼自家小姐的神態，這才上前去攙扶。「小姐，該出發了。」

司徒錦從窘態中回過神來，也不理會他為何在此地，率先鑽進了馬車。緞兒和朱雀看了世子爺一眼，也先後上了馬車。

龍隱騎著高大的白馬，跟在馬車後面，保持一定的距離。

馬車緩緩地行駛在官道上，而那馬上的男子就不近不遠地跟著。

直到馬車朝著旁邊的支道駛去，司徒錦才稍微安了心。

她要去母舅家，他總不至於再跟著了吧？

只不過，這都是她一廂情願的想法，那個高大的身影依然不緊不慢地跟在她們身後。當然，這個事實，也是司徒錦之後才知道的。

江家的宅子，坐落於京郊的一個小縣城裡。

因為司徒錦的二舅江華是個七品縣令，有朝廷分配的房子，所以江家舉家從京城搬出，到了這個縣城定居。江家老大江傑是個生意人，在縣城裡經營幾家店鋪，日子也算過得去。

司徒錦從未來過江家，向路人打聽了很久，才找到江家的住宅。

當馬車從大街上路過時，引來不少路人的關注。太師府的馬車雖然不算頂級豪華，但比起這縣城裡的大戶人家還是高出一籌。更何況，它的後方還跟著一位神仙般的男子，就更加引人注目了。

司徒錦剛開始還不知道為何會有這麼多人圍觀，緞兒打探了一番周圍的情景之後，這才興奮地跟她稟報。

「小姐，世子爺跟在後面呢！」

司徒錦一聽這話，粉腮頓時染上紅暈。

他怎麼會……他到底想做什麼？難道是太閒了，所以才無聊地跟著她到此地嗎？他那樣招搖地跟在後面，難怪眾人的眼光別有興味。

「小姐，到了！」朱雀打聽事情的功夫一流，自然是個好嚮導。

此刻，江家的大門口只有幾個小廝在打掃，陳舊的大門上，油漆都開始剝落，看來有些年頭了。

司徒錦在緞兒的攙扶下下了馬車，便讓她上前去詢問。

「請問，這裡是江華老爺的家嗎？」

看到一個長相俏麗的丫頭上前問話，那守門的小廝頓時來了精神。「正是呢！姑娘可有什麼事？」

緞兒回頭望了司徒錦一眼，這才大聲說道：「我家小姐來拜會江老爺，不知江老爺是否在府內？」

小廝順著緞兒身後望去，只見一個穿著不一般的女子佇立在馬車旁，一時沒反應過來。江家在這縣城雖然有些威望，但如此尊貴的客人，還是很少見。

「老爺在府裡，不知貴客尊姓大名？」那小廝也算有些見識，說起話來也斯文有禮。

司徒錦忽然覺得母舅家的下人都挺懂禮節，這書香門第果然名實相符。原本忐忑的心，此刻也稍微安定了下來。

「我家小姐的母親，是你們老爺的妹妹，太師府的二夫人。」綴兒昂首挺胸，很自豪地報上主子的名號。

那小廝一聽是太師府的人，態度越發恭敬起來，又聽說是姑奶奶家的小姐，臉上更是浮現莫名的興奮。想必他們這些做下人的也知道江氏，只是因為許多年沒有來往，所以關係有些淡了。

「請小姐稍候，小的這就進去稟報！」那小廝放下手裡的掃帚，撒腿就往院子裡跑。

不一會兒，從屋裡風風火火地出來了幾個人，男女老少皆有，為首的是一個長相儒雅的中年男子，一身簡樸的長衫，卻掩蓋不了他的風華。

司徒錦看著眼前這個男子，眼眶不由自主地紅了。

這就是所謂的骨肉親情吧，即使是第一次見面，司徒錦的內心也是澎湃不已。

「妳是……」那中年男子看著眼前這個酷似自家妹子的女子，哽咽著，良久沒有一句完整的話。

司徒錦觀察了他一番，便上前翩然地行禮。「錦兒給舅父請安。」

聽到她自稱「錦兒」，那男子的身子不由自主地顫抖。「妳是……妳是雲煙的女兒？」

「是的，舅父。」司徒錦老實承認了。

江華為官多年，早已磨練出了一些本領，但是在見到久違的親人時，還是忍不住熱淚盈眶。「好好好……錦兒長這麼大了。」

司徒錦聽他這語氣，心想當初母親生下她之後，想必已經將她的名字告知娘家人了，否則舅父也不會叫她的名字叫得如此順口。

「老爺，這位是……」一個長相慈愛和睦的中年婦人走上前來，見到他們之間的互動，頗為好奇地問道。

江家的親戚就那幾個，她嫁進這府裡的時日也不短，怎麼不記得有這麼一門親戚呢？看她的穿著打扮，就知道是大戶人家的子女，這縣城裡也不見這號人物啊？

對於她的好奇，司徒錦倒是很主動地上前來打招呼。「司徒錦，見過舅母，舅母安好。」

這一聲「舅母」，讓婦人微微一愣，繼而瞪大雙眼，一臉不敢置信地說道：「妳……妳是姑奶奶的……」

司徒錦笑而不答，表示默認。

江華擦了擦眼淚，對那婦人吩咐道：「站在外面說話像什麼話？先進屋去，有什麼話坐著講。」

那婦人也很是激動，連連點頭。

一行人正要往屋子裡走，司徒錦突然回過頭來。她差點忘記還有一個人在後面跟著呢！

見司徒錦回過頭去，江華也停住了自己的腳步。「錦兒在看什麼？」

司徒錦有些許羞澀，一雙美目直愣愣地盯著那馬車後面的男子。龍隱似乎感受到了她的注視，於是打馬上前，然後以一個帥氣的姿勢從馬上下來。

當看清他的面容時，司徒錦只聽到周圍一陣抽氣聲。

「舅父，他……是沐王府的隱世子。」司徒錦自然要為雙方作介紹。「這位，是我舅父。」

龍隱掃了江華一眼，然後恭敬地上前作了個揖。「龍隱見過舅父。」

這一聲「舅父」，讓司徒錦再一次梗住了呼吸。

他……他……他也太直接了吧？

忽略掉她臉上的驚訝，龍隱倒是顯得很自在，不過江華卻是嚇了一大跳。隱世子的大名他可是耳聞已久，只是沒想到他竟然會這樣出現在自己面前，而且還稱呼他……舅父？他跟錦兒是什麼關係？

司徒錦見江華望向自己，不得已開口道：「他……他是……」

「錦兒，是我未過門的妻子。」不等司徒錦說完，他倒是替她解釋清楚了。

那江華一家人先是驚愕，繼而興奮起來。

姑奶奶的女兒要嫁給世子，如今他們又找上門來認親，這是不是代表江家又要東山再起了？

江華又愣了許久，這才反應過來。「下官有眼不識泰山，望世子恕罪！」

龍隱今日倒是挺和藹的，雖然依舊冷得嚇人，但語氣上卻頗為客氣。「舅父客氣了，都是一家人，不必多禮。」

聽到他這般說，江華又看了司徒錦一眼，心裡一絲了然。

看來，這世子對錦兒還真是重視，不但一路相隨，還紆尊降貴，稱呼自己舅父，這份殊榮真是天大的恩賜！

「老爺，請世子進屋敘話吧。」秦氏——江華的夫人也是出身書香世家，故而禮節周到。

江華這才回過神來，將二人迎進了門。

江家沒落之後，已不見當初的繁華。不過屋子的擺設雖然比較簡陋，卻還算整潔。司徒錦打量著屋子裡的一切，覺得舅母還真是賢慧。

「錦兒，妳娘親可好？」江華先是跟隱世子寒暄了一番，這才跟司徒錦話起家常。多年沒有走動，他那妹子不知道是否還是當年的模樣，溫柔嫻淑？

司徒錦恭敬地回話，並沒有擺出太師府千金的架子來。「娘親一切都好，再過幾個月，錦兒又會多一個弟弟呢！」

說到自己的娘親和弟弟，司徒錦的神色就格外開朗。

江華聽說妹妹安好，也算是放了心。

當初妹妹嫁入太師府的時候，他還不大願意呢！雖說他只是個芝麻小官，但畢竟是書香門第，怎麼能讓妹妹給人去做妾？只是妹子與司徒長風一見鍾情，他也別無他法，這才同意。可是自從妹子嫁入司徒家，除了司徒錦出生的時候，曾派人前來報喜，就再也沒有任何聯絡了。

起初，他還以為妹妹在太師府過得不好，所以不敢回娘家，如今聽到錦兒這麼說，他總算是安心不少。

「姑奶奶出嫁，妳舅父也是捨不得。這麼多年來，他們兄妹都未見上一面，唉……」秦氏拉著司徒錦的手，滿是感慨地說道。

司徒錦很喜歡這位舅母，所以沒有排斥她的親近。「娘親也是想念舅父得緊，所以才讓我過來拜會。啊，對了，娘親還有書信要我轉交舅父呢！」

司徒錦一開口，緞兒便上前一步，將早已準備好的書信連著禮物，一起交到了秦氏手裡。

秦氏看到那些包裝精美的盒子，臉上的笑意更盛。「錦兒來就來，幹麼這般破費。」

「這是應該的。」司徒錦笑著，心裡充滿了溫馨。

秦氏將書信轉交給江老爺，又讓自己的幾個子女一一上前給司徒錦見禮。那幾個表姊妹跟兄弟都很是斯文儒雅，一看就知教養不錯，讓司徒錦很有好感。

其中一位與她年紀相仿的姊妹，閨名叫紫嫣的，長相清麗、個性活潑，與司徒錦相處得極好。兩個人不一會兒工夫，就已經成了閨密。

有和藹的長輩，有親睦的姊妹，有家的氛圍。相比起司徒府，這裡更讓司徒錦覺得像個家。

龍隱一直有一搭沒一搭地跟江老爺說話，眼角無意間掃到司徒錦臉上的笑意，他的嘴角也不自覺上揚。

江華也是個過來人，看到隱世子對自己外甥女那般上心，心裡也很是高興。

一屋子的人說笑著，轉眼間就到了午時。

秦氏張羅了一桌子飯菜，剛好江家的大老爺也回來了，司徒錦等人又是上前見禮拜會，一家子和樂融融。

「這就是雲煙的女兒？果然有其母的風采！」江家大老爺江傑是個個性爽朗的中年男子，雖然是做生意，但仍舊擺脫不了書生氣質。

司徒錦覺得舅家的親戚都很不錯，所以話也比平時多了很多，臉上充滿抑制不住的笑容。

一頓飯下來，十幾年未走動的那股子親熱勁兒，突然之間就回來了。

第六十二章　防備

夜深了，司徒錦在床上翻來覆去，怎麼都睡不著。

前一世她與江家完全陌生，沒有過接觸。只知道二舅父是個小官，外公做過大官，但後來就沒落了。但沒想到這重生一回，與江家的親人相認之後，會帶給自己這麼多的感動和期待。

比起司徒府那些至親，她覺得江家更能給她溫暖。

想著母親以後的地位，她的腦袋瓜子也閒不下來。兩位舅父如今一人做官一人做生意，雖然過得還算殷實，但畢竟沒什麼地位。司徒長風那老頭子是個極其勢利之人，母親的娘家根本沒被放在眼裡。如此下去，對母親地位的鞏固毫無作用。若是舅父能夠升官，到京城裡述職，那麼母親的身價自然水漲船高。

經過一番接觸，司徒錦覺得江家的人不但人品好，還很有能力。只是苦於沒有人提攜，又不是那溜鬚拍馬的料，所以一直得不到高升。

若是有人能夠幫忙就好了！

司徒錦睜著一雙美目，一隻手輕輕地枕在頭下，無聲地嘆息。

相對她的苦惱，龍隱睡不著的理由就簡單多了。這位爺可是含著金湯匙出生的，哪裡受過這般委屈？他的住所都是滿室生香，布置典雅倒還其次，那軟被可是出自京城最有名的錦繡坊，睡來十分舒服。

如今到了這個陌生的環境，被褥雖然是全新的，但是質地卻相差甚遠。對生活品質一向挑剔的他，怎麼忍受得了。

所以，翌日二人見面的時候，司徒錦就忍不住笑了。

隱世子那麼高貴的人，居然也會有失眠的時候。

龍隱有些陰鬱，但笑話他的人是他心尖上的人，他也就不跟她計較了。「妳打算什麼時候回去？」

司徒錦笑夠了，覺得兩個人站在一處，也不是很尷尬了。「一會兒拜會過舅父，就打算回去了。」

龍隱點了點頭，背負著雙手不再開口。

再繼續待在這裡，恐怕他又要徹夜無眠了。幸好她沒有打算長住！

用完早膳，司徒錦便去江華屋子裡辭行了。江華雖然捨不得，一再挽留她多住幾日，但司徒錦找藉口婉拒了。臨走時，她隱晦地對舅父說道：「舅父不必傷懷，相信不久之後，咱們就會在京城相見的。」

江華不明所以，只當是她的推諉之詞，也沒放在心上。

一一道別之後，司徒錦便趕回京城。

一路上，有龍隱的護衛，倒是安全得很。只是那些隨處可見的嫉妒眼神，還有那些圍觀的人群，都讓她有些吃不消。

那男人也太妖孽了！

即使渾身散發著生人勿近的氣息，還是吸引不少女子的目光和尖叫，讓她聽了有些不太舒服。

「小姐，很快就到京城了，要不要歇一歇？」緞兒見她悶悶不樂的樣子，還以為她是太過疲勞了。

司徒錦沒有吭聲，一雙眼睛時而瞟向車簾子外。

朱雀自然是明白她的心思，不由得揚起一抹笑容。「小姐，前面不遠處有家酒肆，不如先歇會兒吃點兒東西，再繼續趕路吧？」

因為一大早就啟程了，如今日上中天，也該是用午膳的時候了。

司徒錦經她這麼一提醒，倒是感覺到餓了。於是一行人在城外一家酒肆門口停下，打算用過膳之後再繼續趕路。

「客官要吃點兒什麼？」小二見他們衣著不一般，臉上的笑容更加殷勤起來。

緞兒點了幾道平日裡小姐喜歡的菜式，然後又望了望一旁的隱世子。龍隱對吃食也是要求很高，只是這樣的店子能有什麼好招待的，只好隨意點了一點，勉強吃了一些。

司徒錦見他連吃飯的時候都是那麼優雅，不由得想起自己那不雅的吃相，一時羞愧地低下頭去，不敢看他。

「小姐，您不舒服？」緞兒細心地發現了她的異常，不免擔心地問道。

司徒錦連忙搖頭，然後吃了一口白飯，也不挾菜。

龍隱一直筆挺地坐在一旁，身姿挺拔。見司徒錦只吃飯不吃菜，不由得皺了皺眉，便挾了一些肉到她的碗裡。「多吃點肉。」

瞧她那清瘦的模樣，他忍不住想要將她養胖一些。

司徒錦看著那碗裡憑空多出來的幾塊肉，更加不自在了。

他他他，他居然給她挾菜?!

一雙過分明亮的眼睛直盯著龍隱瞧，讓他有些微赧。「妳太瘦了。」

司徒錦低下頭去，審視了一下自個兒的體態。正是發育的時候，比起其他同齡的女孩子，的確是瘦了很多。不該長肉的地方，沒有一絲贅肉，但該長肉的地方，似乎真的很……瘦？他該不會是嫌棄她身段不夠妖嬈吧？

想到這層意思，她的臉更加紅了。

再過兩個多月，她就及笄了，兩人的婚期也定在八月，只是她這還未發育完全的身子，似乎不夠吸引人……

咬著下唇，司徒錦頓時沒了食慾。

「小姐……小姐……」緞兒叫了她好幾聲，都沒有得到回應。

龍隱見她坐在一旁發呆，也不知道她在想什麼，便也放下碗筷，道：「朱雀，去醉仙樓買一些糕點，一會兒給妳家小姐帶回府吃。」

一說起醉仙樓，朱雀的眼眸瞬間亮了。「是，屬下這就去。」

鳳梨酥，我來了！

對於龍隱的體貼，司徒錦不是沒有感動，只是陷入某個死胡同的她，總是想著一些有的沒的，根本沒辦法與他對視。

龍隱也沒說什麼，依舊一路護送著她們主僕，直到太師府門口。

「小姐，到了！」緞兒率先下了馬車，然後才去攙扶她。

司徒錦一路神遊回來，聽到緞兒的話，總算回過神來。看到龍隱從馬上下來，她心裡忽然生出一絲不捨。這幾日，他一直陪伴在她身旁，如今要分開了，她還真是有些不習慣。

「謝謝你一路看護。」除了這句感謝的話語，她真的不知道該說些什麼。

龍隱頎長的身軀站在她面前，依舊給人冷漠的感覺，只是他在看向她的時候，眼眸中多了一絲柔和。「回去好好休息，昨夜肯定沒睡好。」

司徒錦一邊點頭，一邊朝太師府門口移動。

此時，看門的小廝見到司徒錦和站在門口的隱世子，立刻上去請安。「小的見過世子，見過二小姐。」

「府裡近日可平靜？」回到太師府，司徒錦立刻換了副面孔。
龍隱也沒有搭理那小廝，轉身上馬離去。
那小廝雖然好奇為何世子曾護送自家小姐回來，但還是恭敬地回答道：「二夫人一切都好，只是……」
「只是什麼，別吞吞吐吐的！」緞兒知道這小三子是自己人，故而說話也不客氣。
「林姨娘的孩子沒保住，老爺正傷心呢！」小三子彙報的，自然是跟二小姐相關的一些事情。
司徒錦眼神一斂，問道：「怎麼回事？」
「據說……姨娘引誘老爺同房，結果……不小心就見了紅了，大夫趕來的時候，胎兒已經保不住了。」
果然是個狐媚子，她一不在府裡，她就有了動作。
只不過，還是棋差一著，害人終害己！
玉珠的孩子沒了，司徒錦沒有一絲憐憫，畢竟那都是她咎由自取，根本怪不得任何人。誰讓她不顧自己的身子，跑去招惹爹爹的？她不知道這頭三個月，胎兒最是不穩定嗎？
「老爺怎麼說？」少了一個孩子，他肯定很不高興吧？
小三子聽二小姐問起，便神秘地說道：「老爺自然是傷心，不過也沒有太在意，畢竟是姨娘的孩子，沒了就沒了。加上是那個賤蹄子勾引在先，老爺不小心將她的孩子給弄沒了，自然羞憤不已，已經將林姨娘貶為通房了。」

果真是她的爹爹，真真是無情至極！

玉珠再有不是，仍懷著他的子嗣，他自己克制不了，讓她的胎兒沒能保住，他卻將所有責任推到她身上，實在是太過薄情了。

想必此刻，玉珠又在尋死覓活了吧？

「玉珠現在何處？」

「回到以前的院子去了，跟通房紫菱住一起。」小三子如實稟報。

司徒錦滿意地點了點頭，緞兒立刻拿出一錠銀子給了他。「小姐賞的，以後有什麼事可要多留個心眼兒。」

「緞兒姊姊說得是。」小三子鞠躬哈腰地目送她們進屋。

看來，他是選對了主子！好在他眼光獨到，如今二夫人掌家，二小姐又是未來的世子妃，將來他的前途一片光明啊！想到這兒，小三子臉上的笑意更深了。

回到府上，司徒錦並沒有回梅園，而是去了江氏的院子。

「娘親，女兒回來了。」司徒錦一路帶著喜悅之情，進入江氏的屋子。

沒想到她剛踏進內室，便看見爹娘臉紅地從帷幔裡走了出來。司徒錦的臉瞬間脹紅，立刻轉身退了出去。

司徒長風還是第一次被女兒撞見這事，臉色很是尷尬。不過看在江氏的臉面上，他並沒有責罰司徒錦，反而一反常態地問起這幾日在外面的情景。

司徒錦小心地回了幾句話，便打算告辭。

這樣的尷尬，她這個做女兒的，還是離開比較好。只是她腳還未邁出，司徒長風便開口了。「妳留下來陪妳娘親說說話，我去書房處理一些公務。」

不等司徒錦反應過來，他就已經踏出了江氏的屋子。

司徒錦呆呆地愣了半晌，直到江氏呼喚她的名字，她才回過神來。

「錦兒，妳什麼時候回來的？」江氏臉上有著一絲紅暈，但神情卻不見嬌羞。

司徒錦吶吶地回道：「剛回來就來看望娘親了。」

「此去江家，可有見到妳那兩位舅父？」江氏最關心的，還是兩位兄長的態度。

提起江家人，司徒錦就自在多了。「見到了，舅父還送了不少東西給我。果然是書香門第，舅父和舅母都很客氣，人很好呢！」

聽司徒錦這般說，江氏總算是放心了。

「舅父還寫了一封書信要給娘呢！」司徒錦從衣袖裡拿出那封信，遞到江氏手裡。

江氏接過信，手微微顫抖。

這麼多年了，還是第一次收到家書，怎能不教人激動？

「舅父們都很惦記娘親，往後娘親可要多與舅父家走動才是。」司徒錦提醒道。

江氏看了手裡的信，眼眶頓時紅了。

「娘親也不必多想，舅父往後一定會搬到京城來，到時候，娘親經常回去看看，不就好了？」司徒錦心思通透，看得出江氏的愧疚。

她所說的也是事實，不管怎麼樣，她都要將兩個舅父弄到京城來不可。相信只要她去求龍隱，他肯定會幫忙，雖說有些不太妥當，但按照隱世子前些日子的表現看來，他似乎對舅父也很是尊敬和喜愛呢！

想到自己的那點兒小心思，司徒錦便有些坐不住了。

江氏見她一副疲憊的模樣，也沒有多留她，早早將她打發回去休息去了。府裡的事情她還忙得過來，暫時不需要女兒操心。

司徒錦一回到梅園，便看到朱雀端著熱氣騰騰的鳳梨酥進來。

「小姐，這是世子爺吩咐我去醉仙樓買的糕點，您嚐嚐？」

司徒錦午膳沒吃多少，被這香味一引誘，頓時覺得腹內空空。「他倒是想得周到。」

朱雀贊同地點頭。

別看他表面上冷冰冰的，其實她家主子可是個心細如髮之人，也是個體貼周到的絕世好男。

吃著美味的糕點，司徒錦的疲憊一掃而光。

「夫人在祠堂過得可好？」有了精力，她自然要多關心一下她那位嫡母了。朱雀放下糕點，拍了拍手上的碎末兒。「據說不是很好呢。四少爺不知道是不是也跟大小姐一樣發瘋了，居然目無尊長，頂撞了嫡母不說，還動了手。嘖嘖嘖……」

動了手，那周氏肯定是吃了大虧。

司徒青那個渾小子，別的沒有，有得是力氣，加上吳氏的死，他一直記恨周氏。如今周氏被關進了家廟，不正好給他一個報仇的機會嗎？只是不知道司徒長風聽到這個消息，會是什麼反應。

「老爺什麼態度？可有接夫人回來？」

讓周氏去家廟，不過是緩兵之計，畢竟上次的事情並沒有將周氏抖出來，司徒長風當時也只是氣過了頭，等到冷靜下來，恐怕又會心軟。

「小姐猜得沒錯，老爺知道夫人被四少爺打了之後，便將夫人接回來。丞相府那邊也來了人，說是要給夫人討一個公道。老爺為了平息此事，已經將四少爺逐出家門，不承認那個兒子了。」

「哦？」司徒錦有些驚訝。

司徒長風居然捨得放棄這個唯一的兒子？以前不管他闖了什麼禍，爹爹最多也只是罰他禁足，如今卻為了周氏將他趕出家門，這似乎有些說不過去。

看出了她的疑惑，朱雀接著解釋道：「丞相府那邊施壓，老爺起碼要做做樣子。四少爺如今被送到了鄉下的莊子裡，並不是無家可歸。」

司徒錦聽她這麼說，心裡就明白了。

果然，司徒長風還是捨不得這個兒子。就算他大逆不道，做了那麼多錯事，司徒長風仍舊不忍心捨棄他。如果他以後再也生不出兒子來，那司徒青還是會得到他的寵愛，成為司徒府唯一的繼承人。

「小姐，如今夫人回府了，您看……」朱雀提醒道。

「夫人傷勢如何？」司徒錦忽然問道。

朱雀蹙了蹙眉，卻沒有多問。「據說傷得不輕，大夫說沒有一、兩個月下不了床呢！」

果真傷得不輕，司徒青下手還真是狠。

不過，她倒要感謝那個蠢貨，幫了她一個大忙。

娘親的肚子愈來愈沈重，生產也就這兩、三個月的事了。若是能夠在江氏恢復之前生下兒子，那到時候這掌家之權，周氏就別想拿回去了。

「夫人那邊最近特別小心，聽說起居煎藥之類的事情，都是丞相府派人過來打理的。」朱雀彙報著最新的動靜。

「意料之中的事。」周氏在府裡受了這麼大的罪，丞相府就算不甚情願，也得做做樣子。雖說嫁出去的女兒潑出去的水，但丞相府如今極力想要拉攏太師府投靠太子，自然是寶貝著這個女兒了。

「那我們怎麼動手？」朱雀請示道。

周氏有她的張良計，她們便有自己的過牆梯。縱使處處小心又如何？總會有露出破綻的時候。

「夫人屋子裡，不是有個叫純兒的嗎？」司徒錦隨口說道。

朱雀聽小姐提到那人，眼睛頓時亮了。「小姐打算用她這顆棋子？」

「不需要她動手，讓她打聽清楚周氏的藥從何而來就行了。只要拖住她兩、三個月，一切就成定局了！」

不是她想要害人，而是不得不防範。

周氏，乃至整個丞相府，都是她的死對頭。若是讓周氏再振作起來，那她以前所做的一切都白費了。

她，絕對不能讓周氏再有翻身的機會！

時光飛逝，轉眼間又過了一個月。

司徒錦接到舅父的家書，說是再過不久就要舉家搬到京城來，心裡頓時歡喜不已，連忙將這個好消息告訴江氏。江氏如今已經很少到外面走動，進入待產階段，整日窩在屋子裡。她聽到女兒帶來的好消息，激動得眼淚都掉下來了。

「妳舅父真的這麼說？可知道是何原因？」江氏淚眼矇矓地問道。

司徒錦神秘一笑，然後才如實相告。「娘親，舅父升官了！正四品的御史中丞呢！」

正四品的御史中丞，雖然不及丞相府那一品大員，但在朝廷的地位也不容小覷。這朝廷百官，對史官都非常忌憚，若是言行稍有差池，就會在歷史上留下污點。誰不想名垂青史？誰能容忍在史書上留下敗筆？因此，司徒錦對舅父的官職很滿意。

就算他那無良的爹爹，以後見到舅父免不了也要客套一番。如此，娘親在府裡的地位就更加穩固了！

周家這一門朝廷重臣，選擇投靠太子。

太子原本是個香餑餑，跟了太子，將來的地位可能更加尊貴顯赫。但如今三皇子正得寵，皇位之爭正式拉開了序幕，太子一派雖然有楚家和周家支持，但三皇子的勢力也不小。兩虎相爭必有一傷，這個道理就算是婦孺也知道。只可惜周家的眼皮子太淺，在形勢還未穩定之前就匆匆作出了決定。不過，興許不是周家之間作的抉擇，是楚家刻意拉攏也說不定。

司徒錦即使不想理會這些政事，但因為龍隱的關係，她不得不多想那麼一層。

「御史中丞，居然一連升了三級？」江氏激動得雙手顫抖，可見內心有多震撼。

其實，司徒錦在接到消息的時候，也極為震驚。她沒想到他真的會出手幫忙，而且還是在她未開口相求的狀況下。

有那麼一瞬間，司徒錦真的很想立刻衝到他面前，當面說一聲謝謝，但礙於女孩兒家的矜持，她還是忍住了，只讓朱雀轉交了一些珍貴的字畫給他。

「可不是嗎？這下可好了，以後娘親要回娘家就方便了。」有了舅家的支援，還怕爹爹會不允許嗎？

江氏開心地笑著，眼淚抑制不住地往下掉，勸都勸不住。

「錦兒，妳舅父為何會這麼快升官？」高興歸高興，但江氏也不是個傻子，知道這其中肯定有原因。

司徒錦有些支支吾吾，沒敢將那個秘密說出口。

「是不是隱世子？」對於隱世子護送女兒回府的消息，她也有所耳聞的。想來也只有他才有這個能耐，能夠在皇上面前說上話。

江氏看著女兒遲疑的樣子，就知道猜對了。

那世子爺還真是對女兒上心。只不過，江氏感到高興的同時，也有深深的隱憂。即使世子爺對女兒好，但女兒嫁過去之後，必定要跟沐王府那些人朝夕相處。聽說那王妃和側妃都是很厲害的角色，不知道女兒嫁過去之後，會不會被她們刁難？

看著江氏的表情，司徒錦就知道她又在為自己的事擔心了，於是她趕緊轉移話題，問起了她的身體狀況。「娘親就要生產了，穩婆都請好了嗎？」

「早就安排好了，只是妳爹爹不太放心，又請了宮裡的老嬤嬤，說是要萬無一失。」江氏說起這話的時候，眼裡閃過一抹讓人難以確認的狠戾。

宮裡的嬤嬤過來接生，這是多大的面子。

能夠請得動宮裡的人，周氏肯定花了不少心思吧？司徒錦這樣想著，心裡也有了數。看來，她即使臥床不起，還是沒有打算放棄加害娘親，否則她那爹爹怎麼會想到請宮裡的嬤嬤，畢竟這是女人家的事。

「錦兒，娘親不會有事的，妳放心。」江氏握著女兒的手，安慰道。

司徒錦目光鎮定，沒有絲毫猶豫。「娘親，錦兒一定會護得娘親和弟弟周全，一定！」如果娘親真的面臨什麼不可預測的狀況，她身邊還有龍隱跟花弄影，一定能在最短的時間內解決問題的！

看著女兒這麼懂事貼心，江氏心裡湧現出些許暖意。

兒子真的有那麼重要嗎？有這樣一個乖巧懂事的女兒，不是很好嗎？若是他真的只在乎兒子，那麼她繼續留在府裡，也沒多大的意思了。

司徒錦自然不清楚江氏的心思，在她心中，目前最要緊的就是要讓娘親平平安安地把孩子生下來。任何敢阻擋她的小人，她都會毫不留情的清除，絕不手軟。

「娘，王姨娘和大姊姊得了癔症，一時半會兒也好不了，不如跟爹爹說，將她們送去莊子裡休養。一來，莊子裡比較清靜，適合養病；二來，母親病著而娘親生產在即，也沒有多餘的人手能照顧她們。娘親，您說這樣好不好？」

對於女兒的提議，她不是沒考慮過，只是如此一來，她便會落下一個容不下人的形象，讓人詬病。

看出她的疑慮，司徒錦繼續遊說道：「爹爹若真的在乎娘親和弟弟，肯定不希望娘親被打擾。如今她們瘋瘋癲癲的，整日不得安寧，娘親正是關鍵時期，若是被衝撞了，萬一將來生下的弟弟有個什麼，爹爹肯定會心疼死的。」

江氏覺得女兒說得很有道理，無論如何，都應以她肚子裡的孩子為大，任何有可能威脅到這孩子的因素，都要提防。

「等妳爹爹下朝回來，娘親就跟他提。」江氏總算想通了。

司徒錦達到了目的，正要離去，就聽見丫鬟進來稟報，說是楚家人抬了聘禮過來要提親。

第六十三章　提親遭拒

司徒長風此刻不在府裡，如今是江氏當家，因此楚家上門提親，丫鬟自然找到她這裡來了。

司徒錦微微蹙眉，這楚朝陽怎麼早不來晚不來，偏偏這個時候來？司徒芸在宮裡出了事之後，也不見他過來瞧一眼。以前聽說他多麼喜歡大姊姊，甚至正室的位置也為她留著，看來男人的話不可靠。

只是他這次來，是向誰提親？

司徒芸還是司徒嬌？

畢竟司徒嬌與他是被人當眾捉姦，不缺人證，他無論如何都賴不掉，但若他求娶的是司徒芸，那就值得考慮了。

大夫診斷出她得癔症的同時，也診斷出她已非處子之身。這樣一個污穢的女子，如何能嫁入楚家？司徒芸出了這麼大的事，楚家不可能不清楚，更何況上次皇宮發生的事，楚家肯定也參與其中。莫非……司徒芸失身之人，便是楚朝陽？

想到這種可能，司徒錦便開始在心裡起了盤算。

「素兒，妳快去告訴五小姐這個好消息，就說楚公子上門提親來了，讓她好好妝扮，一會兒跟娘親出去見客。」

江氏有些疑惑地看了女兒一眼，不明白她這是要做什麼。

「娘親，這楚家人來提親，想必是求娶嬌妹妹。雖然過了這麼久才來，但也為時不晚，是吧？」司徒錦走到江氏身邊，在她身旁撒嬌。

江氏被女兒這一番話逗得滿臉笑容，心中的抑鬱早已消失無蹤。「就數我的錦兒最懂事最貼心，娘親都捨不得妳這麼早嫁了。」

說起嫁人，司徒錦不由得臉紅。

江氏笑了笑，便起身讓丫鬟整理好妝容，這才朝著前廳而去。

楚朝陽一身華麗的穿著，貴氣逼人。畢竟出身京城貴冑楚家，即使是個紈袴子弟，也有一番風姿。平心而論，楚朝陽長得不錯，只是長期尋花問柳的結果，掏空了身子不說，整個人看起來也沒什麼精神，加上那微微發福的身段，與楚羽宸可說相差甚遠。

見到江氏出現，楚朝陽不自覺地皺了皺眉，但人在屋簷下，他還是不得不恭敬地作了個揖，稱江氏一聲夫人。

「小侄見過二夫人、二小姐、五小姐。」

司徒嬌今日特地妝扮，在一身淺粉色衣裙襯托下，容貌更加清麗，加上那我見猶憐、含羞帶怯的神情，讓人忍不住多看她幾眼。

江氏淡笑著請他落坐，說了一些尋常的問候話語，便提到正題上。「楚公子總算是登門了，我們五姑娘可是日夜期盼著呢。」

說完，又對司徒嬌說道：「嬌兒，還不上前給楚公子見禮？」

司徒嬌即使對楚朝陽不甚滿意，但如今王姨娘中毒，整日瘋瘋癲癲的，根本沒辦法替她作主，她也只能認命了。

不過，嫁去楚家，也不算太差。

楚家可是皇后的娘家，是大龍最有勢力的大家族之一。即使楚朝陽不是家主，但也是嫡長子，嫁過去之後總能吃香喝辣，若是能夠先於別人生下兒子，說不定正室的位置也能手到擒來。

想著這些好的面向，司徒嬌便不再計較，施施然地上前給楚朝陽行了一禮。「見過楚公子。」

楚朝陽沒有看她，只是抬了抬眼皮子，不理不睬地對江氏說道：「二夫人，恐怕您有些誤會吧？本公子今日上門求娶的，不是五小姐，而是司徒大小姐。我楚家嫡長子的正妻，再怎麼樣也得是個嫡女。她一個庶出的，哪裡配得上這正室的位置?!」

司徒嬌在聽完這一番話之後，整張臉都白了。

司徒錦也一臉不可思議地望著他，眼裡滿是震驚。「怎麼會……楚公子不是來求娶五妹妹的？那楚公子是要始亂終棄嘍？」

司徒嬌極力忍著，才沒有讓眼淚流下。

她已經做了這麼大的讓步，肯嫁給他了，他居然要求娶司徒芸那隻破鞋，也不要她？他憑什麼這般羞辱她。

「楚公子興許還不知道吧？我那大姊姊如今得了癔症，而且還……」

不等司徒嬌的話說完，江氏便大喝一聲，打斷了她。「不得無禮！嬌兒妳先回去，此事有妳爹爹為妳作主，妳放心，太師府絕對不會讓人這般羞辱了去！」

她的話很明顯，是在警告楚朝陽，不要欺人太甚。

如今楚家已拉攏周家，現在又把主意打到太師府身上，就算她不反對，想必老爺也不會同意這婚事。

即使司徒芸聲名狼藉，但好歹是太師府嫡女，若嫁去楚家，他們將來勢必會以司徒芸為要脅，好讓太師府向著太子。但若是司徒嬌嫁過去，就不一樣了。她只是一個庶女，就算楚家拿她當人質，老爺也絕對不會為了一個小小的庶女而屈服。

江氏雖然是個婦人，但對司徒長風還是有所了解的。

楚朝陽見她如此態度，剛才眼裡的輕慢也收斂了一些。

其實他也不想娶司徒芸回去當正妻，畢竟她如今名聲不好，又得了癔症。奈何皇后姑姑為了拉攏太師府，執意要他來提親，說不但不會影響楚家的名聲，還可以讓世人稱讚他有肚量。

但該死的，他就是恨透了司徒芸！

這個女人妄想太子表弟，心裡根本就沒有他。她以前表現得親熱，不過是想利用他而已，知道了真相以後，他豈還會對她一片癡心？一想到那女人虛偽的嘴臉，他就想吐，若不是皇后姑姑叫他一定要娶司徒芸，他才懶得過來跑一趟呢！

只不過，聽江氏這語氣，似乎不願意將司徒芸嫁到楚家。這樣正好，他也有理由拒絕姑姑了。

「二夫人，這大小姐的婚事，妳到底作不作得了主？如果作不了主，就換一個人來跟本公子談吧？」在他的眼裡，江氏只是個妾，名義上是平妻，還管著中饋，但他始終只承認周氏這位夫人。

要不是周氏如今纏綿病榻，他也不會在這裡跟江氏浪費時間了。

江氏臉上仍舊帶著淡淡的笑容，並沒有因為他的無禮而惱怒。就憑這一點兒，不少下人就對江氏有了很大的改觀，也敬畏了幾分。

「楚公子說得是。妾身不是大小姐生母，的確無權過問大小姐的婚事。老爺一會兒就下朝了，大小姐的婚事，您還是找老爺談吧！」江氏一副自己作不了主的樣子，悠然自得地端著杯子，喝起丫鬟早就備好的銀耳湯。

楚朝陽生性蠢笨，還以為江氏怕了他，自慚形穢呢。居然把頭一昂，不可一世起來。

「本公子就算是要娶郡主當正妻，也是綽綽有餘的，如今能看上司徒大小姐，也是你們太師府的福氣。」

江氏但笑不語，只等著司徒長風回來。

司徒錦看著他那蠢樣子，忍不住在心裡大笑。這樣的愚蠢之人，居然是楚家生出來的，還真是個異類。

司徒芸配個草包，也算是天生一對！

一盞茶的工夫過去，司徒長風總算回府了。聽說楚家來人了，他便匆匆的向這邊趕了過來。

「老爺。」江氏看到他進門來，立刻站起身來行禮。

「妳如今大著肚子，為何還這般拘禮？來人，送夫人回去好好歇著，這裡交給我就行了。」司徒長風見江氏有些吃力的模樣，心裡萬分疼惜。

這是他盼望已久的兒子，千萬別出意外才好。

司徒錦見到司徒長風，便上前向他低語了幾句，接著福了福身，行了禮之後便攙扶著江氏回後院去了。

司徒長風對於司徒錦轉述的那一番話很是不滿。「楚公子真是大言不慚，我堂堂嫡女嫁入楚家，那也是楚家的榮幸。如果真如你所說的那般不堪，我看這婚事還是算了吧？不過，你是否也該為嬌兒一事給老夫一個交代？占完了便宜，就想這麼輕易遮掩過去，你當太師府好欺負嗎?!」

司徒長風這番話說得不可謂不重。

原本還洋洋得意的楚朝陽被他這麼一數落，顏面頓時掛不太住。「太師大人此話何意？我為何要對司徒五小姐負責？那是別人陷害的，與我何干？」

見他死不承認，司徒長風心裡就來氣。

司徒嫣就算再有不是，也是他的女兒！他太師府的庶女，比起那些小門小戶的嫡女尊貴不止一點、兩點，他居然如此出言不遜，實在太過分了！

「好好好，好一個楚家！你這是來求娶的態度嗎？」

司徒長風鬍子一翹一翹的，明顯是動了怒。

楚朝陽從小到大都被放在手心裡寵，哪裡被人這般對待過，頓時也火了。

「本公子肯娶你家的嫡女，已經很給面子了，推三阻四不說，還硬要將一個庶女塞給我，是不是欺人太甚了！」

「我欺人太甚?!」司徒長風指著自己的鼻子，說道：「今日我總算見識到了，什麼叫無恥至極！這樣的客人，太師府招待不起！來人，送客。」

司徒長風這話一出，管家便上前請楚朝陽離開。

「不好意思楚公子，您還是抬著這些東西回去吧！」

楚朝陽沒想到司徒長風居然敢這般對他，也不管什麼後果，氣呼呼地就走了，早就將皇后的囑託給忘得一乾二淨。

「不娶就不娶，本公子還看不上那個瘋婆子呢！哼，有什麼了不起！」

司徒長風聽到他這話，頓時氣得一陣暈厥，差點兒沒吐血。

第六十四章　江氏早產

「老爺，相爺來了。」

司徒長風先是一愣，繼而反應過來。「那還不快請！」

小廝點頭哈腰地下去了，不一會兒，一個和司徒長風年紀相當的男子風風火火地進來了。

那男子四十歲上下，看起來比司徒長風精神多了。他一身暗黑花紋錦袍，一撇修整得整齊的小鬍子，看起來特別嚴肅。年紀輕輕就能接下丞相這職位，一看就是有些能耐。

他雙唇緊抿，眼神銳利，彷彿在昭告世人，他此刻很生氣。

司徒長風自然知道他的脾氣，見他這副模樣，卻笑容不改地將他迎進門，又讓丫鬟端上香茗，問候了一番之後這才問道：「什麼風把丞相大人你吹過來了？真是稀客啊！」

除非有很重要的事情，周丞相不會隨意踏進太師府。即使是周氏原先對他納妾心有不滿，回娘家告了狀，也不見他親自登門質問過。如今放下身段過府來，想必跟太子有關吧？

他都已經拒絕他好幾次了，沒想到他還是不死心。

「你就是這麼對我們周家人的嗎？」周丞相一開口，就是質問的語氣。

司徒長風不解的問道：「大舅子這話從何說起？」

聽到司徒長風叫自己大舅子，周丞相的臉色就更難看了。「你還知道我是你大舅子？你看看你是怎麼對我們周家人的？妍秀就罷了，燕秀可是老太君最寶貝的小女兒，你看看她，嫁進太師府以後，三天兩頭生病，還被你的庶子毒打。你這個做丈夫的，是怎麼護著她的？居然讓她受這麼大的傷害！」

說起周燕秀，司徒長風的確覺得對她有些虧欠。

但誰教她生不了孩子呢？如今他每個月仍會去她屋子幾天，已經算不錯了。加上這周氏性子變得陰沈沈的，也不像以前對他那般熱誠，有時候甚至對他視而不見，這樣的態度，還奢望得到他的寵愛？簡直作夢！

「家家有本難唸的經，舅兄你也知道。那孩子已經被我趕出了太師府，難道還不夠嗎？你丞相府子孫滿堂，而我太師府就那麼一個兒子，做到這分兒上，難道還不足以彌補我對她的虧欠嗎？」

要論這說話的藝術，他司徒長風好歹是太師，不會比丞相差。

周丞相見他這般狡辯，心裡就更來氣。但想到今日來這裡的目的，還是忍住了，沒有翻臉。「好，那燕秀的事先不說。就說說我那外甥女，芸兒的事吧！她如今變成那副樣子，你這個做父親的難道就沒有一點責任嗎？出了那樣的事，她心裡苦，你也沒好好安慰著，就放任著她在府裡任人欺凌，還得了那樣的病，你那二夫人真是厲害啊，不但奪了我妹妹的掌家之權，還處處壓迫她的子女。哼，一個妾居然爬到了正經的主子頭上去了，你這樣寵妾滅妻，難道就不怕被史官記上一筆嗎？」

提到這史官，司徒長風便又想到了江氏的二哥江華。

如今他可是調到京城，擔任御史中丞一職。雖然品級不算高，但能夠連升三級，他的背後肯定有更強大的勢力。若是能夠與他搞好關係，將來他的位置也會坐得穩。反觀這丞相府，自從投靠了太子，就愈來愈不像話。大殿之上，皇上還親口指責，說不該結黨營私！言猶在耳，他居然又想著法子來逼迫自己投靠太子了。

他才不會輕易妥協。

太子的勢力如今大不如前，他就算要找個靠山，也不會將籌碼放在太子身上，要說皇位的有力競爭者，三皇子的勢力如日中天，要選也要選三皇子才對。

「舅兄說得也太言過其實了！芸兒在府裡，有誰欺負她了？她依舊是我的嫡長女，太師府好吃好喝地供養著她，不曾讓她受任何委屈。江氏也不是妾，她可是平妻，她的女兒，即將是世子妃，舅兄莫要再胡言亂語，免得傷了和氣。」

周丞相被他一席話堵得半晌都沒吭聲，顯然是氣得不輕。

「你……你這個忘恩負義的！當初要不是丞相府，你焉有今日?!」人一旦生氣，就會口不擇言。

司徒長風自然不願意承認自己是靠裙帶關係爬到今日這個位置的，老臉脹得通紅。「舅兄如此咄咄逼人，是不是太過了?!我司徒長風豈是那種藉女人的關係往上爬的人？這般無禮的話語，也虧你說得出口！」

「哼，你有種做出這些事來，就別怕人說。」周丞相也是得理不饒人。司徒長風沒想到事情會鬧到如此地步，心一橫，也不管後果了，就跟丞相兩人對罵了起來。反正女兒是世子妃，沐王府是強有力的靠山，比起區區丞相府，勢力要強大多了。而且聽沐王爺的意思，似乎不打算支持太子上位，所以就算跟丞相府翻臉，他也不會考慮站在太子那一邊。

「真是欺人太甚！你個老匹夫，我忍你很久了！這是我太師府的家事，豈容你一個外人指手畫腳，你是不是管得太多了！」

「你說什麼？你居然罵我老匹夫？你這個小白臉，吃軟飯的！」丞相被羞辱，也火了。兩個人就在書房裡罵起來，連帶著驚動整個府裡的人。

司徒錦知道周丞相上門，肯定是為了周氏以及司徒芸的事情。只不過她沒想到司徒長風居然不顧後果，與丞相府翻臉，這還真是意想不到的收穫啊！

沒有了丞相府的支持，那周氏要想翻身，就難了！

這樣正好，再也沒有人爭得過娘親了。

這樣的好戲，真是難得一見啊！

就在司徒錦笑出聲的同時，緞兒一臉驚慌地跑了進來。「不好了，不好了！二夫人要生了！」

司徒錦一驚，從椅子裡站了起來。「妳說什麼？娘親要生了？不是還沒到時候嗎，怎麼就……」

「二夫人也是想要去勸架，不知怎麼的，被丞相大人撞到，就動了胎氣……」緞兒上氣不接下氣地說道。

她也是剛剛得到消息，這才飛奔回來稟報的。

司徒錦焦急地向門口走去，但走了幾步又停住，大聲問道：「朱雀人呢？」

「她有事，出去了。」緞兒不明所以地說道。

「立即派人將她找回來，我有事交代她！另外，去花郡王府上一趟，務必請花郡王過來一趟。其他人，我不放心！」說完，司徒錦便大步跨了出去，急急地往江氏的院子走。

緞兒也知道此事很嚴重，於是派春容和杏兒出去找人。

距離二夫人生產的日子還有個把月的時間，如今發生了這種事，恐怕有些不妙。想到這裡，緞兒的身子就忍不住抖了抖。

「快去請產婆！」司徒長風大聲吼道。

他抱著江氏急急地衝回內院，一邊跑一邊心疼地看著懷裡的女人。

江氏下體已經被鮮血染紅，她沒想到丞相居然下這麼重的手！想必那些人都恨透了她，不想讓她生下兒子吧？

司徒錦趕到的時候，江氏已經痛得沒有力氣，額頭上滿是虛汗。

「娘親！您有沒有事？」

看到女兒那焦急的模樣，江氏十分心疼。儘管已經痛得嘴唇發白，但她還是不忍讓女兒擔心。「娘親沒事……錦兒乖，快出去吧……」

司徒錦搖著頭，不肯離開她半步。

司徒長風知道婦人生產，他們都不宜待在這院子裡。於是大喝一聲，讓丫鬟跟婆子將司徒錦給拉出去。

「不……我不出去，我要在這裡陪著娘親！」司徒錦此刻只擔心江氏的平安，其餘的早已拋開。即使司徒長風下令，她還是任性地掙扎著，不肯出去。

雖然爹爹跟娘親都期盼這胎是男孩，她也一心一意希望娘親生下的是弟弟，更曾想過不擇手段都要確保娘親生下的是「兒子」，但此刻這些念想全被她拋至九霄雲外，弟弟也好，妹妹也罷，她只要娘親平安活著。

司徒長風看著她倔強的樣子，彷彿又看到了以前那個女兒，一時頗為感慨。「錦兒，妳還是出去吧？妳娘生孩子，妳也幫不上忙。」

「不，爹爹……錦兒不出去，錦兒要看著娘……」

江氏原本可以平平安安生下孩子，如今卻被迫早產，加上她年紀也不小了，高齡產子，危險又高了幾成。她實在放心不下將娘親一人留在屋子裡。再說了，那宮裡來的嬤嬤說不定早就被周氏收買了，她不能拿娘親和她肚裡的生命作賭注。

「老爺，您和二小姐趕快出去吧？這裡有老身就行了！二夫人如今已有早產現象，再耽擱下去，恐怕性命不保！」正在此時，一個宮內嬤嬤妝扮的人出現在屋子裡。

司徒錦也見過這個嬤嬤，自從她到府上之後，就一直在照顧江氏的飲食起居。

此人一看就不是個善類，生得一副賊眉鼠眼，見到江氏如此痛苦，也沒有半點兒憐憫之心，鎮定如常，臉上神色平靜無波。

司徒長風聽了那嬤嬤的話，就更加堅定地將司徒錦拉了出去，任憑她再掙扎，也沒有放鬆，還專門派人把守住了屋子，不准任何閒雜人等進去。

司徒錦見到那嬤嬤進了屋子，頓時急得不得了。

那老婆子一看就知狼心狗肺，若是她在裡面動了什麼手腳，那她娘親和弟弟肯定不保！

「爹爹……女兒已經去請花郡王，請他過來為娘親護駕。女兒懇求爹爹，不要讓娘親一個人在屋子裡，不要讓她一個人……」

司徒錦這還是第一次在司徒長風面前痛哭流涕。

司徒長風面有難色地看著女兒，對於她的要求很是不能理解。那花郡王雖然醫術超群，但畢竟是個男子，如何能夠幫婦人接生？

「錦兒妳多慮了，有宮裡的嬤嬤幫妳娘親接生，不會有事的。」

雖然嘴裡這麼說，但司徒長風還是有些不放心。江氏的情況不樂觀，他生怕那孩子保不住。

江氏早已痛得沒有了力氣，看到那嬤嬤往床尾一站，她的心就沈到了谷底。

昨日她曾經婉轉地向司徒長風提出，自己已經請了產婆，不需要煩勞宮裡的嬤嬤幫忙接生，但司徒長風卻十分堅持，說那宮裡的嬤嬤專門替皇上的妃嬪接生，定能給他們的孩子帶來福氣和好運，並沒有聽取她的意見。

如今看到那婆子一臉陰沈地對著自己笑，她便知道自己的大限將至。她死不足惜，但是她肚子裡的孩子是無辜的啊！她好後悔，好後悔去了書房，後悔不該展現自己的賢慧，而將自己置於危險當中。

就在江氏心灰意冷之際，聽到女兒在外面嘶聲力竭地哭喊，頓時燃起一絲希望。

那婆子見她不斷地往門口張望，便冷笑著對她說道：「二夫人，您還是留些力氣準備生產吧？若是孩子卡著出不來，那可是一屍兩命啊！」

面對這婆子的威脅，江氏隱隱感到害怕。儘管她做過很多設想，但真正面對這些心腸歹毒之人時，她還是忍不住打了個冷顫。

「爹爹……求求您，讓花郡王幫幫娘吧！」司徒錦急得滿頭大汗。如果司徒長風真的不允許花弄影進去，她就算背負著大逆不道的罵名，也要讓花弄影進產房。

一陣陣強烈的刺痛傳來，江氏忍不住大聲嘶喊。「啊……好痛！」

外面的人聽到那淒慘的喊叫聲，全都將心提到了嗓子眼兒，司徒錦更是心急如焚。想到那惡毒之人在裡面接生，她就心痛難忍。重活一世，如果她連娘親都保不了，那她還不如死了算了！

「夫人，用力啊！」產房裡除了那宮裡來的嬤嬤，還有另外兩名穩婆。她們都是江氏找來的，但因為有那婆子在，她們便近不了二夫人的身，只能在一旁乾著急。

其中一名李姓的穩婆，看到江氏那慘白的面容，心裡有些不忍。「嬤嬤，二夫人這樣下去不成，老身去找些補充體力的東西給二夫人含著吧？」

那老嬤嬤瞪了她一眼，說道：「妳這是在指責老身不會做事嗎？宮裡的貴人都沒有這般嬌氣，她不過是個平妻，囉嗦個什麼勁兒，給我一邊兒待著去！」

李婆子被數落了一頓，只好閉了嘴。

江氏痛得死去活來，又聽見那老嬤嬤如此說話，心裡更加難受。這就是司徒長風找的好產婆！在這麼重要的時候，她想的不是挽救她的生命，而是謀財害命，哈哈，真是太諷刺了！

「二夫人暈過去了！」另一個張姓婆子見江氏緩緩閉上了眼，尖著嗓子叫了起來。

外面的人聽到裡面的動靜，全都緊張得不得了。尤其是司徒錦，聽說江氏昏過去了，一口氣沒提上來，差點兒也暈死過去。

「小姐……花郡王來了。」緞兒衝進屋子，看到自家小姐跪在地上，立刻上前去攙扶。

聽到花郡王的名號，司徒錦總算是找回了一點兒意識。「他在哪裡？在哪裡？」

「不僅如此，世子爺也來了！」緞兒望了一眼周圍的人，毫不避諱地說道。

剛才屋子裡的情形，她可是看得清清楚楚，老爺分明是聽信了夫人的話，將那個宮裡的嬤嬤留下來幫二夫人接生。這是要讓二夫人去死啊！只要那嬤嬤隨便說句「無能為力」，二夫人就是一屍兩命。

想到那些，緞兒忍不住火冒三丈。

老爺真是太糊塗了！居然聽信周氏的話，將自己妻子和兒子的命交給一個不知底細的人。

她這個做奴婢的，也看不下去了！

司徒長風也聽到了「世子爺」這個稱呼，整個人頓時愣住了。「妳說什麼？世子爺來了？在哪裡？」

不等他前去迎接，兩個瀟灑的身影便自己走了進來。

司徒錦一見到花弄影，便顧不上什麼禮節，衝上去抓住他的手臂，急切地說道：「快，快救救我娘親！救她！」

花弄影和龍隱都被她這副模樣給嚇到了，花弄影更是不忍心看到她這樣難受，便要往屋子裡走。

司徒長風反應過來，反射性地將他攔住。「郡王殿下，您不能進去！」

花弄影冷冷地瞪了他一眼，道：「我若是再不進去，你就等著為二夫人母子收屍吧！」

司徒長風聽了這話，忍不住打了個冷顫。

他怎敢如此詛咒自己的妻兒？實在是太過分了！正要反駁，花弄影已經推門而入，而另一雙手也攔在司徒長風面前，阻止他去找花弄影的麻煩。

「被人算計了，還在這兒自以為是，簡直愚蠢至極！」那雙手的主人，正是龍隱。

司徒長風被人這樣羞辱，頓時羞紅了臉。

只是世子身分尊貴，他想要回擊，卻又沒那個膽子，只好忍下這口氣，問道：「世子這話什麼意思？難道我還會害了我的妻兒不成？」

龍隱瞥了他一眼，道：「你的一番好心，卻是別人最好的武器。沒查清楚那婆子的身分，就往岳母房裡送，你這不是想害死他們母子是什麼?!」

司徒長風被他一頓訓斥，整個人都傻了。

「來人，將那個老嬤嬤給綑了！」龍隱見他依舊沒有反省，便讓身後的朱雀進去逮人。

朱雀自然不懼司徒長風，也不管被人怎麼看，逕自帶著人進去，將那個老婆子給扯了出來。

「你們這是做什麼？想造反不成！」那婆子見有人阻攔她接生，便大聲嚷了起來。

司徒長風見她滿手是血，頓時嚇得後退了幾步。「雲煙……她怎麼樣？怎麼會有這麼多血？」

那婆子見到司徒老爺，便如見到救星一般。「司徒老爺，老身可是夫人請來為二夫人保胎接生的，他們這般對我，您可要給老身一個說法。」
龍隱見她仍舊執迷不悟，一個眼神示下，朱雀就上前一腳將她踹翻在地。
「唉唷……誰這麼大膽子，連我也敢打?!」那婆子在宮裡待的時日不短，見一個丫鬟也敢對自己動手，頓時大叫起來。
司徒長風也是一愣一愣的，他看著朱雀，簡直不敢相信自己的眼睛。「妳……妳竟然敢……太放肆了！」
朱雀連正眼都不瞧他一眼，站到世子的身後便不動了。
那婆子還在地上耍賴，哭喊著殺人了。
龍隱覺得太吵，隔空點了她的啞穴。那婆子坐在地上手舞足蹈，卻發不出一丁點兒的聲音，看起來滑稽可笑。
司徒長風見世子出手，也不好再說什麼。
司徒錦見那嬤嬤被揪出來了，心裡一鬆，就昏了過去。
「小姐！」緞兒嚇得驚叫出聲。
在司徒錦落地之前，一雙有力的臂膀將她穩穩接住。龍隱伸手將她抱起，然後大步走出了屋子。
司徒長風見世子抱著女兒離去，整個人愣在當場，動彈不得。「世子他……」
朱雀看著他那驚訝的模樣，不禁在心裡冷笑。這樣就失態了？虧他還在朝廷混了這麼多年，真是大驚小怪。

要不是為了看住這婆子，她早就隨小姐回房去了。

等到世子抱著司徒錦離開，那婆子便撲過去，抱住司徒長風的腿，又指了指那緊閉的房門，似乎想要進去。

司徒長風正猶豫著，朱雀過來又是一腳。「妳還想弄出什麼名堂來？我告訴妳，老實一點！等二夫人平安誕下麟兒，再來收拾妳！」

司徒長風見一個小丫鬟有如此氣勢，頓時呼吸不暢。他太師府什麼時候輪到一個丫鬟作主了，真是豈有此理！

「妳一個小丫頭也敢在此指手畫腳，誰給妳的權力?!」

朱雀抬起頭，不屑地看著司徒長風。「太師大人還真是慈悲為懷，對這個心思歹毒、企圖謀害自己妻兒的惡人，竟然如此信任。若不是世子爺及時趕到，恐怕二夫人早就沒命了！」

「妳少含血噴人！我豈是那麼好唬弄的！妳說她是惡人，可有什麼憑證？」司徒長風看了這不起眼的丫鬟一眼，憤憤地說道。

朱雀哂笑著，一把將那婆子給掀翻在地，又是一陣拳打腳踢。「要證據是嗎？我這就找給你！」

那婆子被朱雀揍得半死，痛得死去活來，卻發不出任何聲響，真是痛苦不堪。肉體上的痛楚源源不斷地從敏感的神經傳到大腦，即使是一個刁鑽成性之人，此刻也招架不住。

朱雀見她有投降的舉動，伸手在她脖頸上一拍，解了她的啞穴，那婆子的哀嚎聲便一發不可收拾。「我招了我招了，我什麼都招了！」

司徒長風聽她這麼說，臉色頓時變得鐵青。

他沒想到，這婆子真的有問題。

「快說，妳到底是什麼人？究竟想要幹什麼?!」

看著司徒長風那一副要吃人的模樣，那嬤嬤見再也瞞不下去，乖乖地全說了。「老身……老身原先是宮裡的一個嬤嬤，因為……因為一些小事被趕出了皇宮，後來被丞相府收留。前些日子，姑奶奶……也就是夫人將老身找來，說是二夫人臨盆在即，要我在此幫忙接生，到時候……到時候隨便找個藉口，就說二夫人難產，小少爺也……也是個死胎……」

她說話的聲音愈來愈小，而司徒長風的臉色卻愈來愈黑。

難怪剛才錦兒那麼反對這婆子待在房間裡為江氏接生，難怪她會一反常態跪下來懇求讓花郡王進去為江氏接生，難怪……原來這一切，都是一場陰謀！

若是真的像這婆子所說，又或者花郡王遲來一會兒，是不是……是不是江氏就沒命了？而他的兒子也保不住了？

想到那嚴重的後果，司徒長風氣憤不已，狠狠地將這婆子踢倒在地。「好妳個心狠手辣的老貨，竟敢謀害我的妻兒，妳……」

「老爺，這都是夫人的主意，不關老身的事啊！」見司徒長風大發雷霆，那婆子嚇得直哆嗦，將所有的責任都推到周氏身上。

她不過是個奴才，主子要打要殺，是天經地義的。此等大錯，就算不處死，也得掉一層皮。雖然她並未得手，但卻參與其中，已是罪不可赦，若是想要活命，就必須將那幕後之人供出來，否則就算司徒老爺不打死她，世子也不會放過她。

他是知道她底細的人，若是以前在宮裡所犯的那些事被抖出來，那她在丞相府也待不下去了。

「老爺饒命啊……老身是一時鬼迷心竅，才險些犯了錯！請老爺看在二夫人還未……的分上，饒了老身一條狗命吧？」

說著，那嬤嬤便砰砰砰地磕起頭來。

司徒長風見她這副模樣，沒有絲毫心軟。這可是關係到他司徒家命根子的大事，豈能輕易饒恕？

於是他衣袖一揮，讓粗使婆子將她給綁了。「來人，將這個老貨關進柴房，嚴加看守。若是二夫人和小少爺有個好歹，就拿她陪葬！」

那婆子聽說要陪葬，嚇得直發抖。

此刻，江氏正徘徊在生死邊緣。床榻早已被鮮血染紅，可怖的血腥味瀰漫在整個房間裡。

「二夫人，快將這些參片含著補充體力，宮口已經打開，必須馬上生出來，否則大人孩子都保不住！」那李姓接生婆經驗老道，見江氏那模樣，便按照步驟，不慌不忙地準備接生。

而那張姓婆子因為嬤嬤被拉出去而一直渾身不自在，也不敢接近江氏的床榻，站在一旁發呆。

花弄影雖說是個大夫，但這接生的活兒可沒有做過。而且男女授受不親，就算江氏是司徒二小姐的生母，但他畢竟是個男子，不便與她接觸，只能在一旁把脈，確保江氏是否還活著。

「用力，孩子的頭出來了！」接生婆站在床尾，大聲喊著。

江氏憋著一口氣，又看到花弄影站在一旁，總算是放下了心，將所有精力都放在生孩子上。

「用力呀，二夫人！」

產房裡的丫鬟不斷端著裝著血水的盆子進進出出，看得司徒長風膽戰心驚。一個人能有多少的血可以流？江氏出了這麼多血，恐怕快要不行了吧？

「怎麼樣了？孩子生出來沒有？」他急得拉著一個丫鬟問道。

那丫鬟低下頭，不住搖頭。

司徒長風又是一陣長嘆，似乎不能接受這個事實。

他好不容易盼來的一個孩子，若是……他真的不知道該如何向列祖列宗交代。一旦沒有嫡系子孫，就得從旁系子孫裡挑一個過繼來繼承家業。他這一輩子努力掙得的這份家業，就要落到別的人手裡，他豈會甘心？

看著司徒長風急得在外面來來回回走動，朱雀卻一臉嫌惡。這臭男人，此刻最關心的還是他的子嗣，根本不管二夫人的死活，真是可恥！若不是小姐即將嫁入王府，她才懶得待在這兒呢！

一炷香的時間過後，房內終於響起了嘹亮的嬰兒啼哭聲。

不一會兒，那李婆子抱著一個新生兒走了出來，見到司徒長風，便笑著上前道喜：「恭喜老爺，賀喜老爺，二夫人生了個少爺！」

一聽到嬰兒的啼哭聲，司徒長風忍不住上前幾步。聽那婆子說是少爺，他整張臉都笑成了一朵花。

「兒子？我又有兒子了？哈哈！」

那婆子不住地點頭，說著恭維的話，然後將那嬰孩遞到司徒長風手裡。

司徒長風看著那初生的嬰兒，高興得不得了。「來人啊，所有的人都重重有賞！」

那李婆子聽見有賞，心裡卻沒有太多的喜悅。想到那人特地差人上門警告，她就有些擔憂。若不是還有一絲良心在，江氏跟這嬰孩早就沒命了。

那人得知二夫人平安產子，還指不定會怎麼對付她呢！所以李婆子連賞錢都沒有要，就悄悄地離開了。

而另一個張姓婆子，心情也是十分複雜。她是收了別人的銀錢，所以才沒有出手相救。雖然江氏母子平安，但那賞錢她不該拿，也跟著靜靜離去。

等到這些閒雜人等都離開了，花弄影才從屋子裡出來。

司徒長風見到他的身影，這才小心翼翼地上去賠禮道歉。「今日都是下官魯莽，差點兒害了他們母子。不知道賤內……」

「二夫人無礙，只是身子虛弱，需要好好休養。一會兒讓丫鬟照著這藥方去抓藥，順便去請個可靠的奶娘。」說到這「可靠」二字的時候，他別有深意地看了司徒長風一眼。

司徒長風有些汗顏，但老來得子的喜悅早已將那羞愧沖淡了。

花弄影一離開，司徒長風便抱著兒子逗弄起來。直到江氏的咳嗽聲響起，才讓他想起還有一個人需要他的安慰，這才踏進產房去探望江氏。

「老爺……孩子呢？」江氏見到他，便問起自己的孩子。

她千辛萬苦生下來的孩子，不知道長什麼樣子？

司徒長風將孩子送到她面前。「瞧他長得多俊？瞧這眼睛，這眉毛，這小嘴兒，跟妳一個模子刻出來似的。」

江氏看到那孩子，也十分開心。

雖說是早產兒，但孩子發育得不錯，小臉蛋兒紅撲撲的，胎髮也很齊整，五官雖然還看不清，卻健康平安。

江氏盼這一天盼了很久，看到兒子安然無恙，她的眼淚又止不住地掉了下來。

「夫人快莫要哭了，這坐月子千萬別哭，否則對視力不好。」服侍司徒錦的李嬤嬤走進屋子，見到江氏落淚，便好言相勸。

江氏聽了她的話，強忍眼淚，將傷感壓制下去。

司徒長風見她臉色蒼白，想到她九死一生生下這個兒子，心裡對她十分感激。「雲煙，妳辛苦了。」

江氏輕輕地搖頭，眼睛一直盯著孩子。「妾身不覺得辛苦。」

司徒長風見她這般模樣，更加心疼了。「去燉些上好的補品來給二夫人補補身子，另外再去找一個有經驗的奶娘。記住，一定要可靠的！」

丫鬟、婆子領命下去，室內只剩下司徒長風與江氏夫婦和那個剛生下來的嬰兒。

「老爺，可為孩子想好了名字？」江氏小心翼翼地抱著這得來不易的兒子，心中是滿滿的期待。

司徒長風見這孩子五官俊挺，又是江氏經歷生死大關生下的，便想到一個名字。「不如，就叫念恩吧？」

「念恩？司徒念恩？」江氏滿懷驚喜地望著司徒長風，有些不敢置信。

只有嫡子才會取兩個字的名，他的意思，是不是想要將這孩子當成嫡子、未來的家主培養呢？

「對，就叫司徒念恩。讓他一輩子記住，妳是如何辛苦地將他生下來的，讓他不能忘了妳的大恩大德。」司徒長風萬分感慨地說道。

說江氏不感動是不可能的，只是那感動僅對於這個孩子，而非司徒長風。她總算如願生下了太師府的嫡子，算是太師府的功臣，周氏那賤人已經不能再有身孕，這家裡往後可就是她說了算了。

「妳也累了，先休息吧？」司徒長風見她面有鬱色，還以為她是累了，便扶著她躺下去。

江氏順從地點了點頭，不過在司徒長風將要離開之時，忍不住問了一句。「老爺……那宮裡來的嬤嬤，似乎並不希望妾身平安生下老爺的孩子，她……她想要害老爺您的子嗣……」

司徒長風見她提起此事，心裡更覺得江氏真是賢良淑德。都差點兒被人害死了，最先想到的還是他的子嗣，而不是她自己。「妳放心，我已經命人將那婆子拿下，關進了柴房。這件事，我一定會為妳主持公道！」

江氏這才假裝感激地點頭，不再開口。

司徒長風見她漸漸睡去，便抱著嬰兒走出了內室。

「妳將小少爺抱過去給二小姐看看，她也擔心了好一陣了。」他將孩子遞給朱雀，總算想到了那個女兒。

今日若不是錦兒，他恐怕不僅要失去這個兒子，連江氏都有生命危險。對於這個女兒，他也感激在心。

朱雀應了一聲，便抱著孩子去了梅園。

司徒長風料理完這邊的事情，臉色不好地離開了江氏的院子，朝周氏院子的方向而去。今日之事，都是因周家而起，他若不好好教訓周氏一頓，恐怕丞相府還以為他好欺負。

第六十五章 休妻

周氏得知江氏平安產下一個兒子時，氣得摔了不少器皿。「為什麼老天爺要這麼對我，為什麼?!憑什麼江氏那個賤人可以生兒子，我卻連個蛋都生不出來！為什麼……我到底是造了什麼孽啊！」

司徒長風踏進院子的時候，正好聽到這句話。

屋子外的丫鬟正要進去稟報，卻被司徒長風攔下。他上前一步，一腳將門踹開，惡狠狠地對著周氏罵道：「妳造的孽還少嗎？妳這個心如蛇蠍的毒婦！我司徒長風到底是哪一點對不起妳了，居然敢謀害我的子嗣！」

周氏的臉瞬間變得慘白，身子也微微抖了起來。一屋子的丫鬟見到司徒長風闖進來，全都閉了嘴，跪在一旁，大氣都不敢出一下。

「老爺，妾身……」

「妳還要狡辯嗎？那婆子早已招認，是妳指使她謀害雲煙母子，妳敢說妳沒做過?!」司徒長風不容許她辯解，狠狠一巴掌摑了下去。

「若不是你們丞相府的人欺人太甚，她又如何會早產，差點兒一屍兩命！你們丞相府的心都是石頭做的嗎？居然敢對一個柔弱的女人和無辜的孩子下手，真真是好啊！」

司徒長風快要氣瘋了，說起話來也毫不客氣。

周氏捂著臉，臉上的疼痛讓她的心也跟著疼了起來。

她不過是不希望江氏在她前面生下兒子而已，她不過是為了自保，憑什麼他將所有的錯都推到自己身上？他憑什麼！

「是，是我指使的又怎樣?!她不過是個賤妾，憑什麼能夠生下兒子？而我，年紀輕輕，卻再也無法生養！上天對我如此不公平，我為何要忍受這些不平之氣?!我就是想要她死，要她死！」

周氏也瘋了，想都沒想，就承認了這一切。

司徒長風被她的一席話給激怒了，整個人失去了理智。「好好好，好妳個妒婦！犯了七出之條，還敢如此大言不慚！妳信不信，信不信我今日就休了妳！」

「休了我？你敢？」周氏雖然失去理智，但是天生的那股高傲勁兒還在。想著有丞相府在背後撐腰，口氣也硬了很多。

「妳……」見她口氣強硬，司徒長風氣得一時半刻說不出話，最後他憤憤離開她的房間，撂下一句：「妳看我敢不敢！」

司徒錦醒過來時，便聽見一陣嬰兒的啼哭聲。當朱雀將那個小得可憐的娃兒送到她身邊的時候，她忍不住落淚了。

那有著小小的腦袋、小小的手掌、小小的身軀的奶娃兒，就是她這一世的弟弟嗎？

「小姐快別哭了，世子在呢。」緞兒走到她的床榻邊，小聲提醒道。

司徒錦聽到「世子」兩個字，頓時止住了眼淚。他怎麼會在她的房間裡？難道是他送她回房的嗎？想到這個可能性，司徒錦便恨不得鑽進被子，再也不出來。

隱世子看到她醒過來，便起身朝著她的床榻走去。剛才花弄影說，她只是昏睡過去，並無大礙時，他還不大相信。如今看到她沒事了，一顆提著的心這才放下。

「妳醒了。」他手裡端著一個茶杯，裡面是溫熱的茶水。「先喝點兒水，壓壓驚。」

看著世子爺做著下人應該做的事情，緞兒不由自主地臉紅了。「世子爺，這些事都交給奴婢吧。」

敢煩勞世子爺端茶倒水，她的腦袋還要不要？

司徒錦一直低垂著頭，看著身旁那個小不點兒，長長的睫毛遮住了她心慌的眼神。她對他並不陌生，前不久還一起出遊賞桃花，那些點點滴滴記憶猶新，無時無刻不在她腦海裡翻滾回味著。

如今他就在眼前，離她那麼近，讓她愈來愈無法順暢呼吸了。似乎每見一面，她就越發的不能控制自己的情緒。

「小姐，要喝水嗎？」緞兒似乎看出了二人之間的尷尬，上前解圍道。

司徒錦剛要點頭，卻發現那茶杯還在龍隱的手上，頓時又陷入了羞怯中，無法自拔。龍隱知道她是不好意思了，卻沒有將杯子遞給緞兒，而是親手遞到她面前。「趁熱喝，對身子好。」

司徒錦只好接過杯子，無聲地喝著，連頭都不敢抬。

龍隱毫不避諱地坐在她的床榻邊上，一雙眼瞅著她的一舉一動，沒有離開的意思。緞兒見到這副架勢，也不好開口送客，只得吩咐丫鬟們都下去，給二人留下足夠的空間，自己也退了出去。

等到閒雜人等一走，龍隱伸出手將她的下巴抬了起來。「遇到這樣的事，為何不派人給我送個信？若不是朱雀飛鴿傳書，我還不知道這裡竟然出了這麼大的事情。」

這話裡有些許責備，但更多的是擔心。

司徒錦也聽得出他話裡的意思，心裡感激的同時，又不得不吶吶地反駁。「當時情況緊急，我也是……」

「不管發生任何事，我都會站在妳這邊的。」他有些無奈地放下手，看著她的時候，臉上有些失望。

司徒錦見他的手撤開，又聽到他的嘆息，不由得抬起頭來凝視他的雙眼。那淡淡的憂傷雖然不易察覺，但是敏感的她卻感覺到他的情緒波動。

「你是不是在生我的氣？」見他要起身，她顧不上女兒家的矜持，伸手拉住他的衣袖。

這突來的舉動，讓龍隱心裡又生出一絲甜蜜來。他驚喜地回過頭，看到她臉上的焦急和不忍，心裡某個地方頓時軟了下來。原本打算就此離去的腳步，也停了下來。

「妳真會折磨我！」他上前跨了一步，將她緊緊地擁入懷裡。

從最初見面時的尷尬，到後來逐漸的熟悉，再到第一次牽手，第一次擁抱，第一次親吻，龍隱覺得自己愈來愈離不開她，想要時時刻刻都看到她。一聽到她有事，他便馬不停蹄地趕過來。即使他還有更重要的事情要做，他也可以立即放下，只為看到她安心。

這一切的一切，讓他終於明白，什麼叫做「情」。

司徒錦在他的懷裡聞到那熟悉的龍涎香，臉蛋不免又變得通紅。孤男寡女共處一室，就算沒什麼，也生出點兒什麼來了。

她輕輕地推了推，龍隱卻絲毫沒有鬆開的打算。

好不容易能夠再見到她，他怎麼能就這麼輕易地讓她躲開？她可能不知道，自從在那桃花林與她有了進一步的親近，他滿腦子都是她，想要時時刻刻都看到她。

司徒錦也不想破壞這份難得的寧靜，只是那被子上的嬰兒似乎醒了過來，小嘴兒癟著，看著似乎要哭了呢！

「哇……」果不其然，那小傢伙張開嘴，扯起嗓子就哭了起來。

司徒錦見他哭得這麼傷心，便從龍隱的懷裡掙脫出來，將那個小小的身軀抱在懷裡。

「肚子餓了嗎？別哭別哭……」

看她如此細心地哄著嬰兒，龍隱腦子裡忽然產生了一個念頭。那就是他一定要早點兒將司徒錦娶進門，然後生一個可愛的孩子，這樣他就可以時時刻刻守在她身邊了。

司徒錦哄了好久，小傢伙還是啼哭不止。

「怎麼辦？他似乎是真的餓了。」司徒錦一臉沮喪地望著龍隱，眼睛裡滿是求救的信號。

龍隱是個大男人，根本沒有這方面的經驗。好在緞兒聽到嬰孩啼哭，便推門進來，將小少爺給接了過去，不一會兒就送去了江氏那邊。

等到啼哭聲漸漸遠去，司徒錦這才鬆了一口氣。

「他……個子小小的，嗓門兒卻真是大。」

面對她的嘆息，龍隱嘴角隱約含著笑意。這個小女人，居然還有這麼幼稚可愛的一面，真是不可思議。

孩子被緞兒抱走以後，司徒錦突然清醒了不少，她察覺到龍隱還坐在她身旁，臉蛋一下子又紅了。「你……你怎麼還在這裡？」

「咳咳……這就走了。」龍隱站起身來，然後靜靜離開了她的閨房。

就這麼走了？司徒錦看著那消失在門外的黑色身影，頓時有些失落。他在的時候，她巴不得他趕緊離開；但是他一走，她又覺得心裡空落落的，很不是個滋味。

她是喜歡他的，她心裡很清楚。只是她沒想到，她對他的喜歡，竟然已經到了這種地步。

「小姐，有好消息！」此時朱雀從門外蹦蹦跳跳地進來，臉上滿是笑意。

「什麼好消息？」司徒錦有些漫不經心地問道。此刻她心亂如麻，對其他事情都有些淡然，提不起興趣。

朱雀見她這般模樣，也不揭穿，心裡暗暗為主子高興的同時，又將老爺在夫人房裡大發脾氣，並揚言要休妻的事情講了一遍。「這下子可好了，等到老爺休了那個婆娘，那二夫人就可以轉正，成為太師府的主母了。」

這的確是個好消息。

司徒錦在心裡暗忖著。只不過這到底是司徒長風一時的氣話，還是勢在必行，就很難說了。

畢竟，丞相府的勢力不容小覷，不是司徒長風說要休妻，就能休妻的。

一個被休棄的女子，就算家世再好，也被世人所不容。即使她年輕貌美，即使她是嫡女出身，也不可能再嫁。被休棄的女人，肯定犯了大錯，又有哪戶人家在明知她犯了錯的情況下，還願意娶回去呢？

顯然，周家是不可能接受這樣一個結果的。

娘親要坐上這當家主母的位置，恐怕還得另闢蹊徑。不過，如今生了弟弟，娘親的地位便穩固了。即使有正室在，她依舊可以壓那周氏一頭，這掌家的大權，依舊可以牢牢地握在她的手裡。

「的確是好消息。」司徒錦總算回過神來。

「據說周家那邊也送來了道歉的禮物，說是為了相爺推了二夫人之事來的。看來，那周氏在府裡的地位，岌岌可危。即使不被休棄，也得退位讓賢了。」朱雀似乎知道得更多，分析得也更加透澈。

司徒錦心裡很是為娘親高興，她終於熬出頭了！

「緞兒，去將我繡好的嬰兒衣物拿給二夫人，還有那庫房裡上好的玉石，也給我送去金鑲玉，讓他們打一副玉鎖。」

這些，都是她早就想好，要送給弟弟的禮物。

如今弟弟平安降生，她也得趕緊行動起來了。

緞兒也很高興，二夫人總算是撐過來了。如今有了小少爺，老爺勢必會更加寵愛二夫人了。

司徒錦吩咐完這些事情，忽然又想到一個問題。「娘親年事已高，帶起孩子來會有些力不從心，要請一個信得過的奶娘。」

「這些事，老爺已經吩咐過了。」朱雀插話道。

「他選的人我不放心。朱雀，妳親自去安排，我不想再有任何紕漏。」她現在能夠信任的人有限，不能掉以輕心。

朱雀應了下來，便轉身出去了。

司徒錦從床上掙扎著爬起來，想要過去探望江氏，但剛走兩步就差點兒摔倒。緞兒趕緊上前去攙扶，勸道：「小姐還是好生歇息，明日再過去看二夫人吧？」

今日司徒錦無緣無故暈倒，嚇壞了緞兒。她可不想小姐再出什麼事。

司徒錦苦笑，也覺得自己太過心急了。

經過今日這番波折，她也心力交瘁。如今身子虛軟無力，想必是嚇得不輕。當時情況危急，她也是太過緊張娘親和弟弟，所以才暈倒。

「也罷，就先不過去了。緞兒，吩咐廚房送些膳食來，我餓了。」

聽到小姐喊餓，緞兒便要春容去端膳食進來。

「小姐一天沒吃東西了，想必餓壞了。」緞兒將她扶到桌子旁邊坐下，開始體貼地為她布菜。

司徒錦吃得很慢，極力培養優雅的儀態。

想到上次在龍隱面前出了醜，她懊惱了很久，最終下定決心，要開始改善自己的一些習慣，以後莫要被他看扁了去。

用完膳，天已經黑了。

司徒錦洗了個熱水澡，剛要就寢，就聽到院子裡的丫鬟在門外竊竊私語，似乎是發生了什麼事情。

「緞兒，外面發生了何事？鬧哄哄的。」

緞兒從外面走進來，臉上是掩飾不住的笑意。「小姐，您還不知道吧？老爺剛才發話了，已經將夫人貶為貴妾，這府裡再也沒有夫人，只有周姨娘了。」

果真是好消息！

司徒長風還真是狠絕，為了自己的兒子，什麼事情都做得出來。看來這一次，周氏徹底沒有翻身的機會了。

「周家那邊怎麼說？」她關心的不是周氏的反應，而是那實力雄厚的丞相府。

「還能怎麼說？夫人既然不能生養，又做下如此大逆不道的事情，周家自然不敢有任何怨言。老爺沒有休妻，只是將周氏降為貴妾，已經很給丞相府面子了。」緞兒不屑地說道。

確實，娘親早產，也是因為丞相的關係。

如今大局已定，他們再有意見，也不得不屈服。想來娘親執意要去書房，也不是沒有道理。

不過，娘親為了這一刻，付出的代價太大了。若不是隱世子與花郡王及時趕到，恐怕娘親早就沒有活命的機會了。

「那個關在柴房的婆子呢？老爺打算怎麼處置？」解決掉了周氏，那麼那些小人也該一併處理了，免得夜長夢多。

「老爺已經知會了丞相府，要將那婆子杖斃。丞相府那邊也沒什麼意見，任由老爺處置了。」

司徒錦再次點頭。

看來經此一事，司徒長風倒是長進不少，做事也算雷厲風行了。

「小姐莫要再為這些小事操心了，還是早點兒歇息吧？」緞兒幫她蓋好被子，便靜靜地退了出去。

翌日，司徒錦起了個大早，穿戴好之後，來不及用早膳，就急急地去了江氏的院子。看到司徒長風抱著弟弟，在江氏身旁說著話，她的心忽然就安定了。

「錦兒怎麼站在門口？快些進來。」江氏看到女兒的身影，笑著對她招手。

司徒錦上前給他們行了禮，然後便逗著父親大人懷裡的弟弟，臉上是掩飾不住的笑意。

「錦兒再過幾天就及笄了，可想好了要怎麼過？」司徒長風難得跟她說上幾句話，這次倒是重視起她來。

司徒錦微微驚訝，但嘴上還是說道：「錦兒的及笄之禮，與弟弟的滿月酒相差不到一個月。弟弟是府裡的嫡子，應該辦得熱熱鬧鬧才是。至於及笄禮，錦兒想簡單地舉行一個儀式就好。」

她沒有多少朋友，與那些千金又沒什麼往來，若是貿然邀請別人參加她的成人禮，恐怕場面會更尷尬。

「瞧妳說的，及笄之禮，可是人生一件大事，怎麼能馬虎？妳放心，娘親一定會幫妳辦得風風光光，絕對不會委屈了妳。」江氏拉著女兒的手，輕聲說道。

司徒長風雖然很重視這個兒子，但這一次要不是錦兒，他的兒子恐怕也不能來到這個世上。所以江氏所說的，他覺得很有道理，不能因為兒子的滿月酒，就虧待了錦兒的及笄禮。

「這樣好了，到時候在府裡擺幾桌，邀請族裡的長輩，還有舅兄和世子他們一道過來。很久沒有見過二位舅兄了，聽說他們馬上就要搬到京城來，正好可以聚聚。」

當江氏聽到要邀請自己的兄長時，頓時激動得熱淚盈眶。「真的嗎，老爺？您要邀請哥哥他們過來？」

「瞧妳高興成這樣。舅兄的任命已經下達，過兩日就要上任了。到時候，大家都在京城為官，相互照應也是應該的。」

司徒錦聽著這冠冕堂皇的話，覺得司徒長風真是有夠虛偽。明明是看到舅兄升官了，對他有利，卻說得自己多麼無私與偉大，還說要關照舅父，簡直是笑話！

不過思及到時候娘親有了娘家人照應，司徒錦也就沒有多說什麼。

在江氏房裡逗留了片刻，司徒長風因為有事先離開了，留下她們母女倆在屋子裡說話。司徒錦看著弟弟在娘親懷裡睡得香甜，心裡湧現出無限喜悅。

江氏逗弄了兒子一會兒，便又將注意力轉移到女兒身上。「這一個月，娘親都得在床榻上坐月子，妳爹爹少不了又要寵幸幾個丫頭。玉珠那狐媚子最近很不安分，雖然被降為通房，但仍舊不死心。唉，娘親想要處置了她，但心有餘力不足。」

「娘親放心，玉珠不足為懼。不是還有一個通房嗎？她們喜歡爭，就讓她們去爭好了。娘親只管安心坐月子，其他事情就不用管了。」

玉珠不是個省油的燈，但自己絕對不會再讓她有機會往上爬。

要對付玉珠，根本不必她親自動手，只要稍微挑撥一下，相信那個跟玉珠同一屋簷下的女人，就會幫她除去玉珠的。

第六十六章　及笄

六月初八，是司徒錦的生辰。

三日前，整個太師府就忙碌了起來。儘管司徒錦不想鋪張浪費，但江氏還是決定要大大操辦一番，讓女兒的及笄禮辦得熱熱鬧鬧。

「小姐今日可要仔細妝扮一番。」緞兒一邊替她梳著頭，一邊喃喃自語。

這及笄之禮，很是講究。三日前就要沐浴焚香，邀請的賓客帖子也得送出去。及笄代表著成人，當天有三個儀式要舉行。

一，要請姻親中具有威望的女性賢者為及笄之人穿耳。

二，要拜會貴賓，由主母點上守宮砂。

三，要祭祀祖先，宣告成人。

司徒錦一大早被叫醒，看著丫鬟們進進出出，忙裡忙外，這才感受到及笄禮濃烈的氣氛。

前世，她的及笄禮辦得很隨意。拜了父母之後，吃了一碗長壽麵就算了事，連贈禮都沒有，更別說宴請賓客了。如今，看著銅鏡裡那個頭戴金冠、插滿珠釵的嬌俏臉龐，她都有些不適應了。

「緞兒，將頭飾拿一些下來，重死了！」脖頸處傳來抗議，司徒錦便要伸手取下頭上的飾物。

緞兒迅速將她的手拉回，苦著臉勸道：「小姐，今天可是您的大日子，您就委屈一些吧？這些都是貴賓送來的首飾和贈禮，若是都拿下來，恐怕不妥。」

司徒錦揉了揉發疼的脖子，不好再說什麼，只能任由她繼續為自己妝點。

因為日子特別，緞兒特地在自家小姐的額頭上點了一朵桃花。那粉嫩的顏色，在雪白肌膚襯托之下，顯得格外嬌豔靚麗。

「小姐今兒個可真美。」春容和杏兒見到裝扮過後的小姐，都忍不住驚嘆出聲。

司徒錦平日裡不怎麼愛打扮，只有一支玉簪盤髮，並無其他飾品。如今滿頭的珠翠，當真是將她的容貌點亮了幾分，又抬升了她的身分和地位。

「麻煩。」司徒錦嫣紅的小嘴兒裡吐出這麼兩個字。

幾個丫鬟都忍不住抿著嘴笑了。

「時辰不早了，夫人請來兩位舅夫人為小姐穿耳呢。」朱雀在此時走進來，身後則跟著兩位慈藹端莊的夫人。

司徒錦聽說舅母來了，便提著裙襬站起身來。

「錦兒見過大舅母、二舅母！」

「錦兒快別多禮了。」

「就是……今天可是妳的大日子！」

兩位舅夫人都是知書達禮之人，又極為喜歡錦兒，見她這般知禮，心情更加愉悅。如今二舅能夠升官，還多虧了那未來的姑爺在皇上面前美言了幾句，這兩位舅母自然是將這恩情算到司徒錦這個外甥女的身上。

舅母如此熱情，倒教司徒錦有些不好意思了。「兩位舅母快快請坐。春容、杏兒，將雪山雲霧端來。」

兩個丫鬟應了聲是，便出去了。

看著妝扮一新的司徒錦，兩位舅母也不禁感慨萬千。當初江家姑奶奶出嫁的情景，仍然記憶猶新。一轉眼，姑奶奶的女兒都這麼大了，歲月真是不饒人啊！

「舅夫人請用茶。」春容、杏兒進了屋，恭敬地獻上香茗。

秦氏和杜氏接過茶，淺淺地抿了一口，便將茶杯放下了。雖說這茶葉是難得的珍品，但此時此刻，二人卻沒有品茶的心思。

「東西都準備好了嗎？」如今江府是二舅母秦氏當家，自然是她先開口。

緞兒吩咐丫鬟將早已準備好的針線、米粒、金珠等物品端上來，一一展示過後，才回道：「都已準備就緒，還請兩位舅夫人幫小姐穿耳。」

秦氏和杜氏連連點頭，眼睛裡滿是激動的淚水。

錦兒總算是長大，及笄了！

在她們看來，外甥女離出嫁也不遠了。

司徒錦看著那盤子裡的東西，有些畏懼。前世穿耳的刺痛，她仍舊記得很清楚。那米粒是用來碾耳垂的，直到碾得耳垂紅腫變薄，便可以用針線穿耳了。別小看那米粒，碾起來真的很痛！

「小姐莫怕，很快就過去」。」緞兒看司徒錦的眼神有些閃爍，明白了她的懼意。

司徒錦坐在椅子裡，看著兩位舅母愈來愈近的身影，索性一咬牙，將眼睛閉上，來個眼不見為淨。

秦氏和杜氏笑著搖了搖頭，然後便按照程序在司徒錦耳朵上忙活了起來。

那椎心的疼痛過後，耳朵早已變得麻木痠脹。所以當針線穿過耳垂的時候，司徒錦已經感覺不到疼痛了。

「好了好了。」秦氏將那金珠戴到司徒錦耳朵上，便笑著站到了一旁。

不一會兒，杜氏也穿好了另一邊，整個穿耳過程算是圓滿結束了。

「緞兒，替我去取一些酒水來。」司徒錦望了望鏡子裡那紅腫的耳垂，吩咐道。

兩位舅夫人原有些不解，但當看到她用絹布輕輕地沾取酒水擦洗耳垂時，便有些明瞭了。

「還是錦兒的法子好，這樣一來就不會腫了。」秦氏拿著帕子打趣道。

司徒錦面色微紅，自嘲道：「錦兒從小最怕疼，兩位舅母莫要笑話才好。」

秦氏和杜氏聽了這話，全都捂著嘴笑了。

經過一番折騰，司徒錦梳妝完畢，該去給父母請安了。她在兩位舅母陪伴下，朝江氏的院子而去。

見司徒錦進門來，江氏臉上難掩笑意。「錦兒打扮起來真漂亮！快，過來讓娘親瞧一瞧。」

司徒錦略微羞澀地走上前去，在司徒長風和江氏面前跪了下來。「錦兒給爹爹、娘親請安。」

「起來吧，起來吧。」江氏捨不得女兒受苦，連忙讓丫鬟將她攙扶起來。

司徒長風今日打扮得也十分隆重，放下茶盞之後，他便讓丫鬟將點朱砂的器具端上來，送到江氏面前。

「女兒是妳的寶，這點朱砂的事情還得妳親自來。」

江氏很是激動，看著女兒那越發清麗的容顏，手有些顫抖。「我的錦兒，總算是長大成人了。」

說著，便接過丫鬟遞上來的物品，輕輕撩起女兒的衣袖，在她的手臂上點了下去。那紅色的朱砂在白皙的皮膚烘托之下，顯得豔麗無雙。

點完了朱砂，江氏便拉著兩位舅夫人聊起了家常，而司徒錦則隨著司徒長風去了廳堂，準備完成最後一道儀式——祭祖上香。

廳堂裡早已擺好了案臺，司徒錦在司徒長風唸完一段祭祀的祝語之後，便將香點燃，讓丫鬟遞到了女兒手裡。司徒錦跪在蒲團之上，雙手執香，對著祖先牌位拜了三拜，然後起身將香插到香爐中。

「好了，儀式也走完了，錦兒妳去陪陪客人吧！」

及笄之禮，邀請的一般都是女客，當然也會有一部分男客，花郡王和隱世子就是其中的兩位。

女賓由司徒錦親自招待，而男賓則由司徒長風這個家主來招呼。

所謂的女賓，其實不過是司徒錦舅母家的幾個表姊妹，還有京城裡與爹爹交好的幾位世伯、世叔家的女兒。

司徒錦很少與人結交，對這些人也不大熟悉，但爹娘怕她覺得孤單，所以就請了她們來作客，她也不好推遲，便帶著幾個閨閣千金，去了自己的院子。

「二姊姊。」剛走到梅園門口，便遇上了迎面而來的三個姊妹。

這三人正是司徒嬌、司徒巧，以及那被禁足很久的司徒雨。儘管司徒雨臉上有著不屑和鄙視，但司徒錦卻沒有將她的表現看在眼裡，逕自招呼客人們落坐，又讓丫鬟們奉了茶。

「錦兒表妹，妳這屋子也太素淡了一些。好歹也是個嫡女，姑父怎麼不重視一些？」率先開口的，正是司徒錦的表姊——江紫嫣。

她是江華的長女，也是嫡出大小姐，自然派頭十足。

她的一番話，立刻引起眾多小姐的共鳴。能夠來參加她及笄禮的，自然都是各家嫡女。如今這府裡，除了江氏這二夫人之外，再無其他夫人，司徒錦當然就是正經的嫡出小姐了。

「是啊，錦兒妹妹這屋子看著有些舊了，怎麼不好好修繕一下？」

司徒雨聽到這些話，不免鄙視地瞪了那幾位小姐一眼。「哼，什麼嫡出的？總不過是個妾生的，哪裡夠資格稱嫡女！」

司徒錦眼光一斂，臉色微微有些不快。「看來三妹妹禁足了這麼些時日，還是沒有學會禮儀尊卑。什麼樣的話該說，什麼樣的話不該說，想必妳自個兒清楚。如此對姊姊不敬，真是沒有半點兒大家閨秀的風範。」

司徒錦並未嚴厲苛責，只是以姊姊的身分訓斥了她兩句。

眾人見到她這番作為，也很是欣賞，對那個挑起事端的司徒雨，就更加厭惡。哪有在姊姊的大好日子故意潑冷水的，就算司徒錦不是正經的嫡出，但如今這府裡是她的娘親當家，又是唯一的夫人，不看僧面看佛面，再怎麼樣司徒雨也不該如此大言不慚地數落別人，真是太沒教養了！

司徒雨滿臉脹得通紅，但想到自己的婚事可能還得靠她，又不得不對司徒錦低頭。「是三妹妹莽撞，請二姊姊莫要怪罪。這……這是我送給二姊姊的一點心意，還望二姊姊莫要嫌棄。」

說著，便遞過來一個盒子。

司徒錦身邊的緞兒立刻上前接過盒子，然後打開來。

即使是見慣了珍珠、白玉、真金、白銀等貴重物品的司徒錦，也不免被那盒子裡的東西給鎮住了。那是一尊通體碧綠、毫無瑕疵的玉佛，青翠欲滴的綠色映入眼底，讓人移不開目光。

「果真價值連城！」那玉佛的來歷，司徒錦略有所聞。那是周氏陪嫁過來的東西，當初給了司徒芸。只是司徒芸如今已經成了瘋子，她的那些好東西，自然都變成司徒雨的。

眾人看了那玉佛，全都一臉豔羨，同時又深感慚愧。她們帶來的禮物，可沒有這玉佛珍貴。

「三妹妹這禮物太過珍貴，二姊姊有些消受不起。」司徒錦淡淡淺笑，讓緞兒將盒子重新蓋好。

她可不想因為這麼一樣東西，得罪了在場的那些人。再說了，這玉佛再珍貴，也不是她想要的。所謂拿人手短，司徒雨肯下血本討好她，肯定有事相求。她才不想為了這麼一件身外之物，讓司徒雨肆無忌憚地索討。

「二姊姊說哪裡話，不過是一尊佛像而已，談不上珍貴。」即使心裡已經在滴血，司徒雨卻咬著牙覥著臉，曲意奉承。

司徒錦看了一眼她眼底的難捨之情，在心裡冷笑。

做做樣子都不會，真沒出息！

「是嗎？那就謝過三妹妹了。」既然司徒雨硬要塞給她，那她也就不推辭了。司徒錦讓緞兒將東西收入庫房，又跟其他客人寒暄了起來。

司徒雨見她收了禮物，頓時放下心來，也加入閨閣女子的話題之中。

司徒巧因為年紀小，與她們沒什麼共同的話題，只好安靜地坐在一邊悶不吭聲。

司徒錦一邊聽著她們閒聊，一邊注意著屋子裡每個人的動向。當看到司徒巧一臉落寞地坐在椅子裡不出聲時，便主動過去拉起她的小手，問道：「巧兒，姨娘最近可好？」

司徒巧聽她問起自己的娘親，眼眶就紅了。「姨娘最近身子很是虛弱，還常常咳血。大夫請了好幾個，都說治不好。二姊姊，妳認識花郡王，能否請他去給姨娘診脈？」

司徒巧晶瑩的淚珠在眼底打轉，卻極力忍著，沒有讓它滴落。

司徒錦也知道李姨娘大限將至，回天乏術，只好安慰她道：「巧兒莫要傷心，二姊姊一會兒就去請郡王，讓他走一趟。」

司徒巧欣喜地抬起頭，眼中滿是感激。

她就知道二姊姊最好了，也只有她，才能救得了自己的娘親！千恩萬謝之後，司徒巧有些羞澀地將自己準備的禮物拿了出來。「這是巧兒自己縫製的一個荷包，希望二姊姊喜歡。」

她的聲音很低，卻誠意十足。

司徒錦接過那個精緻的荷包，心裡被溫暖包裹著。她這些姊妹當中，就只有這個小妹最得她喜愛了。她人雖小，卻純潔善良，不像司徒雨、司徒嬌、司徒芸，整日就想著爭寵，出手害人。

所以對這個小妹，司徒錦有著不一般的感情。

「是巧兒妹妹自己繡的嗎？二姊姊很喜歡！」司徒錦立刻拿起那荷包，掛在自己的腰帶上。

司徒巧見她這般輕易地接受了她的禮物，心裡也很是開心。「二姊姊不嫌棄就好。」

「怎麼會嫌棄呢？很漂亮很別緻，很配我的衣服。」司徒錦笑著誇讚道。

眾人見司徒錦對一個荷包都這般喜愛，全都放了心，一個個走上前去送上自己的禮物。司徒錦一一打開，稱讚道謝了一番，這才帶著眾女眷去後院的荷塘邊賞花。

後院的荷塘邊有一個涼亭，可以容納七、八個人。司徒錦想著那裡的風景不錯，便讓丫鬟去準備糕點和冰鎮酸梅湯，以便眾人休息時享用。

一行人歡歡喜喜地結伴而行，正要通過那洞門朝涼亭而去，司徒錦忽然發現那八角亭裡，早已被人搶先霸占了去。

司徒錦遠遠望去，便看到兩個頎長的身影背對而坐，立刻停下腳步。眾閨秀不明所以，不知她為何突然停了下來。

「錦兒姊姊，不是說帶我們去賞荷花嗎，怎麼突然就停下來了？」說話的是一個

十三、四歲的小丫頭，圓圓的臉大大的眼睛，看起來就是個美人胚子。她是司徒錦大舅江傑的么女，名叫江紫月。

司徒錦看了那兩人一眼，不好意思地對眾女賓說道：「是我思慮不周。前面的涼亭已經有人在了，不如大家移駕去院子裡喝茶賞畫？」

聽說有人捷足先登，不少人都好奇地探出頭去打量。

不看還不要緊，不少閨秀在認出那兩人的身分之後，全都紅了臉轉過身去，只有司徒雨一人依舊癡癡地望著那亭子裡的高大身影，久久無法動彈。

司徒錦一行人的到來，亭子裡的人早有察覺。尤其是龍隱，在聽到司徒錦那軟綿的話語之後，手裡的茶盞微微一頓，臉色也好了許多。

今日他受邀來參加錦兒的及笄禮，但司徒長風那個老頭子卻一直跟他打官腔，說了一堆廢話，害他連錦兒的面都沒有見到，心裡有些不高興。錦兒遲早要嫁給他，他看一眼都不成嗎？

想到這裡，龍隱便衣袖一甩，逕自離開了。

司徒長風見他生了氣，也不好再跟著，就讓他自行在府裡走動，也不敢派丫鬟去打擾。花弄影雖然臉上帶笑，對司徒長風還算客氣，但那笑意很明顯沒有到達眼底，所以龍隱一走，他也跟著跑了。

聽到女子的交談聲時，花弄影自然也發現了。

當看到司徒錦那一身精緻的妝扮時，他不免驚訝，微微呆滯。龍隱順著他的視線望去，頓時也愣住了，久久回不了神。以前的司徒錦，總是穿著樸素的衣裙，臉上脂粉不施，更別說是珠翠點綴。但今日的司徒錦卻能夠讓人眼前一亮。

一襲寶石藍的錦緞衣裳，下邊是金絲滾邊牡丹圖樣的百褶裙；腰間用鑲著珍珠玉石的緞帶束著，勾勒出身體的曲線。一頭墨黑的烏髮，盤了個隨雲髻，頭頂上的金冠在陽光照射下熠熠生輝，略施脂粉的臉顯得更加粉嫩。眉間那一抹淺紅的桃花，更是泛著妖嬈的光澤，讓人移不開眼睛。青澀的模樣褪去，司徒錦儼然已成為了一個如花似玉的大姑娘！

雖比不上司徒芸那般明豔照人，但也算得上是個美人了。

司徒錦被那灼熱的視線盯著，臉頰溫度漸升。正要帶著女眷們離開，卻被花弄影出聲制止。「眾位小姐是來賞荷的吧？是在下唐突，打擾了各位的雅興。」

見郡王發了話，眾人也只好上前去見禮。

一番拜見之後，女眷們都靜默地站在一旁，不敢隨意開口。隱世子和花郡王的身分高貴，又因為男女之防，一個個粉腮如霞，嬌羞地低下頭去，不敢直視。

司徒錦看到花郡王，想起李姨娘的事，便上前施了一禮，道：「前幾次多虧郡王相助，小女子感激不盡。」

「舉手之勞而已，司徒小姐太客氣了。」花弄影笑著回答，眼神還不時地瞥向那隱約有些吃味的隱世子。

「小女子有個不情之請，想要請郡王幫忙，不知……」想到司徒巧的請求，司徒錦趁著花弄影在此，便開了口。

花弄影很是訝異，問道：「不知在下能夠幫上什麼忙，司徒小姐不妨直說。」

司徒錦知道這個要求有些無禮，李姨娘畢竟只是一個妾，若讓郡王親自去診脈，的確有些過了。但看見巧兒那期盼的眼神，她又不忍讓她失望，只好硬著頭皮說道：「我府中一位姨娘得了重病，一直不見好。郡王的醫術天下無雙，小女懇請郡王移駕，去瞧上一瞧。小女自知這個要求很荒唐，可是……」

不待她話說完，龍隱就忍不住開口了。「叫你去你就去，看一下又不會死！」

如此惡毒的話，從隱世子的嘴裡說出來，大家都驚呆了。不少閨秀驚嚇之餘，都開始相信傳言是真實的了。

花郡王與他可是有血緣關係的表親，這話他居然也說得出口，看來這隱世子果真惹不得！

花弄影倒是習慣了他的冷言冷語，也不甚在意。既然司徒錦有所求，那麼他暫時放下郡王的身分過去走一趟，也未嘗不可。

「那就帶路吧。」他爽快地應了。

司徒巧聽到郡王肯給姨娘診治，臉上滿是笑容。看來，她找二姊姊幫忙一點也沒錯！

司徒錦因為要招待賓客，不能走開，於是叫司徒巧帶花弄影去了竹園。

龍隱等到花弄影一走，也站起身來，準備離開。畢竟男女授受不親，他又喜歡清靜，自然不想留下來。

司徒錦見他要走，也不便挽留，便讓開一條路來。

當龍隱走過她身邊的時候，用內力傳了一句話到她耳邊：「一炷香後，梅園見。」

司徒錦暗暗吃驚的同時，極力保持鎮定，不想讓人看出異樣。隨著他離去，那些閨閣小姐們也漸漸地活躍起來。

「這就是錦兒姊姊未來的夫君嗎？長得好好看哦！」江紫月看著那離去的身影，心生嚮往。

司徒錦捏了捏她的小鼻子，笑道：「怎麼，連妳這個小丫頭也要來調侃我嗎？」

「姊姊不用害臊，皇上賜婚的事情我們早就知道了。再過不久，姊姊就要出嫁了，有什麼好難為情的？」

「就是！聽說世子還三番五次地幫錦兒妳解圍呢！」

「別害羞啦！跟我們講講世子的事情吧……」

那些閨閣千金都是大門不出二門不邁的大家閨秀，自然對任何事都很好奇。尤其是隱世子這樣的人物，她們更感興趣。

司徒錦面有羞色，自然不會應了她們的要求。於是起身故意找了個藉口避開。「今日天氣甚好，不如咱們就在這涼亭裡賞荷作畫，如何？」

「嗯，這荷花開得正豔，的確是美得不可思議！」

「這樣也好，很久沒有見過這樣的美景，自然是要畫下來留念的。」

這個提議一出來，不少人便附和叫好。

「那我回房去取筆墨紙硯來，妳們稍作休息，我一會兒便回來。」為了龍隱的邀約，司徒錦不得不找個藉口離開。

「二姊姊，這些事情交給丫鬟去做就好了，何必親自動手？」司徒嬌也酷愛作畫，又嬌氣得很，對於司徒錦這般親力親為很是不解。好歹也是太師府的小姐，哪能做這些丫鬟們做的事情，簡直丟人現眼。

司徒錦不以為意地笑笑，道：「今日府裡的事情較多，我房裡的丫鬟都被叫去幫忙了。不過是一炷香的工夫，我很快便回來。」

緞兒和朱雀今日的確不在她身邊，而是被她派到了江氏那兒。江氏作為女主人，肯定忙不過來，緞兒和朱雀過去，一來可以幫忙接待賓客，二來也是防著那些小人，免得他們乘機作亂，傷害到弟弟念恩。

見她這般堅持，眾家小姐也沒什麼可說的，便三五成群聚在一起，對著荷塘裡的景色品頭論足起來。

司徒錦一路快速地朝著梅園而去，見沒有人跟著，這才稍稍鬆了口氣。剛剛踏進自己的屋子，她便被一個強而有力的臂膀給摟住，逕自帶到懷裡。

司徒錦來不及驚呼，便被人吻住，發不出任何聲響。

驚愕地抬眸，看到是那熟悉的身影時，司徒錦才放了心。

不像上次在桃花林裡的纏綿之吻，也不似在圍場湖水下的掠奪之吻，這一次他只是輕輕地觸碰她的雙唇，溫柔而細緻地印了上去，並未停留太久。

「以後不准對別的男人笑！」他冷冷地開口要求。

司徒錦有些不解，她哪裡對別的男人笑了？只是看他那認真的模樣，似乎不像在開玩笑。難道……是在吃醋？

隱世子吃醋？這太令人吃驚了！

第六十七章　四兩撥千斤

看到司徒錦那因為驚愕而微微有些嘟著的小嘴，龍隱忍不住又在她唇上偷了個香。她愈來愈迷人，愈來愈吸引他的注意力，到了不可控制的地步。

司徒錦反射性地捂住嘴唇，一臉被侵犯似地瞪著他。

他還真是膽大包天，居然跑到她的閨房裡來，明目張膽地偷香，這舉止行為，跟登徒子無二。

「你……你……」司徒錦羞憤得說不出話來。

「以後不要對任何男人笑，除了我之外。」他再一次鄭重聲明。

司徒錦本來不想理會他，但腰上傳來的痠痛卻讓她不得不低頭。「知道了……」

「就算是花弄影，也不可以。」

司徒錦看了他一眼，覺得這男人還真是霸道！

花弄影是他帶來的，怎麼這會兒他倒是怪罪起她來了？

「你叫我到這裡，到底有何事？」那些女賓們可是還在等著她回去呢！若是耽擱久了，指不定又會生出事端來。

龍隱這才鬆開手臂，從衣袖裡拿出一個長方形的盒子來。「給妳的。」

原來是禮物。司徒錦接過來，緩緩地將盒子打開，只一眼，她便知道那東西價值不菲。

「這……這太貴重了。」

「給妳的，就拿著！」他將東西塞到她手裡，拒絕收回。

那是一只名貴的手鐲，純金打造，上邊還鑲嵌著不同顏色的寶石。不論是做工還是材料，都是頂級的，不僅價值連城，還非常別致。上邊精工細作地雕了展翅欲飛的鳳凰，寓意非凡，一看就屬皇家之物。

這鳳凰圖案，可是只有皇后和太后才能選用的！

所以，司徒錦才不敢收下。

「可是……」司徒錦還要說些什麼，卻被他阻止了。

「給了妳就拿著，太后她老人家不會介意的。」他淡淡說道。

司徒錦聽了這話，更覺得這手鐲重如千斤。太后給的東西，他居然拿來送人？儘管她也很喜歡那手鐲，但畢竟不是皇家人，萬一被人發現，那豈不是殺頭之罪？

看出她的憂慮，龍隱便耐著性子將鐲子的來歷講了一遍，然後強調：「妳是我娘子，這手鐲自然是妳的。我是世子，將來會是王爺，而妳就是王妃，也就是太后她老人家的孫媳婦，自然能戴。」

司徒錦小心翼翼地將那鐲子收好，也不再拒絕。「那好，這東西我收下了。如果沒什麼事的話，我要去後院陪客人了。」

孤男寡女共處一室，傳出去並不好聽。

龍隱也不為難她，看著她將東西收好之後，便趁人不注意的時候離開了。司徒錦剛要鬆口氣，卻見一個丫鬟冒冒失失地闖進來，喘著氣稟報。

「小姐，老爺讓您去前廳一趟，說是太子爺駕到。」

司徒錦又是一愣，這太子湊什麼熱鬧，是太閒了嗎？

去到廳堂的時候，太子龍炎正在與司徒長風說話。見到司徒錦踏進門檻，司徒長風便趕緊要她上前給太子見禮。

「太子聽說今兒個是妳的及笄之禮，特地過來觀禮。」司徒長風對司徒錦說出這番話的時候，臉上的神情看不出任何喜悅。

司徒錦也知道太子無事不登三寶殿，便留了心。「臣女見過太子殿下。」

「司徒小姐免禮。」龍炎坐在主位上，微微抬了抬手。

司徒錦起身，安靜地站在一旁。

「太師大人不必拘禮，請坐。」龍炎刻意親近，卻讓所有人都有些坐立不安。

他堂堂的太子，居然會為了一個太師千金的及笄之禮親自登門拜訪，這裡面肯定大有文章。

果然，不等司徒錦回過神來，太子便開口問道：「聽說太師大人婉拒了楚大公子的提親，不知是何緣故？」

原來是為了這事。

司徒錦在心裡冷笑。這楚家人還真有意思，居然勞動太子大駕上門來說項，太師府的面子還真夠大。

司徒長風聽了這話，整張臉顯得有些慘白。

「回太子殿下的話，楚公子上門提親的態度，根本毫無誠意，故而下官才沒有同意。」

「哦？表哥的八抬聘禮還不夠嗎？太師大人也未免獅子大開口了。」太子故意曲解他的意思，將司徒長風逼到風口浪尖上。

廳堂裡，除了太子和司徒長風，還有其他賓客，聽到太子這般說，全都不解地看向了司徒長風。

司徒錦知道太子的目的，他無非是想促成這門婚事，好讓太師府落到他的掌控之中。既然他們雙方都沒有將事情挑明了說，那麼她就起個頭，給他一個回擊吧。

「臣女還以為太子殿下真的是為了錦兒的及笄之禮而來呢，原來是為了五妹妹的婚事。太子為國事操勞的同時，還能記掛著臣子家庶女的婚事，臣女感激不盡。快，去請五小姐過來，當面給太子磕頭道謝。」

龍炎微微驚訝，他沒想到司徒錦竟然也學著他的樣子，來了個依樣畫葫蘆。想他是如何聰明機智，卻被這麼個小丫頭擺了一道，實在有些汗顏。

「二小姐恐怕有所誤會，本殿說的可是司徒大小姐，與五小姐何干？」

知道他一定會否認，司徒錦不慌不忙地回道：「原來太子殿下是想要替大姊姊保婚？可是跟楚公子有婚約的，是五妹妹啊！」

「二小姐說笑了，楚大公子怎麼可能求娶一個庶女為妻？恐怕是妳弄錯了！」龍炎義正辭嚴地說道。

「那麼多人證在，臣女怎麼會弄錯？當初楚公子愛慕我家五妹妹，還仿效古人，想要夜會佳人，不巧被下人撞見，楚公子這才道明心跡，說是非五妹妹不娶的！唉……想我那五妹妹，雖然是個庶出，但好歹也是爹爹的掌上明珠。後來楚公子上門，居然要求娶身為嫡女的大姊姊，對五妹妹始亂終棄，爹爹也是氣不過，這才拒絕了這門親事。太子殿下恐怕是只知其一不知其二吧？當然了，這也不能怪太子殿下，您也是一片好意，想要成全這美滿姻緣不是？」

司徒錦這一番話，既保全了太師府的名聲，又給了太子一個反擊，但也沒有讓他太過難堪。這說話的藝術，就連司徒長風也暗自讚許。

眾人聽過司徒錦的解釋，這下子全明白了。

楚家大公子的為人，在京城可說無人不知無人不曉。本就是天生的浪蕩子，半夜闖進女子閨房的事，也不是頭一回聽說了。想必是楚公子欲對司徒府的小姐不軌，被當場逮了個正著，然後才有了這門婚事。但沒想到他嫌棄五小姐庶女的身分，改為求娶嫡出的大小姐，這樣的品行和舉止，實在太可恥了。
加上太子還在裡面摻和了一腳，頓時所有人都對太子不明是非的做法感到很失望。他可是未來的國君，怎麼能如此偏聽偏信，不弄清楚事實，就上門來興師問罪？真是愧對太子的名號啊！
龍炎被司徒錦反駁得說不出話來，心裡對這個女子三番五次的藐視更加憤恨。他能夠到太師府來作媒，就已經是給他們天大的面子了，居然不感恩戴德，反而怪他多管閒事，真是豈有此理！
「楚家乃皇后的母族，難道楚家的嫡長子要娶太師府的嫡女回去當正室夫人，不應該嗎？」
氣憤之餘，龍炎的態度也變得蠻橫起來。
司徒長風低下頭去，不敢貿然得罪了他。「太子殿下說得有理，只是楚公子與嬌兒有婚約在先，若是娶了芸兒回去，嬌兒要如何自處？」
說來說去，都是司徒嬌受了委屈。
太子將心一橫，道：「本殿並未聽說楚公子與五小姐有婚約，太師大人可有憑證？」
他這是想要賴帳！
司徒錦自然不會讓他輕易得逞，她冷靜地對身後的朱雀吩咐道：「去，到二夫人那裡將楚公子的文定信物取過來。」

一聽說有文定信物，眾人便又好奇地看著司徒錦，將太子的話忘到一邊。

司徒長風怔怔地看著女兒，有些不敢相信自己的耳朵。他們府裡什麼時候有楚朝陽的信物了？

別人不知道有，但司徒錦早已留了一手。

之前朱雀將楚朝陽送到司徒嬌的床上時，暗暗留了個心眼，從他身上取了一樣東西下來，以便留作把柄。這事只有司徒錦和朱雀知道內情，就連緞兒都全然不知。

太子怒視著眼前這個風華無限的小女子，忽然被她的睿智給征服了。以前他沒有好好地了解過這個太師府庶出的二小姐，如今看來，他似乎錯過了一些什麼。

楚濛濛雖然也有些伎倆，但都是上不得檯面的。看到司徒錦在他面前不卑不亢、侃侃而談，他忽然對龍隱狠狠地嫉妒起來。

若是他身邊有這麼一個有頭腦的女人，那皇位也就如探囊取物般容易了。

過了大概一炷香的時間，就在大家都等得有些不耐煩的時候，朱雀拿著一樣東西，出現在廳堂之上。

太子見到那不起眼的丫鬟，眼中閃過一絲凌厲。

「司徒小姐隨意拿出一樣東西，就想栽贓給本殿的表哥，是不是太不厚道了？」

「厚不厚道，還請殿下過目之後再下定論吧。」司徒錦不畏權貴，將朱雀手裡那塊玉珮呈給了太子身邊的太監。

那太監接過玉珮，掃了一眼，這才小心地遞到太子手裡。

龍炎不相信她拿得出任何證據，但當看清楚那玉珮上的楚家標記時，不由得愣住了。

那玉珮他見過，這是楚家正房嫡子才有的玉珮，其他庶子沒有資格擁有。楚朝陽雖然不成器，但好歹也是舅父的嫡長子，不管怎麼說，這玉珮出現在太師府，就已經說明了問題。

看來，恐怕楚朝陽丟了隨身的玉珮都不知道。

他頗有深意地看了司徒錦一眼，這才說道：「原來楚家表哥心儀的是五小姐，看來是岳母弄錯了。不過，這楚家嫡長子的正妻，非司徒大小姐莫屬。若是如此，太師大人何不讓她們姊妹二人共侍一夫，也不失為一段佳話。」

一個女兒嫁給楚大公子就已經是跳進火坑了，再賠上一個嫡出的大小姐豈不荒唐？太師大人又不是傻子，怎可能同意這樣的無理要求？

「太子殿下的好意，下官心領了。只是芸兒現在那般模樣，如何能勝任楚公子的正妻之責？」

司徒芸的事情，京城裡或多或少都有些傳聞。

想著那天仙般的一個妙人兒，如今瘋瘋傻傻、癡癡呆呆的，還真是可憐。司徒長風不想連累別人，不讓女兒出嫁，也是情有可原。

太子見他不領情，心裡很是不痛快。剛要訓斥幾句，好讓司徒長風低頭時，卻看到一個黑色的身影踏進門檻，朝著他而來，不由得將到了嘴邊的話給嚥了回去。

「你……隱世子也在？」太子見到龍隱，猶如老鼠見了貓一般，說話的音量也明顯降低了幾分。

「太子殿下來觀禮，可帶了什麼禮物？」龍隱也不拆穿他，正經八百地問道。

太子只不過是藉著司徒錦及笄之禮的機會，上門來興師問罪的，哪裡有帶什麼禮物？再說了，一個太師府的小小庶女，還不配讓他送禮！

可是龍隱這架勢，擺明了護著司徒府，他若是不拿出點東西來，恐怕不好脫身。

「這個是自然。」龍炎想了想，從腰帶上拿下一塊圓形的玉珮，說道：「本殿這塊玉珮乃父皇所賜，司徒小姐若是不嫌棄……」

他這是故意為難司徒錦，這御賜之物，豈是好拿的？

就算他真心要給，司徒錦也斷然不敢收。

他猜到了司徒錦的心思，卻沒有防範龍隱。等到那玉珮一解下來，龍隱便伸手奪了去，放到司徒錦手裡。「這可是太子殿下的心意，妳就收下吧。」

司徒錦怔怔地看著龍隱，半晌說不出話來。

他這不是強取豪奪嗎？太子殿下不過是客氣，哪裡真的想要把玉珮送人？他怎麼可以這樣肆無忌憚地奪下玉珮，難道就不怕太子在皇上面前告狀嗎？

龍隱卻絲毫不以為意，他認為這是司徒錦該得的。

那玉珮是號令皇家暗衛的信物，太子既然拿出了手，豈有再要回去的道理？別人興許只當那是塊普通玉珮，但龍隱卻知道其中的玄妙。既然太子敢拿出來，那他就做個順水人情好了。

以後要是有人對司徒錦不利，她便可以支配暗衛來保護自己了。

太子龍炎看到那玉珮從自己手裡被拿走，心疼極了。那玉珮的用處他自然清楚，可現在白白被送到司徒錦手裡，他哪裡肯甘休。

「隱世子，你明知道那玉珮是做什麼用的，你還……」

「太子殿下說的什麼話？不就是一塊玉珮嗎，居然小氣到如此程度。」他故意曲解他的意思。

當著眾人的面，太子又不好明說，只能先忍了。

想著自己賠了夫人又折兵，龍炎心裡就窩著一團火。

太師府他是待不下去了，於是大袖一揮，憤然離去。

臨走時，他還放下話來。「三日後，楚家會再次登門提親。到時候，司徒芸不嫁也得嫁！」

看著太子離去的背影，司徒長風臉上忽然沒了笑容。

看來，這一次是徹底得罪太子了。

「爹爹不必擔心，事情還有轉圜的餘地不是嗎？」司徒錦見他面有鬱色，便好生安慰勸導。

那些會看臉色的人，見司徒長風不甚高興，於是紛紛起身告辭。司徒長風也沒心思挽留，便吩咐下人送客。

當然，隱世子並不在這些賓客當中。

「想要讓楚家知難而退，也不是不可能。」在他看來，這件事解決起來沒有絲毫難度。

司徒錦聽他這麼說，眼中充滿欣喜。

她本來打算讓人去威脅楚朝陽，讓他不敢上門。不過，這個法子有些笨拙，而且不知道是否有效，如今聽龍隱主動說起，不由得想要聽聽他的見解。

見廳中並無外人，龍隱這才將自己的法子講了出來。「太師大人何不在楚家上門提親之前，將司徒大小姐嫁出去？來個釜底抽薪，豈不是一勞永逸？」

司徒長風聽了他的話，不由得眼睛一亮。

第六十八章 如意算盤

果然是皇上身邊的紅人，忠維竟如此敏捷！司徒錦不由得佩服起龍隱的智謀，自己的手段與他相比，簡直小巫見大巫。

「果真是好法子，只是要在三天之內將芸兒嫁出去，也是頗有難度。」司徒長風考慮著事情的可能性，不由得皺眉。

儘管司徒芸是太師府嫡長女，但如今這副模樣，有誰會心甘情願求娶？若是往常，肯定提親的都會將門檻給踏破，可今非昔比，有誰想娶一個瘋子回家？

正在苦惱之時，龍隱又開口了。「新任威武將軍譚梓潼年輕有為，聽說新喪了配偶，目前寡居。」

司徒長風聽後，眼前一亮，不由得欣喜起來。

這譚將軍可是戰場上赫赫有名的將領，聽說他立了不少戰功，如今老一輩的將軍退了下來，他便被皇上欽點，成為統領二十萬大軍的威武將軍。那人他也見過，雖是一介武夫，但算是個人物，芸兒嫁過去也不算委屈。

雖然是個鰥夫，但司徒芸也不是黃花閨女了，兩個人也算絕配。只不過事出突然，那譚將軍會答應娶芸兒過門嗎？而且還是短短三日之內，就算要準備聘禮嫁妝，也來不及了吧？

「太師大人不必焦慮，此事包在本世子身上。」龍隱見他面有難色，便主動將這個重擔給接了下來。

司徒錦詫異地看著他，不明白他為何要做出如此承諾。

龍隱敢打這個包票，自有他的道理。那譚將軍與他有過一面之緣，還是他父王原先的部下，自然會給他幾分薄面。再加上司徒芸的病症並不是治不好，只要花弄影出手，絕對沒有問題。此外，那譚將軍長年在外，如今就任京師，少不了要結交朝廷的官員，司徒長風雖然沒什麼大權在手，但好歹是文官裡的翹楚，更何況他還是隱世子未來的岳丈。有這層關係在，他不可能想不通。

因此龍隱有絕對的把握可以說服他。

還有一點，他並不是真的為了司徒芸好。那譚將軍有一個不為人知的癖好，就是他喜歡比較激烈的歡愛，據說他那原配夫人，就是被他給折騰死的。司徒芸那個臭女人，敢三番兩次對錦兒不利，他不會讓她好過！

司徒錦看到他眼中一閃而逝的算計，不由得放下心來。

及笄之禮過後第二天，隱世子便派人上門來告知，說譚將軍同意娶司徒大小姐為繼室。兩個時辰後，譚梓潼便帶著屬下將八抬聘禮送了過來，雙方商量好了迎親的時辰，這親事就算訂下來了。

「大小姐要出嫁了，她的嫁妝大周氏早先就準備妥當了，妳也不必操心。」司徒長風這話的意思很明顯，那就是不用太過鋪張。反正周氏那些陪嫁之物都給了兩個女兒，他只要拿出一小部分就可以了。

如今府裡還有好幾個女兒要出嫁，他不可能將所有東西都給司徒芸。

江氏應了下來，說道：「大小姐的陪嫁丫鬟至少也要六個。如今她房裡有兩個大丫鬟，兩個二等丫鬟，還差三等丫鬟，妾身會讓人補上。」

「這些事情，妳看著辦吧。」司徒長風解決了這個麻煩，便一心一意地抱著兒子哄著，根本不管事了。

江氏笑著點頭，然後吩咐人去將周氏院子裡的兩個丫頭叫了來。其中一個就是純兒。

「妳們都是原先夫人房裡的，如今大小姐要出嫁，妳們就跟著去吧。」

純兒撇了撇嘴，有些不願意。但二夫人發了話，她又不好拒絕，只好低下頭去不吭聲。

江氏知道她是司徒錦收買的，便將她留下來說了一些私密的話。等到純兒從江氏的屋子出去，臉上有著掩飾不住的笑意。

「純兒姊姊，什麼事這麼高興？」一起被叫去的另一個丫鬟不解地問道。

純兒搖了搖頭，她才不願意將這麼私密的事情告訴別人呢！夫人剛才跟她保證，等司徒芸一嫁過去，她就可以以夫人義女的身分被收房，到時候她就是貴妾，當主子總比一輩子給人做牛做馬來得強。

加上大小姐還是個瘋子，到時候那將軍府的事，還不是她說了算？

純兒的算盤打得響，但司徒錦更是棋高一著。這純兒目前看來是向著自己的，但身分改變之後，難免會有別的心思。等到司徒芸的癔症痊癒後，就讓她們相互牽制好了，省得司徒芸又給自己找麻煩。

司徒芸的事情暫時告一段落，但司徒錦卻沒有一刻閒著。李姨娘的病已經無法挽救，就連有神醫之稱的花弄影，也束手無策。

司徒巧這幾日不吃不喝地守在李氏的床前，半步都不曾離開過。

司徒錦知道她傷心難過，勸過好多次，也不知道她有沒有聽進去。看著她孤零零的背影，她心裡也不好受。

李氏的時日不多了，太師府急著操辦著司徒芸的婚事，江氏身邊又沒有什麼幫手，司徒錦這個做女兒的，自然不能不幫著點。

「小姐近來都沒好好休息過，人又消瘦了。」緞兒看著自家小姐，臉上滿是心疼。

司徒錦淡然笑著，雖然很累，但心裡卻很高興。能將司徒芸打發出去，最好不過了。解決完她這個麻煩，接下來就是司徒雨和司徒嬌了。這兩個妹妹，可沒少給她使絆子，這份「恩情」，她可是一直記在心裡。

司徒雨一改往日的態度，時常討好、奉承她，言語中也不時暗示她的親事不盡如意，順便將周氏給痛罵一頓。

司徒錦自然知道她的心思，卻沒有多說什麼。只道這婚事是周氏替她作主的，她無權干涉。

所以司徒雨妹妹笑著過來，哭喪著臉離開。

回到自己的院子，司徒雨的貼身丫鬟便開始抱怨了。「三小姐何必如此低聲下氣地去求二小姐？不管怎麼說，您才是正經的嫡出，哪裡需要這般討好她？」

司徒雨大吼一聲，道：「妳懂什麼?!妳以為本小姐願意對著那賤人曲意奉承嗎？妳也瞧見了，如今這府裡是誰說了算，若是繼續跟她過不去，最後吃虧的，還是本小姐我！妳這個豬腦子，會不會思考問題？」

那丫鬟低下頭去，嘴裡不說，但心裡還是有些不服氣。

她的主子以前是何等風光，連帶著她們這些做丫鬟的也與有榮焉，在人前都是趾高氣揚，別的院子裡的丫鬟見到她，還得恭敬地叫聲姊姊。可如今那些人得了勢，她們的身價也降了不止一點、兩點，不但要看別人的顏色行事，還處處受到苛待。這口氣，她如何嚥得下去！

如今看到主子也變得這般卑躬屈膝，她心裡就更加的難受。若主子強勢一些，她們這些丫頭也不至於跟著受累了。

「去，看看大小姐屋子裡還有些什麼值錢的東西，通通給我搬來！」司徒雨氣憤地吼道。

反正大姊姊現在這樣子也用不著那些東西，還不如便宜她這個做妹妹的。給司徒錦送去了那麼多好東西，她肉都疼了，不從大姊姊那裡撈一些回來，她實在不甘心。

丫鬟應了一聲，便朝司徒芸的院子而去。

司徒芸比先前好了很多，至少不會再隨意大吵大鬧，也不再亂扔東西。她安靜地坐在床榻上，整個人渾渾噩噩的，像個木偶一般。

將她帶大的奶娘朱嬤嬤看著她，很是心疼。「大小姐，您趕緊好起來吧，再這樣下去，還不被人欺負死！」

這時，司徒雨的貼身丫鬟闖了進來，帶著一大幫子的人要搬走司徒芸屋子裡值錢的物品。

朱嬤嬤自然是不允許。

大小姐都這麼可憐了，三小姐還這般不顧姊妹情誼，居然打起了大小姐屋子裡東西的主意，實在太不像話了。

「都給我住手！不准搬，那是夫人留給大小姐的，妳們不准動！」她攔在那些人面前，不讓她們進庫房。

司徒雨的大丫鬟冷笑一聲，一把將朱嬤嬤推開。「老東西，妳好大的膽子，居然敢攔著三小姐搬東西！」

「妳……妳們……」朱嬤嬤被推倒在地，一臉驚恐地看著她們。

「大小姐如今這副樣子，要這些東西做什麼？還不如給了三小姐！三小姐體面，咱們面子上也有光不是？來人，給我搬，一件不留！」那丫鬟囂張地大聲吩咐，居高臨下地看著地上的朱嬤嬤，神情不屑。

朱嬤嬤看著那一箱子一箱子的東西被抬走，立刻撲上去阻攔。「妳們不能這樣！這都是夫人留給大小姐的，三小姐沒有權利動！」

「三小姐沒有權利動？真是笑話。如今夫人不在了，大小姐又是個瘋子，三小姐當然有權利處置這些東西。還不滾開！」

「妳們欺人太甚！我這就去跟老爺稟報，看老爺不打死妳們這些狗東西！」朱嬤嬤見攔不住她們，只好去向老爺求救。

一聽說要告訴老爺，那丫鬟有些害怕了，命令其他人將她攔了下來。「快，堵住她的嘴，千萬別讓她出去！」

身後那些丫鬟還有婆子，都是司徒雨院子裡的粗使婆子，力氣自然比奶娘要大。所以朱嬤嬤還未走幾步，便被人堵了嘴，押了起來。

朱嬤嬤不斷地發出嗚咽之聲，一雙淚眼望著司徒芸，希望她可以振作起來，護著自己。

可惜司徒芸那雙眼依舊毫無神采，甚至連看都沒看她一眼。

那丫鬟嫌惡地掃了司徒芸一眼，一聲令下，便將司徒芸屋子裡所有值錢的東西全都掃蕩一空。

江氏在知道了這事後，並沒有多說什麼，只是讓下人稟報給司徒長風，看他怎麼定奪。司徒長風想著，好歹三女兒神志清醒，比起司徒芸來更有價值，於是也就睜一隻眼閉一隻眼。至於那嫁妝的事情，他把主意打到了小周氏那裡。無論如何，她都是芸兒的姨母不是嗎？

這姨甥女出嫁，她總該有點表示吧？

第六十九章　搶嫁妝

周氏雖然被降了位分，但依舊住在蓮園，只不過經此打擊之後，她越發沈默了。丫鬟們戰戰兢兢地將早膳端了上來，站在一旁，連大氣都不敢出一下，生怕招來無妄之災。

「夫……姨娘……老爺過來了。」一個丫鬟興沖沖地跑進來稟報，臉上掩不住笑意。

周氏被冷落個把月了，老爺一步都不曾踏進蓮園，如今老爺肯踏進這道門檻，說明姨娘還有希望。

聽了丫鬟的稟報，周氏卻一點也沒有開心的模樣，她依舊坐在椅子裡發呆，神色更是高深莫測。

姨娘該不會也跟大小姐一樣，得了癔症吧？一個丫鬟大膽地猜測著。

周氏被四周審視的目光逼得難受至極，不由得冷著臉吼道：「都給我出去，通通都出去！」

說著，她還掀了桌子，將所有東西都掃到地上。

司徒長風進來的時候，便看到周氏在發脾氣，眉頭皺得更緊。他原本不想過來這裡，若不是因為芸兒即將出嫁，他才懶得理這個女人。

原先的知書達禮，早就不見蹤影；昔日的美麗容顏也憔悴不堪，風采不在。這樣一個沒有吸引力的女人，司徒長風自然不喜歡。

「都愣在這裡幹什麼，還不將地上的東西收拾了！」司徒長風一出聲，那些丫鬟才回過神來，戰戰兢兢地忙活起來。

周氏聽到他的聲音，微微抬起頭來。

對於司徒長風這個丈夫，她沒有絲毫感情。「老爺還知道過來，妾身還以為您早就不記得我了呢。」

這陰陽怪氣的話，從一個形容枯槁的人嘴裡說出來，還真是彆扭。

「咳咳……」司徒長風咳嗽了兩聲，說道：「妳瞧瞧妳這副人不人鬼不鬼的樣子，哪裡有半點兒丞相府嫡女的樣子，也不怕被人笑話？」

「呵呵呵呵……」周氏忽然大笑起來。「這一切都是拜誰所賜？還不都是江氏那個賤人還有老爺你嗎？」

既然他對她不客氣，那她也沒必要以禮相待，尊稱也可以省了。

司徒長風老臉脹得通紅，恨不得上前給她一巴掌。但是想了想，一會兒還有事情跟她商量，便耐著性子忍了下來。

周氏淪落到這步田地，的確跟江氏有關，但若不是她自己造孽，又怎麼會失去肚子裡的孩兒，還犯上終身不孕的毛病？這一切，都是她自找的！

「少血口噴人！若不是妳做了那些見不得光的事，如何會被丞相府當成一顆棄子，又如何會落得如此下場？妳不好好反省自己，還一味將所有責任都推到別人身上，真是豈有此理！」司徒長風可以忍著不打她，但嘴上可不能不反駁。

「反正現在我已經這樣了，你說什麼都是對的。」周氏憤怒至極，反倒安靜了下來，沒有繼續跟他吵。

司徒長風見她不再鬧，說話的語氣也變得柔和了幾分。「芸兒要出嫁了，想必妳知道吧？」

周氏瞥了他一眼，依舊保持沈默。

司徒長風面子有些掛不住，索性將他來此的目的一口氣說了。「妳姊姊留給她的嫁妝，都被她給敗了，後天她夫家就要上門迎親，妳這個做姨母的，是不是要有所表示？她畢竟也是你們周家的親人，妳可不能看著她空手嫁人吧？」

周氏又是一陣冷笑。

「老爺這算盤打得還真是響！居然將嫁妝的主意打到妾身這兒來了。我猜猜，這一定是江氏那賤人的主意吧？她想留著家業給自己的兒子，就妄想起我的嫁妝來了，是不是？我告訴你，門兒都沒有！滾，你給我滾出去，永遠都別再進來，滾！」

司徒長風被一個妾室大罵一頓也就罷了，還被她大吼著滾出去，他的顏面何在？於是他上前一步，對著周氏就是一巴掌。「妳這個賤婦，竟然敢對本老爺無禮？吃了熊心豹子膽是吧？我告訴妳，今日妳答應也好，不答應也罷，總之這嫁妝妳是出定了！」

說著，他便將周氏的大丫鬟叫了進來。「說，姨娘的嫁妝由誰管著？」

周氏大喝一聲，撲上去對司徒長風又踢又咬。「你這個天殺的負心漢，辜負了我大好的年華不說，還要搶我的東西，你還是不是人啊！」

「來人，將這個瘋婆子給我拖下去。」司徒長風又羞又怒，臉上也掛了彩，於是對周氏不再客氣，吩咐粗使婆子將她給押住。

「放開，妳們給我放開！」周氏尖叫著，拳打腳踢，就是不想讓司徒長風如願。

那些東西可都是丞相府老太君的家底兒，價值連城，她才不要便宜了那些賤人！就算是毀了，她也不會給別人的！

「留下兩個箱子送到大小姐屋子裡去，將其餘東西搬到二夫人院子裡去。」一拿到庫房的鑰匙，司徒長風便毫不猶豫地讓人開始搬東西。

周氏的嫁妝不少，又都是好貨色，他自然不能全部都給司徒芸。自己的兒子將來還要娶媳婦呢，他還是要為小兒子打算一番的。

「司徒長風，你這個無恥之徒！你居然打我嫁妝的主意，你就不怕別人恥笑嗎?!」周氏見他動了真格，心裡又急又氣。

「既然嫁到府上來，妳的就是我的！別說是拿妳一點東西了，就算是將妳全部的家當都拿走，也是天經地義。更何況，要出嫁的是妳的親姨甥女，妳給她一點兒嫁妝，也是無可厚非，誰人敢說?!」司徒長風也惱了，說起話來十分不中聽。

周氏氣得渾身發抖，但奈何被那些婆子制住，不能脫身。「司徒長風，你膽敢動我的東西，我一定讓你不得好死！」

「真是反了天了，居然敢頂撞我！來人，將周姨娘拖下去重打三十大板，押到祠堂去關著，誰都不許給她送吃的。違令者，跟她一起受罰！」說完，他也懶得跟她耗下去，轉身便去庫房清點東西。

周氏的嫁妝不少，滿滿的有十幾大箱子。

司徒長風滿意地將那清單看了一遍，臉上盡是笑意。這下子可好了，不但芸兒的嫁妝有了著落，其他幾個女兒的嫁妝也有了。

想到這裡，他便喜不自勝地大步離開了。

周氏眼看著那些屬於她的東西被抬走，頓時像失去了魂魄的行屍走肉。一些跟著她陪嫁過來的丫鬟有些於心不忍，紛紛衝上來，將周氏從那些婆子手裡搶了回來。

「小姐……嗚嗚……」

周氏早已傷心欲絕，癱坐在地上，對於她們的哭喊置若罔聞。

「小姐……您振作一點兒啊！」

「小姐……他們欺人太甚！您一定要請老太君為您作主啊！」

幾個丫鬟都是老太君跟前的人，自然是處處想著老太君的好。如今九姑娘在太師府受了這麼大的罪，便想著要給主子討回公道。雖說丞相大人已經不管九小姐的死活了，但老太君可是最心疼這個九姑娘的。

「小姐，您千萬別氣壞了身子。奴婢這就回去給老太君報信，讓她老人家為您主持公道！」說著，那丫鬟便一路飛奔出了院子。

躲在門外偷聽的純兒見那丫鬟要去請老太君，於是飛快去了梅園，將這一消息稟告給了二小姐司徒錦。

「小姐，要不要找人攔下她？」朱雀問道。

司徒錦搖了搖頭，道：「由著她去吧。我倒要看看，她丞相府的老太君要如何管太師府的家事。嫁出去的女兒，潑出去的水。就算是再心疼，那也是別人家的事了。」

見二小姐這麼說，純兒也不便多說，靜靜地退了出去。

司徒錦放下手裡的醫書，揉了揉發痠的胳膊。「緞兒，去給我端一碗酸梅湯來，這天氣越發炎熱了。」

如今正值炎夏，不熱才怪呢！

小姐整日將身體裹得緊緊的，自然會覺得熱了。

「沐王府在京郊有座宅子，是避暑勝地。小姐不妨去那裡避避暑？」朱雀腦袋瓜子一動，語帶笑意地提議。

聽到「沐王府」三字，司徒錦再也沒了看書的心思。這丫頭愈來愈不像話了，整日裡只知道調侃她，真是沒個當丫鬟的樣子。

「朱雀，妳再胡說，我就告訴世子，讓他將妳嫁出去，免得妳天天在此擾人清靜。」

面對司徒錦的威脅，朱雀根本沒放在心上。

雖說世子爺是她的主子，但她的終身大事還由不得世子說了算。再說了，她還年輕，也不著急嫁人，反倒是小姐已經及笄了，想必世子天天盼著她早日嫁過去，好一解相思之苦吧？

「唉，我家世子真可憐！每每只能睹物思人，連拉個小手親個小嘴還得偷偷摸摸的……」朱雀一邊感慨著，一邊觀察司徒錦的反應。

見她如此大膽地將這些親密之事拿出來說，司徒錦的臉立刻紅了。「妳倒是說得順暢，也不怕被人說成是……」

畢竟是閨閣女兒家，有些話她是怎麼都說不出口的。

朱雀卻笑了，絲毫不在意自己的名聲。

有些話她不能告訴司徒錦，那就是她不屬於這個世界，思想自然比他們這些古代人要開放得多。若是她看上眼的人，她才不會在意別人的眼光，主動追求自己的幸福是天經地義的。

司徒錦用一副「妳沒有救了」的眼光看著朱雀，不斷搖頭。

很快的，轉眼就到了司徒芸出嫁的日子。

為了讓她乖乖嫁出去，花弄影特地讓她服用一種全身麻痺的藥物。上花轎前一刻，丞相府和楚府的人聞訊而來，卻阻止不了司徒芸出嫁了。

譚梓潼是個五大三粗的漢子，又是大將軍，豈能容忍別人跟他搶老婆？他只是瞪了瞪眼，丞相大人就嚇得往後退了一大步，再也不敢說半個「不」字。

楚府的人也不敢隨意得罪大將軍，只好放棄司徒芸這顆棋子。楚朝陽本就不想娶這個不堪的女人，如此一來倒是順了他的意了。

外面吹吹打打，熱鬧不已，司徒錦卻沒有出去為司徒芸送行。畢竟不是一母同胞，她連做樣子都省了。

楚家的人在太師府碰了個釘子，只好打道回府，即使將太子請來，也無濟於事。司徒芸已經上了花轎，再無反悔的可能了。

司徒長風將楚家的人和周家的人打發走了之後，便回了江氏的屋子，繼續逗弄小兒子。江氏在一旁看著，臉上有著欣慰。即使不愛眼前這個男人，但見他對兒子的寵愛，她也極為高興。只要兒子將來能夠繼承家業，那麼再大的苦難她也能承受。

「夫人，不好了……」突然，一個丫鬟急急忙忙地跑進來，驚慌失措地跪倒在地。

「何事如此慌張？」江氏抬眸看了她一眼，並未顯現出一絲慌亂。

那丫鬟哽咽了一陣，最後才開口道：「啟稟夫人，李姨娘……沒了。」

江氏聽到李姨娘辭世的時候，手微微頓了一下，然後側身對司徒長風說道：「老爺，此事您說怎麼辦？」

「好好地葬了吧。」想到那個膽小懦弱卻已不記得長相的女子，司徒長風臉上除了一絲愧疚，再無其他情緒。

江氏淡淡掃了他一眼，繼而說道：「巧兒那孩子還那麼小，突然就沒有了娘親。妾身……想將她養在我名下，不知……」

司徒長風聽了這話，終於抬起頭來。「妳作主吧。」

江氏這番作為，他的確欣賞。司徒巧那孩子雖然不討他喜歡，但畢竟是他的親生骨肉。她能得了江氏的照拂，也是她的運氣。江氏能如此大度地接受一個庶女，是難得的賢慧，他沒有理由反對。

江氏將他的無情看在眼裡，心中對這個男人失望透頂。錦兒說得對，她這個爹爹可有可無！

「派人給李氏梳洗打理，賞一口實木棺材，葬了吧。」江氏對李氏沒多少感情，但畢竟同為女人，多少同情她。

丫鬟領了命令下去，哭著回竹園去了。

司徒錦得知李氏過世，急急趕了過去。

司徒巧對李氏辭世很是傷心，一直趴在她的床邊不肯離去，也不讓任何人碰李氏。「妳們走開，不許妳們碰我的娘親！」

司徒錦看著她傷心欲絕的模樣，心裡很是同情。

一個十歲的孩子，突然就沒有了溫暖的避風港，著實可憐。但李氏死了，這也是事實，她不接受，也只是徒增傷感而已。

「巧兒，節哀順變。」她走上前去，緊緊地將司徒巧摟在懷裡。

司徒巧聽到是她的聲音，就哭得更加淒厲了。「二姊姊……娘親她不要我了！嗚嗚……」

「巧兒乖，姨娘沒有不要妳，她只是累了，想要休息一下。」司徒錦眼角泛酸，卻始終沒有落淚。

這人世間太多悲慘的事，她不可能為了所有可憐的人傷懷。即使李氏是太師府的姨娘，但於她不過是個陌生人而已。若不是因為司徒巧，她不會到這竹園來。

司徒巧睜著淚眼，哽咽問道：「二姊姊說的可是真的？娘親只是累了嗎？」

司徒錦點頭，說道：「巧兒也知道，姨娘生病了，很難受。如今她能夠解脫，不再受病痛折磨，不是很好嗎？」

司徒巧聽著她的勸，漸漸止住了哭泣。

「巧兒，別讓姨娘走得不開心。讓下人幫姨娘好好地梳洗打扮，讓她可以快快樂樂地去一個充滿溫馨的地方，好嗎？」

司徒巧一邊抽泣著，一邊點頭。

司徒錦將她帶離了床榻，丫鬟、婆子們這才上前去給李氏裝殮。司徒巧看著李氏臉上那坦然的神情，頓時又淚眼朦朧。

李氏的喪事辦得很低調，畢竟是一個姨娘而已。不過，江氏倒是做得很體面，還允許司徒巧看著她下葬。

過了兩日，司徒巧的情緒稍微恢復了些，江氏又正式舉辦了一個小儀式，將她收入自己名下，從此以後，司徒巧便成了江氏的女兒。

「錦兒今後又多了一個妹妹。」司徒錦在司徒巧拜過江氏之後，將她從地上扶了起來，笑著說道。

司徒巧眼裡滿是感激。從那以後，司徒巧便將江氏當作真正的母親，而司徒錦，則是她一輩子敬愛的姊姊。

第七十章　太子妃有喜

「小姐，太子府送來請帖，說是要宴請群臣。夫人讓奴婢來問問，小姐去不去？」恭敬地低垂著頭上前稟報的是江氏身邊的大丫鬟紫鵑。

司徒錦剛用完早膳，精神很不錯，便隨口問道：「知道所為何事嗎？」

紫鵑恭順地回答道：「不太清楚，不過夫人打算帶六小姐去。」

司徒錦哦了一聲，便沒再繼續追問。

江氏自從將巧兒養在身邊，倒也對她百般疼愛。如今太子宴請百官，母親卻要帶巧兒去，這似乎有些說不過去。不管怎麼說，太子的地位高貴，只有嫡出的才可以隨行，巧兒儘管養在江氏名下，但名不正言不順。

「小姐？」見她久久沒有回應，紫鵑忍不住喚了她一聲。

司徒錦回過神來，道：「妳先下去吧，我一會兒去夫人那裡自個兒跟她說。」

紫鵑聽了這個答案，便轉身離去。

緞兒迎面遇到她，與她說了兩句話，這才踏進門檻。「小姐，整日悶在屋子裡也不好，不如趁此機會出去走走，就當散散心也好。」

司徒錦抿了口茶，神色依舊淡然。「太子在此時宴請大臣，恐怕是有什麼事吧？緞兒，妳叫朱雀過來。」

「是。」緞兒對小姐的吩咐不敢怠慢，剛回來就又馬不停蹄地去辦事了。

朱雀最近很是詭異，經常不在府裡不說，整個人也變得心不在焉，不知道發生了什麼事。司徒錦以前還覺得她太吵，如今整日不見她的人影，心裡反而惦記。唉，看來她還真是喜歡找罪受。

不一會兒，朱雀沒精打采地回來了。「小姐，您找我？」

「最近茶不思飯不想的，想什麼呢？」司徒錦見到她消瘦了不少，關切地問道。

「有嗎？」朱雀不自然地轉了個圈，假裝不在意地道。

「緞兒，妳說，朱雀是不是瘦了很多？」司徒錦見她不肯承認，於是便找緞兒出來做證人。

緞兒仔細打量了朱雀一番，不由得點頭。「是清瘦了一些，這下巴都變尖了呢！」

朱雀下意識地摸了摸自己的臉，緊接著又長嘆一聲。

看來，她還真是有心事啊！司徒錦瞧著她那魂不守舍的模樣，心裡便湧出一些想法來。

「朱雀，妳……是不是有心上人了？」只有這個解釋比較合理。

朱雀微微一愣，繼而苦笑道：「小姐，您就別拿我取笑了。朱雀……並未考慮過嫁人，何來心上人之說？」

她本就不屬於這個世界，自然不能與這裡的人發生感情。等到有朝一日時機成熟，她就要回到自己原先的世界去了，這裡的一切，都必須遺忘。就算有那麼一點點心動，她也必須快刀斬亂麻，只為以後能夠走得安心。

「朱雀，妳不誠實。」司徒錦望著她的眼睛說道。

一個人撒謊，眼神是騙不了人的。朱雀那閃爍不定的眼眸，向世人昭告著她內心的煎熬、恐懼還有不捨。縱使她說出來的話很是肯定，卻騙不了有心之人。

「小姐，我……」

「若是真的有了意中人，妳放心，我一定會讓世子同意妳去嫁人的。」司徒錦以為她擔心的是龍隱不肯放人，故而寬慰她道。

朱雀苦笑著搖了搖頭，便轉移話題。「小姐找我來，所為何事？」

司徒錦回過神來，這才想起正事。「太子廣發邀請函，說是三日後宴請群臣。我想讓妳派人去太子府打探一下，那邊到底出了什麼事。」

皇上最反對皇子跟大臣勾結。

如今太子如此明目張膽地宴請群臣，難道就不怕遭到質疑？抑或是他有什麼重大的理由，皇帝才睜一隻眼閉一隻眼？

「是，小姐。我馬上派人去查。」朱雀應了下來，便急急地出去了。

看著她逃命似地跑出去，司徒錦更加確定心裡的想法。看來，朱雀是留不住了。女大當婚，她也不能阻攔她去尋找自己的幸福，是時候給世子報個信兒，讓他有所準備才是。

想到這裡，她便走到書桌前，吩咐綴兒幫她研墨。

「小姐這是要寫信？」綴兒跟著司徒錦，也學會了不少東西。認字寫字已不成問題，只是火候欠佳。

司徒錦也不吭聲，提起毛筆在黑色的墨汁裡蘸了蘸，龍飛鳳舞地書寫起來。那娟秀的字跡躍然紙上，煞是好看，一氣呵成之作，更是無比賞心悅目。

等到墨跡乾涸，司徒錦便將信放進一個封子裡，然後在那上面寫了幾個字：隱世子親啟。

綴兒看了看那幾個字，不由得笑了。

原來，小姐是想念世子爺了。

「派人給世子送去吧！」司徒錦將信件交給綴兒，便又拿起一本醫書看了起來。

自從她想要保護自己在乎的人那刻起，她便開始對藥理方面的書很感興趣。儘管她不像大夫那般有經驗，但最基本的望聞問切她早已嫻熟於心，差的只是實戰經驗而已。

綴兒見她看得那麼認真，不由得笑道：「小姐以後要當女大夫嗎？」

司徒錦從書本裡抬起頭來，問道：「有何不可？」

「既然小姐這麼喜歡醫術，那為何不找一位本領高強的師父？我看花郡王就不錯，跟著他學習，肯定能夠成為一個厲害的大夫。」

不過是綴兒一句開玩笑的話，司徒錦卻當了真。

如果真的能夠學到花弄影一半的本領，那她就不怕那些小人在背後暗算她了。想著這種可能性，她興之所至，便又提筆給花弄影寫了一封拜師的信件。

緞兒驚訝地看著手裡的兩封信，半天合不攏嘴。小姐還真是說風就是雨，她不過隨便提一提，小姐居然當真了！

「還愣在這裡做什麼？快去。」

司徒錦一催促，緞兒這才回過神來，匆匆去了門房。這跑腿的事情，自然是要交給小三子了。

晌午時分，朱雀就已經有了回音。

「小姐，據說太子妃有孕了。」

司徒錦想了想，也是，難怪太子府能名正言順地宴請群臣。太子成婚也半年多了，如今傳出喜訊，自然舉國同慶，皇上也沒有理由懷疑他的動機，這大龍國的子嗣，是正經八百的大事。

「原來如此！」想到前世司徒芸藉由這次宴會，將太子妃毒死，然後嫁禍給自己，司徒錦不由得咧開嘴笑了。

重活一世，有很多事情已經變了。司徒芸已經不再是太師府最得寵的嫡長女，而是一個被當成棄子的可憐蟲。

同一個事件，她司徒錦沒有再摔跟頭的道理。

「大小姐那邊情況怎麼樣？清醒過來了嗎？」

太子宴請百官，譚將軍自然在邀請之列。若是司徒芸清醒了，她豈會錯過這樣的盛宴？

「據屬下所知，大小姐已經清醒，身子也恢復得不錯。只不過……那譚將軍將她折騰得很慘，據說三天都下不了床呢！」朱雀彙報的時候，眼睛裡滿是幸災樂禍。

對於那個女人，她沒有半點兒好感，如今她這般境地，也是她自找的。這就叫自作孽不可活。

「我還聽說，那將軍將大小姐的丫鬟收了房，就是那個叫純兒的。」緞兒見她們說起這事，便來了興致。

司徒錦點了點頭，這早已在她的預料當中。

純兒那女子是個很不錯的棋子，在她三言兩語點撥之下，便會了意。看來，司徒芸以後有得受了。

「嗯，看來有好戲看了。」司徒錦嘴角微微勾起，笑得燦爛。

朱雀和緞兒有些不明所以，相互望了望。

「該用午膳了，今兒個就去夫人那邊用膳吧！」興致來了，司徒錦便帶著輕鬆的心境去了江氏的屋子。

剛剛踏進門檻，便看見司徒巧抱著念恩在江氏身旁說笑著。

司徒錦走過去，給江氏請了安。司徒巧看到她，趕緊甜甜地對她說道：「巧兒見過姊姊。」

「起來吧，自家姊妹不必如此多禮。」司徒錦扶了她一把，順便將念恩抱到自己懷裡逗弄起來。

「姊姊，念恩長得很快，我都要抱不動了呢！」司徒巧笑著一起逗弄弟弟，臉上的悲戚已不見蹤影。

江氏看著她們幾個相處得甚好，也很是高興。

巧兒果然是個乖巧懂事的孩子，並沒有因為養在她的名下，就變得趾高氣揚，還是跟以前一樣那麼善良可愛。

「娘，聽說太子府送來邀請函？」

江氏嗯了一聲，道：「妳父親讓我問妳要不要去。」

她說這話的時候，意味深長地看了司徒巧一眼。

如今太子再次受到皇上重視，這局勢變化得讓人有些摸不著頭腦。以前，司徒長風堅持不跟太子站在同一陣線，就是害怕有朝一日太子失勢，太師府會受到連累。可如今，太子又重新獲得恩寵，這是不是意味太子的地位又穩固了？

「娘，太子此次宴請百官，是因為太子妃有孕了。」她淡淡敘述著此一事實。

江氏驚愕之餘，很快便知道了這其中的原因。「難怪會這麼大陣仗，原來是因為這個。

也對，皇家的血脈最為重要。如今三個皇子，只有太子率先有了子嗣，皇上自然看重這龍裔。」

司徒錦贊同地點頭。

看來，江氏要帶巧兒去參加宴會，想必是爹爹授意的。如今這太師府，除了司徒巧沒有婚約，其他幾個姊妹都已經訂了親。

爹爹這麼做，是打算向太子示好嗎？

司徒錦閉了閉眼，內心其實很不想跟太子扯上關係。太子那人，雖然是正統繼承人，但個性太過魯莽，又喜歡偏聽偏信，不會是個合格的君王。若是投靠了他，日後想必會為家族帶來滅頂之災。

「娘，有什麼辦法讓爹爹不去太子府嗎？」見屋子裡沒有外人，司徒錦便大膽地提出自己的見解。

江氏很是吃驚，錦兒說出這番大逆不道的話來，實在很令人費解。司徒巧也是瞪大了雙眼，一副不敢置信的模樣。

「錦兒怎麼會有這個打算？」江氏將內心的疑惑說了出來。

「天下局勢未定，現在就匆忙決定，為時過早。不如找個藉口，讓爹爹不去參加那宴會，將來興許能躲過一劫。」司徒錦也毫不隱瞞，明白說出自己的想法。

「妳是說，太子不一定能夠繼承大統？」江氏愣了許久才回過神來。

司徒錦點了點頭，分析道：「如今太子妃懷了身孕，皇上才將注意力重新放到他身上。但孩子還未生下來，就算不得數。那三皇子也不好惹，定然不會坐以待斃。爹爹如此急著選邊站，實在是有欠思量。再說了，三皇子雖然也很受寵，但皇上最疼的，還是五皇子。皇上正值壯年，肯定不希望很快退位讓賢。因此這五皇子繼承皇位的可能性，也很大。」

五皇子在皇上遇刺時失蹤，後來被三皇子在離宮外不遠的地方找到。當時五皇子呈現被迷昏的狀態，經過救治後並無大礙。雖說沒有證據顯示五皇子跟刺客有關，但對方畢竟是扮成他的模樣行刺，多少讓人疑心。但皇上只當五皇子是被刺客所害，對他平安獲救甚是欣喜，還大大嘉賞了三皇子一番，足見對他的寵愛。

江氏思量著女兒的話，很久都沒有出聲。

司徒錦的分析沒錯，看來她和老爺都有些操之過急了。

「錦兒，這些話切莫再對別人說起。在我屋子裡說說也就罷了，萬一被別人聽到，那可是殺頭的大罪。」江氏這麼說，其實也在警告司徒巧和屋子裡幾個心腹丫鬟。

司徒錦應了聲是，然後便跟江氏商量怎麼讓司徒長風去不成那鴻門宴。

三日後。

正是風和日麗的好天氣。

太子府張燈結綵，處處充滿了喜慶的氛圍。

司徒府的馬車到達太子府門口時，立刻就有管事上前相迎。「太師大人到。」

司徒錦聽到那唱名聲，不由得笑了笑。這管事的還真是心急，還沒有看到人呢，就這麼大聲嚷嚷，待會兒估計要尷尬了。

「小姐，咱們下去吧？」

她點了點頭，在朱雀攙扶下下了馬車。

那管事看了好幾遍，確認沒有其他人下車之後，不由得問道：「這……為何不見太師大人？」

司徒錦面露幾分悲戚，道：「唉，家父因為貪杯，不小心摔破了頭，故而不能親自來太子府恭賀，還望太子殿下見諒。」

那管事果然很是尷尬，不過還是很客套地將司徒錦迎了進去。「既然如此，小的便去知會太子殿下一聲，也好派個太醫過去給太師大人診治診治。」

司徒錦自然聽得出他這話裡的試探，於是露出幾分感激之情。「如此，就多謝太子殿下了。」

見她並沒有任何推諉，那管事便有些摸不著頭腦了。

司徒錦將賀禮交給了那管事，便帶著朱雀進了府。

一路上，司徒錦遇到很多熟人，只不過交情不深，司徒錦也沒有熱衷地跟她們混在一起閒聊，而是找了個清靜的地方坐了下來。

「錦兒表妹。」剛坐下不久，一道帶著欣喜的驚呼傳到司徒錦耳邊。

回頭一看，司徒錦便見到一身鵝黃色衣衫的江紫嫣、江紫月姊妹倆朝著她走過來。

司徒錦看到這兩個表姊妹，心情放鬆了些。「紫嫣表姊，紫月表妹。」

「表姊怎麼現在才來，害我們好等。」紫月圓圓的小嘴嘟得老高，臉上卻異常欣喜。

她還是頭一次到太子府來，自然開心。

司徒錦拉著她們二人的手，來到湖心亭坐下。「舅父也來了嗎？」

「來了，正在廳堂與幾位大臣說話呢。」江紫嫣是個直率的姑娘，有什麼話都不會藏著掖著。

「看來，太子殿下還真是下了血本。宴請百官，這開銷可不小。」司徒錦不緊不慢地說道。

「有楚家的支持，再多的銀子也不是問題。」雖然才來京城不久，江紫嫣倒是挺清楚狀況的。想必平日裡聽江華談起，所以記在了心裡。

司徒錦點了點頭，表示贊同。

楚家是皇后的母族，又是大龍的皇商、京城首富，自然有用不完的銀子。皇上依舊保留龍炎的太子之位，就是看在楚家的面子上。

「咦，怎麼就表姊一個人來，姑父呢？」江紫月比司徒錦小兩歲，關心的話題自然不在政治上。

司徒錦微微笑著，道：「前些日子，聽說太子妃有喜，一時高興就多喝了幾杯，沒想到樂極生悲摔了一跤，如今在府裡養著呢！」

她說的一半是事實，一半是謊話。

就算太子派人調查，也不會有任何破綻。因為司徒長風的確是傷了頭，現在還昏迷著，至於是不是醉酒誤了事，那就不好說了。

看司徒錦說得輕巧，江紫月便知道沒什麼大礙，於是放下心來。

姊妹幾個正聊得高興，忽然一個宮女打扮的女子朝司徒錦這邊走了過來，福了福身，恭敬地道：「司徒小姐，太子妃娘娘有請。」

司徒錦微微蹙眉，有些不明所以。

太子妃為何要見她？她到底想做什麼？想到上次在皇宮裡的誣陷，司徒錦便不敢貿然前去。

「不知太子妃召見有何事？」她鎮定下來，不急不緩地問道。

那宮女掃了她一眼，但很快就又變得恭順起來。「司徒小姐去了就知道了。司徒小姐，這邊請。」

那宮女似乎不容她拒絕，直接在前面帶路。

司徒錦安撫地拍了拍江紫嫣的手，道：「妳們在此等候，我去去就來。」

說著，她便跟在那宮女身後，漸漸遠去。

第七十一章　栽贓不成

左彎右拐過好幾道拱門，司徒錦一邊暗暗地記著地形，一邊向隱藏在暗處的朱雀打手勢，示意她不要輕舉妄動。

在來太子府之前，她就已經預料到有可能發生什麼事情，以防萬一，她將江氏留在府裡，只帶了朱雀一個人來，就是不想牽扯到其他人。這楚濛濛三番五次想要害她，她也不得不防。

「司徒小姐裡面請，太子妃等著呢。」那宮女站在一道虛掩的門外，停下了腳步。

司徒錦掃了那宮女一眼，將她的樣貌記在心裡，依舊保持禮貌。「多謝姑娘引路。」

宮女低下頭去，快速地離開了那裡。

司徒錦知道這屋子裡並不一定是太子妃本人，但既然來了，她不弄清楚狀況，也不會就這麼輕易離開。

太子妃要害她，她就這麼走了，豈不是辜負了她的「好意」？

伸手推門而入，司徒錦小心翼翼地呼吸著，發現屋子裡並沒有迷香之類的味道之後，這才安心地走了進去。

「司徒小姐還真是有膽識，在下佩服之至。」忽然，一陣拍掌聲從屋子裡的屏風後傳了出來。

聽到一道男子的嗓音，司徒錦心裡一緊，但很快便恢復鎮定。看來，這就是太子妃給她落的招啊！她想毀掉她的清譽，然後讓隱世子休了她？看來楚濛濛還真是對龍隱上心，即使嫁不了他，也不容許其他女人有機會。太子若是知道了她的心意，會怎麼看待她？

那男子見她並不慌張，於是忍不住好奇地從屏風後走了出來。「司徒小姐還真沈得住氣。」

「楚公子過獎了。」這不是楚皇后最小的弟弟、如今楚家的當家人楚羽宸嗎？

楚羽宸依舊笑得瀟灑，身上不見任何猥瑣的味道。

司徒錦真的很難想像，這麼一個清貴的公子，會為了太子妃甘願棄自己的名聲不顧，而來栽贓她這麼一個無足輕重的女子。

「司徒小姐似乎一點兒都不害怕？」楚羽宸一身月白的衣衫，頎長的身軀挺拔有力，頭髮整齊地用玉冠束起，整個人看起來風度翩翩。

司徒錦挪動了一下步子，側過身去。「楚公子倒是好興致，居然躲在這麼個僻靜的地方。難道是因為這裡的風景獨好？」

「哈哈！」楚羽宸爽朗地笑了。「的確是因為風景絕佳！」

他的視線一直停留在司徒錦身上，未曾移開。

從第一次見面，他就覺得她很特別，如今聽到她這番言辭，就更對這個小女人感興趣了。所以，在楚濛濛懇求他幫這個忙的時候，他便毅然答應了。其實，他也不想害一個無辜的女人，只是好奇罷了。

在這種情況之下，她居然能夠如此鎮定，倒是大大出乎意料。

「楚公子約我來此，有什麼話就直說吧。」司徒錦找了把椅子坐了下來，並沒有急著離去的打算。

想必此時，已經有人往這裡趕了吧？

這種下三濫又幼稚的手段，楚濛濛可是運用得很熟練。相信司徒芸上一次在皇宮的遭遇，也是她一手安排的吧？司徒芸也不是個傻子，卻還是中了招，看來這個楚濛濛比想像中來得厲害！

楚羽宸見她不慌不忙，便也找了把椅子坐了下來，道：「司徒小姐還真是……特別，總是給人意想不到的驚喜。」

「廢話少說。楚公子也不是那種心甘情願被人利用的人，說吧，你到底有什麼目的？」她誇獎他的同時，也不忘要他交代來此的目的。

以他的身分，不知有多少女子願意與他沾上關係。而她司徒錦，不過是區區太師府的女兒，又是訂了親的，他到底想做什麼，抑或是想要交換什麼？

她可不會忘記，他是個商人。

商人重利！

「司徒小姐果然爽快，哈哈哈！」楚羽宸大笑三聲過後，這才將自己的目的說了出來。「相信妳也知道接下來會發生什麼事，不過本公子可不喜歡惹麻煩，隱世子我可招惹不起。既然司徒小姐這麼爽快，那我就直說了，我有一批貨物被世子扣下來了，在下想請小姐幫個忙，讓他高抬貴手。如此，我也放小姐離去，如何？」

外面已經隱約聽得到沈重的腳步聲，楚羽宸乾脆提出自己的條件，想必也是為了逼迫她同意。

司徒錦沒想到他是為了這事，但龍隱會聽她的嗎？

「公子太抬舉小女子了。隱世子的決定，豈是我一個小婦人能夠改變的？」

「司徒小姐太謙虛了，誰不知道這隱世子最在意的，不是他的父王和母妃，而是司徒小姐妳？別人不相信，本公子的眼睛可是雪亮的。他三番兩次救妳，就足以說明妳對他的重要性了，這個交易很划算吧？」

司徒錦抬眸掃了一眼門外，見朱雀有些著急，便起身對他道：「這事我可以應下，只是能否說服世子，就不是我能決定的了。」

「在下絕對相信小姐的能力。啊，看戲的人已經來了，小姐還是從地道離開吧？」說著，他便硬拉著司徒錦朝著屏風後面走去。

司徒錦不習慣與人有肢體接觸，不由得掙扎起來。「放手！」

「再不快些，就來不及了。」楚羽宸也不管她怎麼想，將屏風後面的一個櫃子輕輕一推，一道暗門便出現在眼前。

「從這裡下去，出口就在太子府後花園，司徒小姐保重。」說著，他遞給她一個火摺子，便將門重新闔上了。

見他如此輕易就放了她，司徒錦隱約覺得有些不對勁。不過既然他們已經達成交易，那她還是先離開好了。這樣想著，她便不再猶豫，朝著出口方向走去。

在門外看到屋子裡一切的朱雀，見楚羽宸欲對小姐不利，便飛身進了屋。此時，她已經顧不得其他，只想確保小姐的平安。

外面的腳步聲愈來愈近，朱雀正要衝到屏風後面去，卻與楚羽宸撞了個正著。

「妳這麼迫不及待地投懷送抱嗎？真是讓我驚喜啊！」楚羽宸見到她，不由得笑開了懷。

朱雀掙扎著想要擺脫他的懷抱，羞憤地吼道：「姓楚的，你把我家小姐怎麼樣了?!快把小姐交出來，否則別怪我對你不客氣！」

「我的小麻雀，妳生氣的樣子可真可愛！」楚羽宸不但沒有回答她的問題，反而一把將她臉上的人皮面具扯去，順便在她臉上偷了個香。

「你這個無恥之徒，放開我！」朱雀空有一身武藝，在楚羽宸面前卻沒辦法使出來。

自從她在醉仙樓見到他之後，便沈淪了，每次藉口去給小姐買糕點，也是為了見他一面。三番兩次下來，他的目光自然也被她吸引了去。原先不知道她戴著人皮面具，就已經對她感興趣，後來無意中將她的面具給扯落，更被她絕世無雙的美貌給震住，從此難以忘懷。

若說他對司徒錦感興趣，是因為一時好奇，那麼他對朱雀的這種迷戀，卻是一見鍾情！

他很確定自己的心意，而她，卻似乎一直在逃避。

「雀兒，不要拒絕我，好不好？」他緊緊地將她擁進懷裡，低頭用力的吸著她身上散發的特有香氣。

朱雀被他的所作所為弄得滿面通紅，聽到外面的吆喝聲，更加心急如焚。「你快放開，外面有人……」

「有人來又怎麼樣？本公子喜歡在這裡跟心愛的女子幽會，別人管得著嗎？」他笑得像隻狐狸。

「你不顧自己的名聲，那我呢？我可是司徒府的丫鬟，這不是要連累小姐嗎？」朱雀急急地吼著。

「別忘了，妳這張臉只有極少數人見過。就算被人看見，也不知道妳的身分，怕什麼？」他好心提醒。

朱雀微微一愣，這才反應過來。

是啊，她這張禍水臉沒什麼人見過。就算被人抓到，別人也不知道她是誰。是她太心急了，所以才忘記自己一直戴著人皮面具。

「這下放心了吧？安心地在這裡陪我，妳家小姐沒事的。」他怕她擔心司徒錦，於是耐心解釋。

朱雀狠狠地瞪了他一眼，這才沒有再掙扎。

門外，一行人已經闖了進來。

「奴婢看到一個身影進了這裡，沒見到有人出來。」說話的，便是剛才為司徒錦帶路的那個丫鬟。

只是當她出現在眾人面前時，已經換了一張臉。

朱雀知道她也是易容過的，但不再計較，只安心地賴在楚羽宸身邊。她倒要看看，那想要陷害主子的人，到底是何方神聖。

對於朱雀的配合，楚羽宸很是享受。

她溫軟的身軀緊貼著他，讓他很是滿足。

「這裡是太子的書房，豈能隨意亂闖？來人，給我進去搜！」這個聲音，朱雀不甚熟悉，不過那口氣，儼然是太子府的主人。

門被推開，一個身穿紅色錦袍、滿頭珠翠的女子率先走了進來。

朱雀埋頭在楚羽宸的懷裡，眼角卻掃到了她的身影。此人，便是那高高在上的太子妃娘娘吧？這女人還真是不死心，世子不喜歡她，她就不讓任何女人接近世子，真是愚不可及。

她以為這樣，世子就是她的了？

「呀！」跟隨太子妃而來的都是一群大家閨秀，但看到屋子裡一男一女緊緊地抱在一起時，全都羞紅了臉撇過頭去。

太子妃見到楚羽宸那一臉的滿足，眼神裡閃過一絲訝異。「小叔叔，您怎麼在這裡？」

妳不是心知肚明嗎？朱雀在心裡暗忖。

楚羽宸依舊維持著擁抱的姿勢，似乎對打斷他好事的人有些不滿。「本公子在此與佳人有約，礙了你們什麼事了？」

太子妃看到他懷裡的女人，不由得笑了。「小叔叔的事，侄女自然不敢打擾，只是小叔叔這般行徑，可是有損女子的閨譽，更何況，這位姑娘一看就知雲英未嫁，萬一她是訂了親的，那可就不好了。」

「訂了親又怎麼樣？只要本公子看上的，照樣可以搶過來。」既然她喜歡演戲，那他就勉強配合一下好了。

楚羽宸按照太子妃給的劇本，一唱一和起來。

太子妃一番話，引起了眾人的好奇心。她們紛紛議論起來，這女子既然訂了親，竟還跟別的男子有染，實在有辱門風。這個不要臉的女人，到底是誰呢？

太子妃也是一臉看好戲的表情，看那女子不敢露面的模樣，想必是羞愧得無地自容了吧？哈哈，她倒要看看，隱世子要怎麼對待一個不忠的女子。

「隱世子過來了！」人群中，不知道誰眼尖，看到了那抹黑色的身影。

太子妃聽到隱世子的名號，心裡一喜。

這下，司徒錦再也沒臉嫁入沐王府了！

「咦？世子身後那位，不就是未來的世子妃嗎？」又有人補了一句。

太子妃臉色一僵，不敢置信地往回望去。那與龍隱一前一後走過來的，不正是司徒錦嗎?!

楚濛濛又看了一眼屋子裡的二人，有些糊塗了。

既然楚羽宸得逞了，那外面那個又是誰？又或者，小叔叔認錯人了？不可能啊，以小叔叔對司徒錦的態度來看，他絕對不會認錯人的！

太子妃呆愣在那裡，一齣好戲還未唱，就先落幕。

「隱世子怎麼有空過來？也是來看我的好戲的嗎？」楚羽宸見到龍隱，笑著調侃道。

龍隱冷冷地掃了一眼那些吃飽了沒事做的女人，然後坦率地說了句「無聊透頂」，便轉身離去。

司徒錦看到那些人眼裡的不可置信，不由得彎起嘴角笑了。「剛才那帶路的宮女說，太子妃找臣女有事，可臣女卻四處不見太子妃，在花園裡等了好一會兒，原來太子妃在這裡。」

一段話，將太子妃的陰謀粉碎。

那些閨秀又看向太子妃，不由得產生聯想。很快的，不少人知道了真相，而楚羽宸自始至終都沒有放開懷裡的女人。

「娘娘，您在這兒，讓奴婢好找！皇上駕臨，娘娘還是先過去見駕吧！」一個宮女匆匆忙忙趕過來，化解了此時的尷尬。

太子妃藉此機會，狠狠地瞪了司徒錦一眼之後，衣袖一甩便離去了。

司徒錦看了一眼楚羽宸懷裡的那抹身影，不由得笑了。看來，她猜得沒錯，朱雀的確陷入愛情漩渦了，只不過她沒料到，朱雀看上的人，居然是楚羽宸！

一場風波，就這麼過去了。

當司徒錦回到前院的時候，江家姊妹一臉擔憂地圍了上去，見她沒有任何損傷，這才放下心來。「妳沒事，真的太好了！」

「我能有什麼事？」司徒錦自信地說道。

江氏姊妹頓時笑了。

因為皇上親臨，所有的人都要去府門口接駕。司徒錦一行人趕去的時候，皇上和皇后剛從輦車上下來。

「都起來吧。」皇帝威嚴依舊，但臉上卻明顯多了一絲喜悅。

司徒錦心中了然，皇上是為了太子妃肚子裡那塊肉吧？只是不知道，這喜悅能夠維持多久呢？

「錦兒表姊，妳看那邊，是不是你們司徒府的大小姐？」順著江紫月的手望去，司徒錦眼神一斂，果然是司徒芸。她怎麼也來了？

司徒芸依舊美麗，只是明顯瘦了許多。看來，她在將軍府過得並不如意。瞧她那脖子上圍著絲巾，想必是為了遮掩某些傷痕吧？

在得知她不是處子之身，又得過癔症之後，那譚將軍豈會待她如珍寶？

司徒錦笑了笑，沒放在心上。

「皇上身邊的那位，就是五皇子嗎？」江紫月還是個孩子，她關注的大都是自己感興趣的事情。

司徒錦打量了那個如玉的男子一眼，認出了他。「不錯，正是五皇子殿下。」

「五皇子長得好好看，跟未來表姊夫一樣好看！」紫月一臉天真地說道。

司徒錦聽到那「未來表姊夫」一詞，不由得羞赧起來。「半大點兒孩子，就會注意這些了！以後也讓舅父給妹妹找個好看的郎君，可好？」

紫月聽了這話，不由得紅了臉。

說起這嫁人，司徒錦心裡又是甜蜜又是煩惱。即便對隱世子不再排斥，但沐王府的情況並不樂觀。還未進門，王妃和側妃便已經給她下馬威，看來她們都覺得她配不上世子。就算世子有心呵護，但王妃畢竟是長輩，她不希望他夾在中間左右為難。

「錦兒表妹，妳發什麼呆呢？」江紫嫣叫了司徒錦好幾聲，都不見她回應，只好用手推了推她，這才將她的注意力給喚了回來。

「抱歉，我走神了。」司徒錦不好意思地笑了笑。

「我看啊，表妹妳是看世子看到發呆了吧？」江紫嫣捂著嘴取笑道。

司徒錦經她這麼一提醒，這才發現龍隱正好坐在她對面。而他的一雙眼睛，則是時時刻刻觀察她的一舉一動。

雙頰泛紅，司徒錦低下頭去，不敢再抬頭。

紫嫣、紫月姊妹倆見狀，偷偷地在一旁笑了。

第七十二章　清理門戶

看著緞兒嘴巴張張合合，司徒錦完全喪失了反應能力，縈繞在耳旁的，只有一句話：下個月初八，世子就要上門來迎親了！

她從未想過會這麼快嫁人，她才及笄不久，還想著多陪陪娘親和弟弟呢！

「小姐莫不是高興壞了？」緞兒自言自語地說道，臉上卻異常開心。真好，小姐和世子終於要大婚了！從此以後，小姐就是世子妃，再也沒有人敢看低小姐了！

司徒錦半晌後回過神來，怔怔地問了一句：「下個月初八？那豈不是僅餘一個多月了？」

緞兒笑著回應。「是呀！小姐的嫁妝都還沒有繡完呢，看來得多找幾個丫鬟過來幫忙了。」

緞兒自顧自說著，沒考慮到司徒錦的心境。

「這麼快……」她喃喃自語。

「看老爺這架勢，今年是打算將幾位到了年齡的小姐全都嫁出去呢！」司徒雨、司徒嬌都與司徒錦相差不大，也就差幾個月，間隔都不足一年，只不過年分不同而已。如今大小姐已經出嫁，馬上輪到了小姐，接下來肯定就是三小姐和五小姐了。

三小姐的親事早就定下，只不過要等到她及笄後才會出嫁，但按照目前的形勢來看，老爺定不會等到幾位小姐及笄，就會命男方上門來迎娶了。

雖說都是老爺的女兒，但三小姐、五小姐哪裡有二小姐這般氣質和頭腦，加上世子爺在一旁說項，老爺自然是會給世子面子，儘早將那兩位小姐給打發出門。

最近幾日，司徒雨似乎察覺到司徒錦並沒有幫她的意思，便不再來梅園小坐，反而覥著臉去巴結江氏了。至於那個五小姐，如今最不得寵，一直小心翼翼地過著，生怕被人拿捏住把柄。

「三妹妹那夫家也真沈得住氣，聘禮都已經下了，到現在都還不上門來迎娶，就不怕出什麼亂子？」司徒錦不經意地說出這番話來。

「這有何難，我這就去派人以老爺的名義，讓他們三日之內過來迎親。」朱雀辦事，一向喜歡速戰速決。

小姐的心思，她多少能夠猜到一些。

在嫁出門之前，她肯定會將所有的麻煩都清掃乾淨！

司徒錦給了她一個讚許的眼神，便拿起手裡的針線仔細地繡了起來。這些荷包、香囊之類的小東西，都是嫁人後用來打賞下人的。雖說不值幾個錢，但貴在心意。至於給長輩和親眷準備的禮物，司徒錦還需仔細琢磨琢磨。

「小姐，五小姐那邊，您打算怎麼辦？」朱雀想，嫁一個是嫁，嫁兩個也是嫁，不如一次解決了，也好高枕無憂。

司徒錦思量了一下，那楚家斷不會娶司徒嬌過門，可是一時之間，她又想不到合適的人家。「朱雀，這京城裡可有合適的人家，配得起咱們五小姐的？」

朱雀掌管整個影衛的消息來源，對京城裡稍微有些名氣的人都瞭若指掌。在腦海裡搜尋一番之後，她頓時有了主意。「小姐，倒還真有那麼一戶。」

「哦？說來聽聽？」司徒錦頗感興趣地抬起頭來。

「如果我記得沒錯，京城府尹大人的二兒子尚未婚配，他也是庶出的，與五小姐倒是挺般配的。雖說門第低一些，但既然是下嫁，五小姐嫁過去，他們定當不會虧待。」朱雀分析得頭頭是道。

只是司徒錦看得出，朱雀說話的時候那算計的眼神，想必那位府尹大人的公子肯定有某些方面的毛病，所以至今未娶妻。至於是什麼原因，她就不得而知了。

「嗯，這事待會兒去夫人那裡提一提，說不定還能成就一段美滿佳緣。」她故作不知地說道，然後又低下頭去，繼續繡起荷包。

朱雀心領神會，不一會兒便沒了人影。緞兒也拿著針線在一旁坐下，幫忙繡了起來。

過了半晌，那管事的李嬤嬤興高采烈地從外面進來，手裡拿著一個錦面包袱，那包袱鼓鼓的，看起來很厚實。

「小姐，世子派人將嫁衣送過來了。」李嬤嬤言語間都是抑制不住的笑意。

一般來說，新娘子的嫁衣都是自家繡的，如今世子卻將做好的嫁衣送過來，想必非常重視這場婚禮。

跟隨嬤嬤進來的春容和杏兒，臉上都是無比豔羨。作為一個女子，如果能受到未來夫婿的重視，獲得無盡的疼愛，那是一個女人最大的福氣。如今看到世子能夠這般用心對待小姐，她們作為丫鬟，也是與有榮焉。

「小姐，打開來看看吧？」緞兒也是一臉興味，兩隻眼睛瞪得老大。

司徒錦心裡也很是好奇，不知道龍隱到底送了件什麼樣的嫁衣過來，便由著她們將包袱打開來。

在包袱展開的那一瞬間，屋子裡所有人幾乎都屏住了呼吸。

那一襲華麗的嫁衣，以紅黃兩色為主的金銀絲線繡著鸞鳥朝鳳繡紋，兩袖旁繡著大朵牡丹，鮮豔無比。裙子帶有袍，裙襬上繡著大朵百合圖案，寓意百年好合。面料乃是上好的雲錦，色彩光鮮、質地柔軟，是絕佳的上品。除了那大紅色的衣袍之外，包袱裡還有一頂純金打造的鳳冠。那展翅欲飛的五彩鳳凰，嘴裡銜著彩珠鏈，搖曳生姿、生動有趣。鳳冠霞帔一樣不少，就連鞋子也用金線繡製，在陽光照射下閃閃發光。

這樣華麗的嫁衣，讓司徒錦忍不住心動。

她曾經幻想過自己出嫁時候所穿的大紅禮服，可是當這些東西擺在她眼前的時候，它早已超出了她的預計和期望，一切都顯得那麼不真實。

「好美……」

「這是我見過最華麗的衣裳了！」

「小姐真有福氣！」

屋子裡的丫頭們讚嘆不已，但司徒錦似乎已經聽不見了。她的眼裡心裡，只剩下那天下無雙的大紅嫁衣。

雙手微微顫抖地撫摸著那禮服，司徒錦的心也跟著悸動不已。

她終究要嫁人了嗎？要嫁給那個看似冷酷，卻柔情萬千的男子了嗎？手下的觸感是那麼的柔軟光滑，彷彿一根羽毛，輕輕地撓著她的內心。

「小姐，穿上試試吧？」春容忽然提議道。

於是不少人跟著附和。「是啊，小姐穿上看看，肯定是最美的！」

「小姐，試試吧……」

周圍鼓譟聲不斷，但司徒錦最終還是搖了搖頭。這嫁衣，她只打算穿一次，而且必須是大婚當天穿。這美好的感覺得來不易，她只想穿給他看。

「收起來吧，記得別弄髒了。」她囑咐了一番之後，便又開始繡起荷包。

丫鬟們雖然有些氣餒，但畢竟還有機會看到小姐穿上那嫁衣，便也釋懷了。為了儘早將她所有的嫁妝都趕出來，李嬷嬷又去江氏那邊調了幾個人手過來幫忙，這才勉強能夠在規定的時日內將一切準備妥當。

「憑什麼她司徒錦可以嫁給世子，而我只能嫁給一個滿身銅臭的商人?!我不要嫁，我死都不嫁！」司徒雨在得知了自己的婚期時，又鬧騰了起來。

她的貼身丫鬟見她哭得傷心，便上前給她出餿主意。「小姐若是真的不想嫁，不如跟老爺據理力爭，實在不行的話，乾脆以死明志！老爺畢竟是您的親生父親，斷然不會逼死小姐的。」

司徒雨覺得這話有道理，便衝去司徒長風的書房大鬧了一場。結果可想而知，她被司徒長風訓斥了一頓，趕了出來。

一招不行，司徒雨便用上了一哭二鬧三上吊裡面的最後一招，以死明志！

在丫鬟特地安排之下，司徒雨先是將屋子裡所有丫鬟都趕出去，說是要靜一靜。然後便找來了白綾，往房樑上一搭，接著唱起大戲。

江氏知道她無非是做做樣子，也沒太在意，司徒長風就更不會理會這無聊的把戲，所以誰都沒太當真。

司徒雨本只是做做樣子，誰知那凳子不慎脫離她的雙腳，假上吊成了真自殺。加上那白綾繫成了死結，任憑司徒雨如何掙扎，都無濟於事。於是在沒有丫鬟照看的情況之下，司徒雨以芳華正茂的年紀，無辜地被吊死了。

噩耗傳來，整個太師府都驚動了。

司徒長風有些不敢置信地看著那懸在房樑上、早已斷氣的女兒，心裡又急又氣。急的是男方迎娶的隊伍已經進了城，沒有了轉圜的餘地；氣的是這個不成器的丫頭，居然真的上吊拒婚，他真的是快被這個不肖的女兒給氣死了！

「老爺，人死不能復生，您要節哀……」江氏假意地抹了抹淚，一副很自責的樣子。「都是妾身不對，沒有看好三姑娘……都是妾身的錯呀……」

司徒長風自然知道這不關江氏的事，事已至此，他也不好再責怪她。於是命人草草地將屍身給收殮了，送往了祠堂。

「老爺，如今男方要來迎親了，這可如何是好？」司徒雨的死活她可以不在乎，但是失信於人是大事，她還是要為太師府著想。

司徒長風只是悲傷了那麼一刻，沒多久又恢復如初。「還能怎麼辦？退還聘禮，加倍補償不就是了？」

「老爺不可！」江氏勸道。「若是這般，定會抹黑了太師府的名聲。反正……反正那男方也沒有見過三姑娘，不如……不如就讓三姑娘身邊的丫鬟代嫁好了。」

司徒雨出了事，那丫鬟早已嚇得魂不附體，如今聽說要代嫁，整個人都傻了。她沒想過這世上會有那麼好的事情，她不過是個奴婢，卻能夠以小姐的規格出嫁，那是多麼高的榮譽。沒想到夫人不但沒有責罰她，還給她這麼好的機會，她頓時感激涕零起來。

江氏也不是真的為了這個野心極大的丫鬟好，而是這樣的人若繼續留在府裡，定然又會生出事端來，還不如打發出去。一來可以保住太師府的名聲，二來可以除掉一個禍害，真真是兩全其美。嫁過去總不過是個妾，諒她也翻不出天去。聽說那男人可是有個母老虎一般的正室，這丫鬟嫁過去，恐怕也撈不到什麼好處。

這樣想著，江氏便定下心來。

司徒長風略微一思考，便同意江氏的建議。只是，司徒雨已經死了，全府上下可都知道，若是透露了風聲，那就不妙了。

「老爺放心，妾身已經讓人封了口，說是府裡的丫鬟生了重病暴斃，不會連累到府裡的名聲的。」似乎是看出了他的顧忌，江氏開口保證。

司徒長風點了點頭，對江氏的做法很是讚賞。「只好如此了。」

一場風波過去了，太師府又平靜了下來。

接下來幾天，太師府上下忙著操辦三小姐的婚事，而早就死去的司徒雨，則以丫鬟的身分匆匆埋了。雖說一切處理得妥當，但為了保險起見，那棺材送到祠堂半路就被截了回來，直接送去莊子。

周氏還在祠堂裡靜養著，聽說府裡死了人，有些懷疑其中是否有蹊蹺。但如今她早已不是原先高高在上的夫人，又沒有了丞相府的關照，那些下人待她也不似從前周到，即使是一點點消息，也不願意透露給她。

她的金銀首飾全都被司徒長風搶了，要想賄賂下人，也沒了本錢。在祠堂裡的日子，可謂度日如年。

大好的青春，就在這黑暗中度過，周氏有了了結自己生命的想法。可是她還沒有看到江氏失寵以後的下場，她不甘心。

她一直在等，等到有那麼一天，司徒長風喜新厭舊的那一天。

她在太師府，還有最後一顆棋子。只要她能夠儘快懷上子嗣，那麼江氏即便還是當家主母，想必心裡也是難受得緊。

「唉，這府裡總算是清靜了。」

「司徒雨」出嫁了之後，太師府再也沒有人整日吵鬧不休了。司徒錦忽然覺得無聊起來，沒有了與她作對的人，還真是不習慣呢！

「唉……」她再一次嘆息。

「小姐若是覺得無聊了，可以去夫人那裡看看小少爺啊！據說他已經開始咿咿呀呀，想開口說話了呢！」緞兒一邊繡著被套一邊打趣道。

司徒錦一聽這消息，頓時來了精神。「是啊，轉眼念恩就快三個月了呢！」

司徒念恩長得胖乎乎的，一雙眼睛尤其像司徒錦，又大又亮，很是招人喜歡。司徒長風一回到府上，就迫不及待去抱他，愛不釋手。除非有重要的事情要離開，別人絕對抱不到念恩。

司徒錦有時候也挺鬱悶，那是她最疼愛的弟弟，可也是那個可惡男人的兒子。她喜歡這個弟弟，卻無比討厭司徒長風，這種矛盾的心理，讓她感到很無助。而且最近聽說他還常去那兩個通房的房裡過夜，這讓司徒錦更加氣憤。

「老爺最近一半的時間在夫人那裡，另一半時間卻是常去紫菱那個婢子那裡。看來，有了念恩少爺，老爺還不知足，想著自己寶刀未老，還想生一個兒子呢！」朱雀其他的都行，就是不擅長女紅，所以大夥兒忙得不可開交時，她卻很清閒。

司徒錦自然知道那個紫菱。

當初，周氏同時抬了兩個通房，一個是玉珠，另一個就是紫菱。說起來，這紫菱並沒有多美，也不像玉珠那般狐媚，看起來挺老實的。以往紫菱並不受寵，老爺總是要玉珠伺候，誰知道近兩個月來，即使住在同一間屋子裡，老爺每次去那邊，也只是招了紫菱伺候，對那玉珠看都懶得看一眼，實在是令人費解。

紫菱那樣普通的女人，怎麼會入了他的眼呢？玉珠長得極為妖嬈，還懷過老爺的子嗣，手段不可謂不高，可是老爺卻好像對她視而不見，這就讓人有些摸不著頭腦了。

「想必那紫菱用了什麼更為高明的手段吧……」司徒錦喃喃自語。

聽說有些迷幻藥，可以讓人欲罷不能，只要沾上了，便只看到那人的好，眼裡再也沒有其他人。

司徒長風去江氏那邊，也只是看兒子，極少跟江氏有親密接觸，雖然江氏嘴裡不說，她還是看得出來的。

看來，那紫菱真的有些問題。

「朱雀，妳該知道怎麼辦。」司徒錦沒有明說，但她相信朱雀心裡一定明白。

朱雀點了點頭，便出去了。

司徒錦無心刺繡，便端起茶盞抿了一口。距離成婚還有十幾日，她的心始終無法安定下來，這也許就是待嫁女兒心吧？

朱雀出去跑了一趟，回來的時候神色非常難看。司徒錦仔細詢問之下才知道，原來那個叫紫菱的婢子，居然懷上了！司徒長風一高興，立刻將她抬為姨娘，還派人好生伺候著。

司徒錦眉頭微蹙，感到有些意外。

第七十三章 真相大白

「小姐，快去夫人那裡看看吧，老爺回來之後，不知道怎的，就跟夫人吵起來了！」

收到丫鬟的稟報，司徒錦顧不上許多，便匆匆去了江氏的屋子。剛一進門，便聽見司徒長風老氣橫秋的霸道嗓音。「我看妳這當家主母的位置也不用坐了。如此容不下別的女人，還敢詆毀本老爺，妳活得不耐煩了?!」

江氏臉上有驚恐、有憤恨，但更多的，是哀傷。她以為這府裡已經是她說了算的，但沒想到，好日子沒過幾天，居然會演變成這副模樣。一向捨不得對她說一句重話的司徒長風，竟然一怒之下說出這般傷人的話來！

「老爺，妾身到底做錯了什麼？」江氏極力忍著淚水，強自鎮定。

前兩日，他們還有說有笑的，怎麼今兒竟然鬧到這等地步？看來，她還是太過心軟，好了傷疤忘了疼。

她不該相信他的！

「爹爹、娘親，這是怎麼了？」司徒錦看不下去了，大步踏進了屋子。

司徒長風見到司徒錦，神色一凜，沒有再說話，只是恨恨地瞪著江氏。潛意識裡，他還是對司徒錦有幾分忌憚，隱世子的話，他不得不遵從。若是傷害了這個女兒，將來他的日子恐怕不好過。

「妳不在屋子裡繡嫁妝，到這裡來做什麼？」眼看著司徒錦就要出嫁，江氏也不想給女兒添煩惱，只想著先將她打發走，再與司徒長風理論。

司徒錦當然看得出司徒長風的異樣，只不過沒有直接問出口。「女兒在家的時日也不多了，自然希望多與爹爹還有娘親親近親近。聽說段姨娘懷了身子，這可是喜上加喜，爹爹跟娘親應該高興才是。」

司徒長風聽她提起紫菱，神色緩和不少。「爹爹自然高興，只是妳段姨娘身子嬌弱，怕是禁不起折騰。」

他說這話的時候，還不忘狠狠地瞪了江氏一眼。

江氏覺得莫名委屈，但也只能默默將苦水往肚子裡吞。那個叫紫菱的丫頭，不知道給老爺灌了什麼迷魂湯，竟然讓老爺對她死心塌地，連念恩都不管不顧了，真真是可恨！她還沒有出手呢，那丫頭居然反咬她一口，說什麼送去的飯食都是剩飯剩菜，存心想害死她肚子裡的孩子。

因此司徒長風這才怒氣沖沖地跑過來，不分青紅皂白將她大罵一頓。

司徒錦看著二人的臉色，便知道肯定是那個紫菱從中作梗，故意給娘親使絆子。「爹爹莫要著急，女兒這裡還有些上好的紅參，一會兒讓人拿過去送給段姨娘。如今她是有了身子的人，自然嬌貴一些。娘親雖然管著後院的事宜，但保不齊有些不長眼的奴婢，偷懶耍滑，怠慢了姨娘。那些下人行為不端，爹爹打發出去就得了，何必跟娘親置氣？」

司徒長風看著這個氣定神閒的女兒，心中有股說不出的感覺。養了這個女兒十五年，但是今日他彷彿才真正認識她。

見司徒長風不說話，司徒錦便乘勝追擊，說道：「女兒與那花郡王還算有些交情，不若請他來為段姨娘診脈，也好確保咱們太師府的子嗣萬無一失。爹爹，您說這樣可好？」

江氏見女兒這般委屈，又是貢獻那些名貴的藥材，又是要請花郡王來府上為一個姨娘安胎，心裡很不是滋味。

若不是她無用，女兒也不用這般低聲下氣了。「錦兒，那些紅參是給妳日後補身子的，怎麼能隨便拿出去送人？再說了，段氏不過是一個小小的姨娘，哪敢勞郡王殿下大駕。」

司徒錦知道娘親心裡很是不平，但為了自己的計劃，她還是將江氏的話給頂了回去。「娘親，怎麼說段姨娘都懷著爹爹的子嗣，可不能馬虎了。那些名貴的藥材以後可以再買，但姨娘的身子可是等不得。」

說這番話的時候，她注意到了司徒長風臉上那虛榮的表情。看樣子，他真的很在乎紫菱肚子裡那塊肉。只是，如此一來，娘親的地位必定會受到威脅。那個人絕對留不得！就算她真的懷了爹爹的孩子，那又怎樣？那些會威脅到娘親和弟弟的人，她都可以一一除去，毫不留情。

就算下地獄，她也要保護好弟弟和娘親的周全！

果然，司徒長風聽到司徒錦的話，便放鬆了下來，讚許道：「虧妳還是當家主母，看事情還沒有錦兒來得通透。一個宅院什麼最重要？自然是子嗣。段氏如今可是懷著我的骨肉，妳這做主母的，更應該盡心盡力地照顧才是。」

江氏低垂著頭，看不出任何表情。

司徒錦知道娘親一定非常氣憤和不甘，但為了長遠之計，她還是放棄安撫娘親的情緒，等司徒長風離開之後，她才上前去勸慰。「娘，您別生錦兒的氣。剛才女兒這般作為，都是為了安撫爹爹。您放心，紫菱那賤婢是不可能順利上位的。她肚子裡的那個孩子，指不定是誰的野種呢！若那麼容易懷上，那爹爹早就有兒子了，何必等到現今？好好地將念恩養大，才是正經。」

雖然現今府裡沒有周氏、吳氏一干人等作梗，但司徒錦的直覺告訴她，這紫菱的孩子來得有些突然。加上最近爹爹對娘親的態度丕變，更讓她懷疑這件事情並不單純。

江氏本來心裡還有些怨懟，但聽女兒這番解說，心裡稍稍鬆活了一些。「錦兒，妳是不是知道什麼？」

司徒錦笑了笑，親暱地依偎在她懷裡，說道：「娘親只管好好照顧弟弟就好了，其他的事情就交給女兒吧！女兒保證，在出嫁前一定會將這府裡的禍害給清除乾淨，絕對不會讓她們威脅娘親和弟弟的地位！」

見她說得如此堅定，江氏這才鬆了一口氣。

剛才緊繃的神經這麼一放鬆，江氏的身子便再也支撐不住，不由自主地往後退去。

司徒錦驚呼一聲，連忙上前去攙扶。「娘，您怎麼了？快來人啊，扶夫人去軟榻上坐著！」

丫鬟們趕緊從門外進來，將江氏扶到榻上躺好，這才安靜地退了下去。

「娘，那個人，不值得您為他這般傷心。」司徒錦沈默了良久，才說出這一番話。

江氏點了點頭，抬起頭來，說道：「錦兒，娘親是不是很沒有用？」

司徒錦搖了搖頭，道：「這些都不怪娘親。即使知道他無情無義，根本不配做我的父親，但他的做法實在太過分了，才讓我們一時措手不及。」

江氏擦了擦眼角的淚水，拉著女兒的手，緊緊地握住。「若不是有妳這個乖巧懂事的女兒，娘親真不知道該怎麼活下去……」

司徒錦嘴角彎起，將頭埋在江氏的懷裡。「女兒也很慶幸，有您這樣一位處處為女兒著想的母親。」

江氏感動得淚流滿面，抱著女兒纖細的身子，久久不語。

「這是什麼東西，這麼難吃，妳們是不是故意整我？我知道我不過是個丫鬟出身，比不上那些千金小姐。可是，如今我可是懷著老爺的子嗣，若是出了什麼事，妳們可擔待得起？」司徒錦剛踏進院子門口，便聽見屋子裡傳來摔盤子的聲音。

「姨娘的火氣還真是大啊。」司徒錦理了理衣袖，嘴角微微上揚。

「可不是嗎？不就是懷了孩子嘛，用得著這麼囂張嗎？」緞兒不客氣地批評道。

司徒錦回過頭來，問道：「花郡王可是到了？」

「小姐，您還真是菩薩心腸。這段姨娘如此不識大體，處處跟夫人對著幹，您還這麼好心為她請大夫，真是難為您了。」緞兒有些不服氣地說。

司徒錦只是笑了笑，沒有多說什麼，便朝著裡面走去。

緞兒噘了噘嘴，不得已跟了上去。

哐啷一聲，又是杯盤落地的聲響。司徒錦微微蹙眉，這紫菱實在是太不像話了，就算再得寵，也不能這般任意妄為。

「見過二小姐。」門口的丫鬟見到司徒錦到來，全都鬆了一口氣。

司徒錦瞥了一眼那院子裡的人，假裝不知地問道：「這都是怎麼了？一個個站在門外，怎麼伺候姨娘？」

那些丫鬟全都低垂著頭，不知該如何回答。她們也想好好地服侍段姨娘，可是她不許任何人進去，又喜歡耍性子，動不動就砸東西，她們也沒辦法。

「還不快去備早膳？餓著姨娘可就不好了。」司徒錦的一句話，那些個丫鬟如同得到了赦免一般，匆匆離開了。

司徒錦往屋子裡張望了幾次，見地上一片狼藉，只好小心地踏進門檻。

段姨娘此時倒是安靜了下來，斜倚在床榻上，一聲不吭，見到司徒錦，也沒有下床來請安。

「姨娘這般動怒，可是對胎兒不好。」司徒錦淡淡笑著，在距離她床前稍遠處停下了腳步。

她可不是傻子，會傻到送上門去讓她誣陷。

「二小姐還真有閒情逸致，居然會到下人住的地方來，真是委屈您了。」段氏陰陽怪氣地說著。

緞兒在一旁氣得直捏拳頭，司徒錦倒也不跟她計較，兀自說道：「這屋子的確是有些簡陋，不適合安胎，姨娘若是不嫌棄，就搬去三妹妹的院子住吧。反正那裡空著也是空著，想必爹爹也會同意。」

見她不是來找碴兒的，段氏很是吃驚。

她以為二小姐此次來，必定是為夫人打抱不平的，若是她罵她打她，那二小姐就有理由將她一併處置了。可是二小姐非但不生氣，還處處為她著想，讓她有些不安起來。這事若換了其他人，肯定會上門興師問罪，可這二小姐偏偏不按照她的劇本來演，給她出了不小的難題。

「我一個小小的姨娘，哪裡有資格住小姐的屋子？二小姐也太抬舉奴婢了。」段氏依舊冷言冷語，想要將司徒錦的怒氣激發出來。她肚子裡的孩子是她的法寶，只要將這二小姐除掉，那麼夫人就不成問題了。

看著她眼底那抹算計的光芒，司徒錦冷笑著瞥了她一眼。這樣的貨色，居然能將爹爹迷得神魂顛倒，真是可笑！

看來，這個叫紫菱的，真的用了什麼下三濫的手段。只是，等到真相大白的時候，不知道這位段姨娘還有沒有這麼好的運氣？按照她那爹爹的性子，她不死也得掉層皮吧？

「二小姐，花郡王來了。」一個丫鬟從門外進來，恭敬地稟報。

司徒錦應了一聲，便轉過身去，吩咐道：「快快有請。」

還未見到人，那熟悉的調侃聲音便傳了進來。「我說司徒二小姐，妳府裡的病人還真是多啊！本郡王身價什麼時候這麼低了，一個姨娘也要這般勞師動眾。」

司徒錦心中有些愧疚，不過見他還是來了，就知道他並不在乎這些，於是迎上前去行禮。「見過花郡王。」

「見過郡王殿下。」

「好啦好啦，都起來吧。」花弄影揮了揮衣袖，自動找了把椅子坐下來，也不嫌棄這屋子裡的簡陋。

司徒錦見他這般言行舉止，早已見怪不怪。雖然他們見面的次數一個巴掌都數得出來，卻格外的興趣相投。司徒錦還曾修書拜花弄影為師，只是礙於要出閣了，不能頻繁的與他接觸，所以只好作罷。

「這又是哪一位姨娘？妳爹爹挺有能耐啊！」花弄影打量了那床榻上的女子一眼，然後嫌惡地撇開頭去。

子女不言長輩的過錯，司徒錦自然不能說司徒長風不好，只好輕輕帶過了。「煩勞郡王大駕，這位是段姨娘，如今有了身子，不便下床來見禮，還望郡王殿下恕罪。」

說這話的時候，段氏早已僵直了身子，動彈不得。

她並不是擺架子，不肯下床來見駕，只是在聽到「郡王」的名號時，她早已嚇得失魂落魄，忘記反應了。

她就算膽子再大，也不敢得罪皇親貴族。這花郡王是個什麼樣的人物，她即使沒見過世面，可也知曉幾分。加上這花郡王是二小姐請過來的，她就得加倍小心。她肚子裡的確有了孩子，但月分卻有些出入，萬一他察覺了，她豈不是會被老爺給打死？

想到這些，段氏便更加驚恐了。

司徒錦看到段氏面色有些蒼白，就知道她肯定是在擔心自己的秘密被人揭發，所以開始緊張了。

當聽到段氏懷了身子時，花弄影不由得蹙了蹙眉。他眼睛盯著那床榻上的女子，露出幾分鄙夷。「司徒老爺還真是老當益壯，這個年紀了，居然還能讓女子懷了身子，真是不簡單！」

他的話音剛落地，門外便急匆匆地進來了一個身影。

司徒錦嘴角微微勾起，爹爹來得還真是時候！看來，這紫菱也不是個傻子，在娘親的監視下，還能保有自己的勢力，實在不簡單！

「爹爹。」

司徒長風彷彿沒有聽到司徒錦的聲音，逕自來到花郡王的面前，躬身作揖。「不知郡王大駕光臨，有失遠迎，還望郡王恕罪。」

花弄影掃了他一眼，慢悠悠地呷了一口茶之後才回道：「太師大人政務繁忙，還要惦記這後院的事情，真是辛苦。」

這明顯帶有諷刺意味的話，讓司徒長風臉上有些難看。

他之所以這麼著急，是因為有丫鬟稟報說，二小姐面色不善地去了段姨娘的屋子，所以他才趕緊跑來，生怕段氏肚子裡的孩子有個不測。可是當他進屋時，便看到花郡王也在座，這才察覺到自己太過魯莽。

錦兒是他最驕傲的女兒，是未來的世子妃，昨日她還說要將紅參送來給段氏，如今更請來花郡王為段氏把脈，她又怎麼會那般心狠手辣，說一套做一套呢？看來，是他多想了。

「郡王，不知道……」司徒長風尷尬地轉移話題，將注意力移到段氏身上。

如今他雖然已經有兩個兒子、五個女兒，但是子嗣愈多，他愈高興。段氏現在是他最疼愛的妾室，他的關心自然要多一些。

花弄影掃了段氏一眼，道：「本郡王剛坐下，還未來得及診脈呢。」

司徒長風臉上浮現出淡淡的紅暈，一張老臉都要丟盡了。「是下官魯莽了，還請郡王不吝為內子把脈。」

他稱呼段氏為「內子」，讓司徒錦心裡十分不舒服。不過是個姨娘而已，怎麼擔當得起這個只有夫人才夠格的稱呼?!

司徒長風實在太過分了！

花弄影看了看司徒錦的臉色，心裡替她感到不值。不過，司徒錦請他過來，肯定有原因。上次隱世子找他要絕育的藥，他們一道偷偷地給這個老不修的下藥，他早已不能生育，因此那婦人肚子裡的，肯定不是他的種。

想來司徒錦也是懷疑這子嗣有問題，所以請他來幫忙。

想到這裡，花弄影倒也不拖拖拉拉，從懷裡掏出一根紅色的絲線，用內力將它纏到段氏手腕上，就這樣隔空診起脈來。

看到這樣高超的診脈方式，司徒長風驚訝得張大了嘴，但司徒錦卻不由得笑了，這花郡王是不屑給一個低賤的姨娘診脈，所以才這麼做吧？

一盞茶工夫過去了，就在段氏緊張得快要窒息時，花弄影收回了絲線。「司徒大人，恭喜你又要有兒子了。」

司徒長風高興得滿臉通紅，欣喜不已，但就在他興高采烈準備上前擁抱段氏的時候，花弄影又補充了一句：「胎兒三個月了，情況良好，司徒大人可以放心了。」

司徒長風頓時瞪大了眼珠子，而段氏早已一口氣沒緩過來，昏了過去。

司徒錦拿起帕子輕笑。

爹爹跟段氏才要好差不多兩個月，她卻有了三個月的身孕，那孩子顯然不是司徒長風的！這下子，段氏肯定沒有機會翻身了。

第七十四章 洞房花燭

三更已過，司徒錦仍舊毫無睡意。因為天一亮，她就必須起床梳洗更衣，等著上花轎了。

一個月說長不長，說短不短。

司徒府裡，已經發生了翻天覆地的變化。司徒長風在得知他的小妾背著他偷人，還企圖將那個野種塞給他的時候，氣得中風，臥床不起。但比這個更加令他心寒的是，就是大夫診斷出他再也無法生育。這對男人來說，無疑是致命的打擊。如今，司徒長風連一句完整的話都說不清楚，所有的重擔全都落在江氏肩上。

府裡由江氏掌著，倒也沒什麼事。五小姐司徒嬌以極快的速度，與京城府尹的二公子訂了親。司徒嬌雖然不甚滿意，但好歹比「司徒雨」強，便認了命。誰教她的娘親到如今還是個癡癡傻傻的人呢？沒有人照拂，她的日子也不會好到哪裡去。

王氏的娘家本是京裡的五品官，也算有些背景。只可惜在幾位皇子奪嫡的過程中，不幸成了犧牲品，就此被罷官免職，成了庶人。司徒嬌暗地裡曾尋過他們，但因為江氏如今有御史中丞和沐王府世子做靠山，他們也是敢怒不敢言，只能任由江氏定奪她的婚事了。

「最近府裡總算是安寧了。」江氏一身貴婦裝扮，動作優雅地喝著茶，眼中滿是得意。

這府裡，終於是她的天下了。

司徒錦自然替母親高興。熬了這麼多年，娘親終於成了名正言順的當家主母，族裡的人也承認了她正室的身分。

至於周氏，聽說近來病得厲害，不知道是受了打擊，還是真的疾病纏身，居然連聽力都失去了，成了一個廢人。

司徒錦在得知此一消息時，不由得勾起嘴角。

周氏有今日，都是她在暗地裡操縱，即使周氏再小心，還是著了她的道。恐怕周氏到如今都不清楚，她為何會變成一個聾子吧？

司徒錦可是費了好大的勁兒，才想到這麼個法子的。也多虧她擁有前世對周氏的記憶，所以對她的生活習慣瞭若指掌，才有機會下手。蜂蜜和豆腐，都不是毒物，但如果一起吃，長年累月下來，就會產生毒素，輕則讓人失去聽力，重則傷及性命。

司徒錦沒想過要殺了周氏，因為她要讓她活著，活著見證她們的幸福生活。那樣一個高傲狠毒的女子，讓她死太便宜了。比死更殘酷的懲罰，就是讓她苟且偷生，像牲口一樣活著，看著她的死對頭活得風風光光。

輾轉反側良久，司徒錦總算是合上了眼睛。

翌日一大清早，就有喜娘進門來服侍司徒錦起床梳洗。

「二小姐今日出閣，可要仔細些！」李嬤嬤帶領著一大幫丫鬟在一旁伺候著，生怕有個什麼差錯。

司徒錦眯著矇矓的睡眼，眼皮子沈重得抬不起來，任由丫鬟、婆子們替她裝扮好，換好喜服，直到有丫鬟進來稟報，說是全福夫人來了，她才得了空從鏡子裡打量自個兒。

那張清麗非凡的面孔，真的是她的臉嗎？司徒錦有些不敢置信地撫摸著自己的雙頰。

「給二小姐道喜。」全福夫人微微屈身行禮。她是一個頭髮花白的七旬老人，臉上的皺紋很深，卻掩飾不住那眉宇間的笑意。

司徒錦對她微微點頭，道：「有勞夫人了。」

「能夠為二小姐梳髮，是老身的榮幸。」那婆子笑意盈盈地走過來，站在司徒錦身後。

一身紅色嫁衣的司徒錦，美得令人窒息。一頭烏黑的墨髮披散在肩上，猶如上好的絲緞。那婆子拿起梳子，一邊替她梳頭，一邊說著吉祥話。那話裡的意思，無非是寓意美好的祝福，希望她可以得到夫君的寵愛，一生圓滿。

梳好了頭，那婆子又替她開了臉盤了髮，再由緞兒親手為她戴上鳳冠。霎時，一個明豔的新娘子便出現在了眾人面前。

「小姐好美……」

「那身嫁衣，果然是天下無雙！」

「只有咱們小姐才有那個福氣，可以穿上如此華麗的嫁衣。」

屋子裡的丫頭們，個個羨慕地望著司徒錦，不由得發出讚嘆聲。

司徒錦抬手扶了扶那沈重的鳳冠，將垂在前面的珠簾撥向兩邊，問道：「什麼時辰了？母親可起來了？」

早有丫鬟等候在一旁，將她輕輕地扶起。「回小姐的話，夫人早就起來了。小姐先吃一點東西墊墊底，一會兒姑爺上門了，就要去給老爺和夫人行禮了。」

司徒錦也覺得腹中空空的，有些無力，便點了頭。

不一會兒，丫鬟們送上了一些可口的糕點和茶水，伺候她隨意吃了一些，這才退到一邊，等待著新郎官上門。

隨著門外一陣鞭炮聲響起，屋子裡的丫鬟們全都興奮了起來。

「是世子進門了！」

「快快快，幫小姐把蓋頭蓋上！」

「扶小姐到床榻上坐好！」

眼看著吉時將至，丫鬟、婆子們全都忙了起來。

司徒錦被她們攙扶著，任由她們擺布，毫無自主權。想到一會兒他就要踏進她的閨房來迎娶她，司徒錦的心跳瞬間失去了頻率。

「世子爺來了！」不知道是哪個丫鬟尖叫一聲，讓屋子裡的人全都謹慎了起來。

司徒錦坐在床榻邊，一雙捧著紅通通蘋果的手，不由得收緊。

他終於來了！

龍隱踏進梅園的時候，心潮澎湃不已。看著周圍熟悉的環境，他不由得加快了腳步。其實，昨夜睡不著的，不止司徒錦一人，龍隱也是徹夜未眠，一直睜著眼到天亮。這幾日他一直在操辦府裡的事宜，很少休息，可即使累到了極點，他仍舊毫無睡意。

他很激動，因為今日他就要將心愛的女子娶回家，從此再也不分離！

龍隱深吸一口氣，然後踏著穩健的步子，進了司徒錦的閨房。

「見過世子爺。」眾僕婦見到他，立刻下跪行禮。

龍隱今日依舊冷著臉，但卻比平日多了那麼一絲輕鬆愉悅，看起來也沒那麼嚇人了。他揮了揮衣袖，說道：「都起來吧。」

「謝世子。」僕婦們這才起身，低垂著頭，不敢踰越半步。

喜娘站在司徒錦身邊，按照程序說了一番吉祥話，然後對龍隱說道：「世子，時辰不早了，先去拜別太師大人和夫人吧？」

古人成婚，最注重吉時。若是錯過了吉時，就會不吉利。即便龍隱是世子，作為喜娘還是很負責地提醒他。

在看到司徒錦一身紅色嫁衣的時候，龍隱整個人就移不開腳步了。那身嫁衣，是他命人為她打造的，一絲一線都是他精心挑選，不容有失。看她穿著自己為她準備的嫁衣，怎麼能不感動？

「錦兒……」他低啞的嗓音喚著她的名字。

司徒錦微微臉紅，不過幸好有蓋頭遮著大部分的臉，她才不至於羞怯得無法見人。在丫鬟幫助下，她微微起身。

龍隱走到丫鬟的位置，代替她的職責，伸出手去將司徒錦纖細的手握在手中。「走吧，我們去拜見岳父、岳母。」

聽到他的聲音，感受到他手掌傳來的溫熱，司徒錦羞澀地抿了抿嘴，然後隨著他的步伐，踏出了門檻。

江氏那邊，早已做足了準備。

看著女兒、女婿踏進門檻，她的眼睛不由得濕潤了。

錦兒，她的女兒，終於要嫁人了！

司徒長風癱坐在椅子裡，渾身動彈不得，嘴角不時地流出口水。一個丫鬟站在一旁，盡責地幫他擦去口水。

司徒錦在龍隱的牽引下，款款地走到司徒長風和江氏面前。

兩位新人跪在丫鬟們早就準備好的蒲團上，敬了茶。江氏代表司徒府，給了女兒、女婿紅包，忍不住高興得淚流滿面。

「夫人，小姐嫁入王府，那可是天大的喜事。」喜婆看到這一幕，不由得勸道。

都說哭嫁哭嫁，女兒出嫁，做母親哪有不傷心的？女兒都是母親的貼心小棉襖，如今她就要成為別人家的人，江氏怎麼會不傷心？儘管這傷心中，大部分是喜悅，但她捨不得這個女兒啊！

擦了擦眼淚，江氏拉著女兒說了一席話，大意就是以後在王府要孝順長輩、和睦妯娌、愛護兄妹之類的。司徒錦雖然聽著，但心中也有自己的想法。若是那些人真的將她當成自己人，那她自然會做一個好媳婦；若是那些人處處刁難她，那她可不敢保證會做出什麼樣的事。

龍隱也覺得江氏的話有些欠妥，儘管這是所有出嫁的女孩兒家都要學習的，但在他看來，錦兒只需要對他一個人好就行了，其他人都無關緊要。

「本來今日該讓妳兄弟揹妳上轎的，只是念恩還小，這環節就省了吧。」江氏一邊說著，一邊將念恩抱在懷裡，讓他可以觸摸到姊姊的手。

司徒錦也捨不得母親和弟弟，此刻弟弟那柔嫩的小手輕輕地觸摸著她，她也是感慨良久，依依不捨。

「時辰不早了，世子還是趕緊接新娘子上花轎吧！」

江氏聽了這話，頓時又紅了眼眶。

而司徒長風也只能發出一些嗚嗚聲，歪著脖子看著隱世子將女兒接走。如今他別說是保住自己在朝廷的地位了，就連話都說不清楚，還真是可憐至極。

「岳父、岳母放心，我一定會善待錦兒，不會讓她受一點兒委屈的。」這是龍隱說過最動聽的話，也是頭一次在他們面前沒有以世子的身分自居。

江氏聽他這麼說，心裡的石頭總算是落了地。

她知道錦兒的性子，也不敢輕視這位權貴。如今他能做出這樣一番承諾，她還有什麼可擔心的？只希望她的女兒能夠在王府過得開心，早日生個兒子，如此一來，她的地位便穩如磐石了。

隨著那紅色的身影遠去，門口響起了鞭炮聲。江氏抱著兒子，默默在門口站了許久，這才收回自己的目光。

「夫人，二小姐終於嫁了，您也該安心了。」紫鵑勸慰道。這婚事來得不容易，二小姐這一路走來也很艱辛，如今能夠幸福出嫁，也算老天有眼。

江氏點了點頭，然後將注意力放在兒子身上。「以後，這家裡就剩我們倆了，你可一定要爭氣。」

念恩似乎聽懂了她的話般，咿咿呀呀地應了聲。

江氏高興得合不攏嘴，逗著他回屋去了。

另一邊，沐王府裡也是張燈結綵，充滿了喜悅的氛圍。只不過，真正高興的人，除了世子身邊的隨從，恐怕再也沒有旁人了。

「憑什麼她一個庶女可以當正室，而我卻只能屈居妾室，她憑什麼?!」一個十六、七歲的青衣少女不斷地絞著手裡的帕子，恨不得將它擠出水來。

「小姐，您別氣了，不值得！」自己的主子不高興，做丫鬟的自然要勸慰著點兒。

「我怎麼能不生氣?!」那女子揮舞著手裡的帕子，幾乎有些歇斯底里。「她司徒錦憑什麼霸占世子妃的位置，她不過是個上不得檯面的庶女。皇上真是瞎了眼了，居然將她這樣一個樣貌普通又沒什麼才學的女子指給世子爺！」

那丫鬟見她居然大逆不道地議論皇上，頓時嚇得臉色蒼白。「我的好小姐，您千萬別再亂說了，若是被旁人聽見，那可不得了！」

說著，她還望了望四周。幸好此刻大夥兒都去前院觀禮了，否則這些話傳到皇上的耳朵裡，可是殺頭的大罪。

那女子似乎還不甘心，又謾罵了幾句，這才解恨。「銀霜，妳去打聽打聽，新娘子什麼時候回房。」

叫銀霜的丫鬟有些不明白，但主子吩咐了，她也只好照辦。大約一炷香時辰過後，她便回來了。「小姐，前面已經在拜堂了，相信不久之後就會回房。」

「我讓妳準備的東西，可準備好了？」那閨秀模樣的女子繼續問道。

銀霜點了點頭，低聲道：「已經準備好了。小姐要用那東西做什麼？」

「這些事，該是妳問的嗎？去，給我把秦嬤嬤找來，我有事吩咐她。」

銀霜應了聲，又迅速出去尋人了。

在高唱一聲「送入洞房」之後，司徒錦總算鬆了一口氣。想著剛才王爺公公和王妃婆婆的表現，她不由得為日後的生活擔心起來。王爺還好說，他不會參與後院的事情，可是那王妃可是把持著府裡的所有事務，雖說管不到那側妃身上去，但拿捏她這個媳婦還是綽綽有餘。

想著這些複雜的關係時，司徒錦被喜娘送進了洞房。

龍隱尾隨其後也跟著進了屋，接著便是一系列的婚俗。在喝了交杯酒後，那些鬧洞房的人也都一一鑽了出來。以花弄影為首的一幫世家子弟，更是花樣百出地提出了各種要求，不過還未實施，就被龍隱的一個眼神給滅了。

「都給我滾出去。」龍隱很不客氣地趕人了。

花弄影先是一愣，繼而取笑道：「我說表哥，雖說春宵一刻值千金，但這時辰還沒到呢！讓兄弟們鬧一鬧又怎麼了？」

那些世家子弟見有人開口說話，自然跟著應和。

「是啊，這麼大的喜事，怎麼能不鬧上一鬧？」

「多麼難得的機會……」

「隱世子，你也太小氣了吧！」

龍隱才不管他們怎麼想，依舊冷冰冰地瞪著他們。「影衛出來，將這些人給我扛出去。」

話音剛落，好幾個黑衣人從天而降，迅速將屋子裡的閒雜人等全都清理了出去。不一會兒，屋子裡就只剩下兩位新人。

「阿隱，你太過分了，居然這麼對我！」那是花弄影不甘的聲音。

「唉唷，你輕點兒，我可是皇子！」那是五皇子哭笑不得的聲音。

「喂喂喂……男女授受不親……」那是某個女扮男裝的公主的聲音。

好不容易等到周圍安靜了，龍隱這才走到司徒錦面前，輕輕地抬起她的下巴。「錦兒……妳終於是我的了。」

面對他的宣告，司徒錦羞澀地將目光瞥向一邊。

他今日一身紅色喜服，胸前還繫了一朵大紅花，整個人看起來更加清俊不凡。雖然臉上依舊欺霜賽雪，但眉宇間卻有抑制不住的歡喜。那是她以前從未見過的面貌，也是吸引她一探究竟的源泉。

「你……今日很不一樣。」她小聲地開口。

「哪裡不一樣？」他淺笑著問。

她被他的笑容迷惑，癡傻地看了好一陣才回過神來。這樣的笑容太過妖孽，甚至迷人心志！她忽然生出一個念頭。「你……以後不准對別人笑。」
「好。」他輕聲應答。
司徒錦被他的回答提醒，這才發現自己說出了什麼大膽的話語，不禁羞得低下頭去，恨不得在地上鑽個地洞躲進去。
龍隱卻被她這份心意給取悅了，不由笑得更加燦爛。「娘子害羞了？」一句娘子，讓原本緩過勁兒來的司徒錦又一陣臉紅心跳，差點兒摔下床去。他還真是喜歡捉弄她。
「世子，賓客還在等著您去敬酒呢！」門外，傳來了管家急切的聲音。
司徒錦知道他必須去前面敬酒了，於是推開他的手，道：「你還是快到前面去吧，免得讓他們久等。」
「好。」他依舊回答得乾脆。
只不過，在離開之前，他將朱雀喚了進來。「去準備一份熱飯熱菜，世子妃餓了，妳服侍她先吃點兒。」
朱雀抱了抱拳，便去了廚房。
龍隱在她耳邊留下了一句「等我回來」，便大步踏出了新房。在門外等候吩咐的緞兒，這才拍著胸脯走了進來。
「小姐，剛才那些人真的好厲害，居然連花郡王都敢動！」

司徒錦揉了揉發痠的脖子，輕輕笑道：「那些都是王府的暗衛，他們不過是在執行命令。」

緞兒笑著走近她，替她揉肩膀。「小姐今日可累著了吧？」

「還好。」除了那些不善的眼神，她不覺得有什麼不適應的。

主僕二人正說著話，忽然一陣「嘶嘶」的聲響傳來，打斷了她們的談話。

「緞兒，妳可聽見有些異樣的響動？」司徒錦謹慎地打量周圍，卻無不妥之處。這裡是王府，又是隱世子的居所，照理說沒人敢來此玩鬧才對。

緞兒仔細聽了聽，也感到很好奇。「奴婢也聽到了，只是沒發現是從哪裡發出來的聲音。」

緞兒細細搜索了一番，依舊沒有結果。

司徒錦苦笑。「也許是我想太多了。」

話還沒有說完，只聽見一聲高亢的尖叫聲，緞兒臉色頓時變得蒼白。「啊……有蛇！小姐……有蛇……在腳底下！」

司徒錦聽到「蛇」這個字的時候，整個身子都僵住了。

雖然人心最是可怕，但那種細細長長的動物，卻令司徒錦非常恐懼。她不過是個閨閣女子，就算再聰明，對於那些看起來有些噁心的東西，還真是畏懼得很。尤其是蛇，渾身冰冷，還吐著長長的蛇信。

司徒錦額頭冒出了冷汗，一動也不敢動地坐在床沿，一雙眼睛微微眯了起來，生怕觸怒了那畜牲。

那蛇通體黑色，背上隱約可以看到一些金錢大小的斑紋，甚是恐怖。緞兒雖然有保護主子的職責，但也只是個弱女子，見到那蛇不斷向自家小姐靠近，只能屏住呼吸，大氣都不敢出一下。

「發生什麼事了，老遠就聽見……」朱雀從門外進來，正打算取笑緞兒幾句，卻看到那長約兩丈的黑蛇，也不由得抽了口氣。

「別動，千萬別動！」朱雀慢慢挪動腳步，手裡的托盤微微有些顫抖。

司徒錦小心地呼吸著，不敢有太過大的動作。直到朱雀眼明手快地撒出一把暗器時，她才迅速抬腿，往身後的床榻躺去。

看著那血肉模糊，還在不斷掙扎的蛇，緞兒依舊嚇得渾身顫抖，說不出話來。

「這新房內怎麼會有蛇？」朱雀不解地蹙眉，然後吩咐影衛進來，將屋子收拾乾淨，順便派人去調查線索。

顯然這是有人不想讓主子好過而下的黑手。若是主子不小心被這毒蛇咬死了，也怪不得別人，只能怨自己命苦。到時候，那些人就可以再重新為世子挑選世子妃。哼，這樣的手段，還真是卑鄙。

司徒錦臉色有些蒼白，仍舊心有餘悸。「朱雀，仔細檢查一遍這屋子。」

緞兒這才反應過來，小跑步趕到司徒錦身邊，將她虛軟的身子扶起。「小姐……剛才真是太可怕了，若是……」

說著緞兒便哭了起來。

司徒錦握緊了她的手，安慰道：「我這不是好好的嗎？放心，妳家小姐我沒那麼容易被嚇倒的。既然有膽子敢在大婚之日對我動手，就該承受得起後果才行！」

她說這話的時候，眼中是掩飾不住的冷寒。

正在前院飲酒的王府主子，聽說新房裡有蛇，全都趕了過來。尤其是龍隱，他迫不及待地運起輕功，以最快的速度趕了回來。

當看到司徒錦那蒼白的臉色時，他恨不得給自己幾巴掌。若不是為了那些俗禮，他就不會丟下錦兒一個人，讓她受了這麼大的驚嚇。

「錦兒，妳有沒有事？」將她仔仔細細地打量了一番，他才開口問道。

司徒錦搖了搖頭，只是淡淡笑道：「你怎麼回來了，不是還沒有散席嗎？」

「不過是些無關緊要的人。妳，真沒事？」他緊緊地擁她入懷，有種失而復得的複雜感受。

他沒想到，那些人竟然迫不及待地動手了，而且還將手伸到了他的院子裡，真是不可饒恕！

「謝堯。」
隨著他聲音落地，一個黑色的身影飄然出現在他面前。「主子。」
「去，給我找幾條更毒的蛇來。」
謝堯也不問為什麼，安靜地退了出去。
「你想要怎麼做？」司徒錦好奇地問道。
龍隱冷笑著，道：「自然是要以牙還牙，以眼還眼。她們敢傷害妳，就要付出百倍的代價。」
司徒錦依靠在他的胸膛上，聽著他的心跳，嘴角微微上揚。
看來，他是真的在乎她呢！
就在此時，王府的另外幾位主子也匆匆趕了過來。走在最前面的，自然是王府的當家沐王爺。
「究竟怎麼回事？」他口氣冷漠，不見絲毫關心，彷彿在履行任務一般。
司徒錦想要推開龍隱，離開他的懷抱，畢竟長輩在此，他們這樣似乎不太合乎禮數。但龍隱卻緊緊地抱著她，不給她掙脫的機會。「父王您認為呢？」
沐王爺皺了皺眉，對於兒子的態度很是不滿。「這裡是你的院子，出了這樣的事，定是下人怠慢。來人呀，將這院子裡的奴才，全都拖出去砍了。」

龍隱冷冷地看著他的父親，眼中閃過一絲厭惡。「父王既然知道這是我的院子，就該知道，只有我有權力處置他們。」

針鋒相對的談話，讓司徒錦覺得十分不適應。

他們明明是父子，卻更像仇人！看來外界的傳言並非全是假的，龍隱還真是六親不認。不過，這位王爺公公的態度，也實在令人匪夷所思。既然不喜歡這個兒子，為何會同意將世子之位傳給他呢？難道真的是因為只能傳給嫡子的緣故嗎？可司徒錦不信，依照世人對沐王爺的了解，他不是個會守規矩的人。

在有婚約的情況下，娶了偶然戀上的女人，絲毫不給當時大權在握的大將軍面子。那樣的魄力和勇氣，不會是個墨守成規的人會做的事。

如今，他們父子形同水火，這以後要怎麼相處？

司徒錦思索的同時，也在觀察其他人的反應。那沐王妃只是蹙了蹙眉，雖然疑惑，但絲毫不關心她的死活，顯然不喜歡她這個媳婦，否則她怎麼會這般無動於衷呢？即使她不是凶手，司徒錦對她也沒什麼好感。

至於那個妖豔的莫側妃，她就更加不屑了。

不過是個側妃而已，還擺出主母的架子，霸占王爺身邊的位置，一看就是在向王妃示威。尤其是在看到隱世子頂撞王爺之後，她表現出來的賢良淑德，更讓司徒錦覺得虛偽。

「世子，你怎麼可以這樣跟你父王說話？」莫側妃一邊替王爺順著氣，一邊以長輩的口吻說教。

龍隱冷冷的瞥了她一眼，喝道：「滾，這裡哪有妳說話的分兒！」

莫側妃被他一頓責罵，頓時覺得萬分委屈。「王爺，您看世子……我好歹也是他的長輩，他怎麼能如此對我？」

沐王爺正要訓斥龍隱幾句，卻被他搶了先。「長輩？不過是個側室而已，也妄想在本世子面前自稱長輩?!不自量力！」

沐王妃聽了兒子這話，頓時讚許不已。「就是。隱兒可是皇上親封的世子，豈是妳一個側妃能隨意欺壓的?!」

莫側妃本來想看笑話，但沒想到司徒錦不但完好無損，自己還被死對頭冷嘲熱諷了一番，頓時忍不住向王爺撒嬌。「王爺……妾身不過是說了一句，他們就這般聯合起來欺負妾身，這教妾身以後怎麼活啊！」

說著，她還假意抹了抹淚，裝出一副可憐巴巴的模樣。

沐王爺自然心疼這位側妃，於是狠狠地瞪了王妃一眼，又對自己的兒子吼道：「你的禮義廉恥學到哪裡去了？連本王都不放在眼裡了嗎？」

「父王可曾當我是兒子？若不是皇上執意要我繼承王位，恐怕這世子之位，早就給了龍翔了吧！」龍隱的語氣也好不到哪裡去，直接將王爺的話給頂了回去。

被說中心事的沐王爺，臉色一陣紅一陣白，久久說不出話來。他的確想要大兒子繼承王位，畢竟莫側妃才是他真正喜歡的女人，龍翔又是他的第一個孩子，他自然多疼愛一些。即使知道他不學無術，沒有小兒子有本事，但龍隱從小到大都與他不親，還經常和他作對，他怎麼可能心甘情願將世子之位傳給他？在他眼裡，他的這個嫡子還不如庶子來得寶貝，若沒有皇上阻攔，他早就將世子的頭銜給大兒子了。

莫側妃也是很心虛，因為她不止一次暗示王爺將世子之位傳給自己的兒子，可是皇上不答應，她也沒辦法。

於是，莫側妃一心想要除掉隱世子，這樣她的兒子才能繼承王位。可惜，隱世子實在太過厲害，她幾回派了人去刺殺他，結果都失敗了。

如今，她也聰明了一些，不再明目張膽地找人行刺，而是想著如何收服他。因此她將遠房的侄女接到府裡，準備在明日新婦見禮的時候，將她送給世子做妾。

沐王爺惱羞成怒，但又拿這個兒子沒辦法，衣袖一甩便走了。

王爺一走，其他人自然不好再留下。即使不情不願，沐王妃和莫側妃也一前一後地離開了。

屋子裡安靜了下來，只剩下丫鬟們在一旁侍候。

「主子，世子妃還沒有進食，不如先用膳吧。」朱雀心思通透，在這個尷尬的時候，找了個話題，將眾人的注意力給引開了。

龍隱聽說司徒錦還未用膳，不由得皺眉。

都是那些該死的人，居然讓他的錦兒餓肚子。

「去將吃食端上來，我與世子妃一同用膳。」

「那前院的那些賓客怎麼辦？」朱雀再一次請示。按照主子的個性，恐怕……

事情果然如朱雀所料，龍隱不打算回去了。「都打發了。」

朱雀領了旨意，便退了出去。

緞兒見朱雀一走，自然也不好再留下來，將幾個陪嫁丫鬟都帶了出去。「世子、世子妃早點休息，奴婢們告退。」

龍隱揮了揮手，然後將司徒錦抱了起來，朝桌子的方向走去。

司徒錦又是一陣臉紅，不由得掙扎道：「快放我下來……」

「妳剛才受了驚嚇，又餓了這麼久，還能自己走嗎？」他低下頭來，一臉認真地問道。

司徒錦不好意思地垂下眼眸，他說的的確是事實。

可是司徒錦現在更在意頭上那沈重的鳳冠，它彷彿有千斤重，壓得她脖子痠軟。「先將鳳冠取下來吧，真的很重！」

龍隱打量了她頭上的鳳冠一眼，然後伸手將那些頭飾全都拿了下來。「這樣好些了沒？」

司徒錦點了點頭，然後便專心在享用膳食上。她早上吃了幾塊糕點，但從婚禮開始到現在，卻是滴水未進。如今也餓了，所以才顧不上許多，只是一個勁兒地往嘴裡塞東西。

看著她用膳的模樣，龍隱不由得放鬆了唇角。即使那吃相並不雅觀，甚至有些粗魯，但是他就是覺得很好看。

司徒錦吃了個半飽之後，這才發現他一直未動筷子，於是挾起一塊肉片，送到他嘴前。

「你不餓嗎？吃塊肉吧。」

龍隱透過那散發著香氣的肉塊盯著司徒錦，在她縮回手去的那一瞬間，張開嘴將肉吃進了嘴裡。

當司徒錦意識到自己的行為多麼羞人時，趕緊收回了手。但龍隱卻似乎對這種用膳的方式很有好感，一再催促她餵自己。司徒錦怕他餓著，只好依照他的吩咐，一一將他喜歡的菜式餵進他的嘴裡。

一炷香的時間過去了，兩人這才結束用膳。

「吃飽了？」他眼神中閃過一絲不明的色彩，低啞著聲音問道。

司徒錦下意識地點頭，雖然不算太飽，但總算不餓了。只是她沒料到，她這般行為，在他的眼裡卻是無比的誘惑。隨著自己的心意，他躬身一把將她抱起，然後朝著床榻大步邁去。

司徒錦又是驚呼一聲，不由自主地摟緊了他的脖子。

四周的大紅蠟燭燃燒了過半，那赤紅的燭淚傾瀉而下，形成美麗的景致。

此刻，司徒錦的心跳已不受控制。

兩個人就這樣躺在柔軟的床榻上，他黝黑的眸子直勾勾地盯著她的臉，彷彿發現了獵物的狼一樣。

司徒錦有些不太適應他這樣的眼神，不由得伸出手推了推他。「你……你好重！你先起來一下……」

這樣充滿誘惑和歧義的話，讓龍隱的身子更加發燙。

他本不想嚇著她，也不想操之過急，可是他的小妻子是那麼誘人，讓他忍不住想要親近再親近。

兩人的呼吸交纏，溫熱的氣息噴灑在臉上，衍生出絲絲酥麻感。

司徒錦的臉更紅了，她不由得側過頭去，想要避開他那雙充滿了情慾的雙眼。可惜，她的一舉一動都在他的控制之下，在她還沒有回過神來的時候，他伸出右手，輕輕地將她的下巴給扶正，然後將火熱的唇壓了下去。

這不是他們第一次親吻，但司徒錦卻緊張得忘記了呼吸。

不同於以往那些或輕柔或戲謔或炙熱的吻，他今日似乎更加深情和纏綿。他一隻手捧著她的臉，另一隻手托著她的後腦勺，四片炙熱的唇緊緊地貼在一起，不分彼此地撕咬糾纏，不肯甘休。

就在司徒錦感覺快要窒息的時候，龍隱終於放過她。不過，更令人羞澀的還在後頭，那個看起來冷冰冰的男人，沿著她弧線優美的下巴一路往下親吻。

朦朧中，司徒錦看見他放下了紗帳，又用掌風熄滅了蠟燭。再然後，她的衣服便不知道去了哪裡……

漫漫長夜，屋外守門的人全都紅著臉悄悄地走開了。而屋子裡癡纏的一對新人，正在經歷他們浪漫的洞房花燭夜。

偶爾從紗帳中傳出來的低吼聲和低吟聲，讓人產生無限遐想。當然，這美好的一夜中，也會有些不和諧的聲音。

「你弄痛我了……」某人幽怨的望著自己的夫君。

「對不起，我下次會注意的。」某男人一臉歉意，但雙手仍舊未停止動作。

「……」

「你……你還來？」過了許久之後，某人再一次抱怨。

「……」繼續埋頭苦幹。

於是，翌日日上三竿之後，新房裡仍舊毫無動靜。

第七十五章　左右夾擊

「真是太過分了！這都什麼時辰了，居然還不見人影，難道還要我們做長輩的等他不成？」沐王爺一身怒氣，狠狠地將杯子往桌子上一放，面色很是難看地吼道。「這就是妳教的好兒子，居然如此不將本王放在眼裡！」

面對王爺的責難，王妃心中雖然不高興，但也只能默默承受。儘管她的兒子貴為世子，也是王爺唯一的嫡子，但王爺一向偏心，比較喜歡莫側妃那賤人生的兩個孩子。她若是再反駁，恐怕會讓王爺更厭惡他們母子，只好忍氣吞聲了。

但她的沈默，卻讓莫側妃更加囂張。

「我說姊姊，儘管世子大婚是天大的喜事，但這規矩可不能廢。他們的架子未免太大了些，居然讓王爺在這兒等著，真真是不懂孝道！」

她的話音剛落，兩道身影便相攜而來。不巧，正是她口中那兩個不孝之人。

莫側妃沒想到龍隱夫婦來得這般及時，她準備用來挖苦王妃的話還未說出口，便梗在了喉嚨裡，發不出任何聲響來。

以前，她總愛在王爺面前搬弄世子的是非，可那也是私下吹吹枕頭風罷了。如今這般明目張膽地當著別人的面說出來，還是頭一次，更不湊巧的是，被她詆毀的人偏偏神不知鬼不覺地出現在了她眼前。這讓她多少有些失了顏面，頓時滿臉脹得通紅，一雙無助的眸子直往沐王爺身上瞄。

沐王爺見到兒子、媳婦攜手進門，手裡的動作微微一頓。

那樣的一對璧人，那樣深情地牽著手，讓他想起二十多年前，他也曾與一女子深情攜手，暢遊美景。只可惜，黃粱一夢之後，女子便失去了蹤影。他至今還忘不掉，在那片桃花林裡，那女子綻放的嬌顏和如水的眼眸。

微微閉了閉眼，沐王爺這才漸漸恢復原先的冷漠。「你還記得今天是什麼日子？你眼裡到底有沒有我這個父王！」

他話說得十分惱火，但龍隱卻忽略他的怒氣，逕自拉著司徒錦走上前去。「給父王、母妃敬茶吧。」

就這麼簡單的一句話語，龍隱似乎並不在乎沐王爺的責難。

司徒錦卻很是慚愧，作為新媳婦，睡到那麼晚才起身，的確是她的過失，但若不是那罪魁禍首，她也不至於纏綿床榻。想到昨晚那漫長而又激情的一夜，她不由得又臉紅了。

接過丫鬟遞上來的茶盞，司徒錦嫋嫋地走到王爺、王妃面前，在蒲團上跪下，恭敬地將茶盞遞到二人面前，道：「媳婦給公公敬茶。願公公身體康健，長命百歲。」

沐王爺掃了司徒錦一眼，原本想要斥責幾句，但看到她真誠的眼眸，不由得一時心軟，隨手將杯子接了過來。小呷了一口之後，冷冷回道：「起來吧。」

說完，他從衣袖裡拿出一個紅包，遞到她手裡。「一點兒小意思。」

司徒錦微微錯愕，但還是禮貌地接過來，然後道了謝。

龍隱也很是奇怪，父王今日的表現太過反常了，真是令人費解。不過，只要他不為難錦兒，他就沒話說。

被王爺的行為震撼到的，當數莫側妃。想到以前王爺提起這未來媳婦時的不屑和鄙夷，她就忍不住驚訝。這才過了幾日，他的態度居然轉變如此之大，實在令人匪夷所思。看著那鼓鼓的紅包，莫側妃的心裡又是一陣發酸。想當初陳氏嫁過來的時候，王爺也不過是意思意思，給了一張一萬兩的銀票。沒想到世子大婚，他居然拿出這麼一大份厚禮，她心裡自然不甘心。

「王爺……」她剛想要說什麼，卻被沐王爺一個冷厲的眼神給打了回去。

莫側妃十分不甘心地轉身，恨恨地瞪著司徒錦，巴不得將她手裡那份紅包給搶過來。

沐王妃也注意到了王爺今日的反常，不過她倒是沒說什麼。儘管她也看不慣這個兒媳婦，想要給她下馬威，但在莫側妃的面前，她還是有些分寸。接過司徒錦手裡的茶盞，她也象徵性地送了一些禮物，只不過都是普通的物品，並不十分名貴。

司徒錦倒也不在乎這些俗禮，接了過來之後便交給自己的貼身丫鬟緞兒。「謝母妃賞賜。」

然後她又將自己準備的回禮給拿了出來，一一送給了王爺公公和王妃婆婆。那些物品都是她打聽過兩人的愛好之後，精心準備的東西。雖然不算頂名貴，但也是價值千金，平常人家見不到的珍品。

送給王爺的，是一柄上好的古劍。那劍是她外公的收藏品，後來送給了母親做陪嫁品。據說有削鐵如泥的鋒利，是很難得的好兵器。

王爺接過那柄劍，臉上露出欣喜，一看就十分滿意。

司徒錦稍稍鬆了一口氣，又看向王妃。只見沐王妃連看都懶得看那盒子一眼，也沒有打開來的意思，一直沈默不語。

司徒錦下意識地撇了撇嘴，看來這位婆婆對她印象很差。連她送的禮物，都這麼不屑。

「果然是把好劍！」王爺讚嘆不已的同時，難免有些納悶。這麼好的東西，怎麼會落到一個小小的庶女手裡呢？

司徒錦似乎看出了他的疑惑，開口解釋道：「這把劍是媳婦的外公意外所得，後來送給母親當了陪嫁。錦兒心想，名劍贈英雄，父王擁有這把劍，也是實至名歸。」

「好一個實至名歸，哈哈！」沐王爺爽朗的大笑起來，廳堂裡的氣氛也轉好許多。沐王爺仔細地打量著這個媳婦，心中對她的印象好了幾分。看到她儀態端莊典雅，既沒有害怕也沒有羞澀，倒也不比那些嫡女差，心裡總算是好受了些。原本想要訓誡的話語，此刻也說不出口了。

沐王妃見王爺的態度大有改觀，便也順著他的意思，對司徒錦關照了幾句，之後便不再多說，逕自坐在一旁品茶。

司徒錦原本也要向莫側妃敬茶，卻被龍隱給攔住了。「錦兒昨日沒休息好，我送她回去歇息。」

莫側妃想借著敬茶一事，給司徒錦一個下馬威，但龍隱卻直接剝奪了她的權利，令她氣憤不已。「世子妃好生不懂事，這茶都還未敬完呢，怎麼就要離去了？」

她的矛頭並未指向隱世子，而是衝著司徒錦去。

司徒錦回過頭來，發現王爺對於莫側妃的言行很是放縱，不由得明白了幾分。這府裡得寵的女人，是莫側妃。而王妃，不過是空有頭銜，能夠左右王爺決定的，恐怕還是這位側妃娘娘。

不過，她是世子妃，就算莫側妃再得寵，她在身分上依舊高她一等。所以，她只是淡淡一笑，回道：「莫側妃的媳婦茶不是早就喝過了嗎？」

她自己有兒子、媳婦，幹麼非要喝她敬的茶？再說了，她可不認為莫側妃真心想要喝這杯媳婦茶。

「妳……妳說的什麼話。雖然世子不是本妃親生，但我好歹也是王爺的側妃，於情於理妳都該給我敬茶！」莫側妃不是個容易認輸的人，平日裡又囂張跋扈慣了，哪裡肯就此甘休。

沐王爺微微側頭，看了一眼這個他寵溺了半輩子的女子，忽然有些不解起來。他當初究竟是看上她什麼？是這任性霸道，還是直率天真？

「既然錦兒累了，就容許她先回去休息吧。要喝茶，等會兒翔兒媳婦會給妳奉茶。」沐王爺第一次駁了莫側妃的臉面，說了句公道話。

沐王妃本就與莫側妃不對盤，但她善於明哲保身，反正事不關己，她也就懶得理會了。此時，聞訊而來的幾個平輩，從門外走了進來，彼此見了禮之後，便一直打量著站在屋子中間的那一對新人。

莫側妃想要發難，但已經失去了最好的時機。不過看到自己的兒子、女兒進門來，她的高傲之氣又回來了。

龍隱看到那些人進來，臉上的神色更加不耐煩。「娘子，我們回去。」

司徒錦其實也不喜歡這樣的場合，但作為新婦，她還是要在得到長輩的同意之後，才可以離開。

不等他們離去，王妃已經依次介紹了起來。「錦兒，這幾位想必妳已經見過了，他們是莫側妃所生的翔公子和敏郡主，再來就是翔兒的媳婦陳氏，以及大姑娘月兒。而跟隨他們而來的那位，是莫側妃娘家的侄女，杜家小姐。」

前面幾位，王妃只是簡單地介紹了幾句。可是對於她身邊那位看起來不像世家小姐的美人，卻是拉著不願意放手。「這位，是隱兒的師妹，叫師師，兩人青梅竹馬，又同在山上學藝。打從隱兒的師父過世，她便一直在山上守孝。如今孝期已滿，隱兒見她孤苦無依，便將她接到府裡來。以後，妳們可要和睦相處。」

王妃說這話的時候，還不時地用眼神安撫那位叫做師師的姑娘，儼然一副婆媳情深的樣子。

司徒錦聽了這話，心裡很是不舒服。看來，今日這敬茶，還真是一場鴻門宴。說了這麼多，無非是想告訴她，不要恃寵而驕，以後她會有很多「姊妹」，而她作為世子妃，定要心胸豁達，為世子多納幾房妾室，好為王府開枝散葉。哼，新婚頭一天，就將為世子準備的女人推了出來，還真是個體貼的婆婆！

龍隱早在沐王妃介紹他師妹的時候，就已經皺起眉頭。他小心翼翼地掃了一眼司徒錦的反應，心中有些忐忑。母妃那般說辭，無非是想給錦兒下馬威，若不是她緊緊地握著他的手，恐怕他早就出聲頂回去了。

司徒錦剛嫁進門，不想讓家裡鬧得失了和氣。只要他心裡只有她一個，以後不會再娶別的女人，她又有什麼好擔心的？

「大哥、大嫂，小妹，師妹。」司徒錦一一打了招呼，但那杜家小姐就不在她的客氣範圍之內了。

她不過是個外人，又只是個四品官員家的小姐，自然不必見禮。論身分，應該是她給自己這位正經的世子妃行禮才對。

果然，在司徒錦輪番給眾人打過招呼，送上小禮物之後，杜雨薇就有些沈不住氣了。可是莫側妃沒有發話，她又不好發作，只好做做樣子，對她行了一禮。「雨薇見過世子妃姊姊。」

這一聲「姊姊」，讓司徒錦眼中閃過一絲凌厲。

看來，莫側妃也是迫不及待地想要送人到世子身邊了嗎？

「杜小姐是不是弄錯了？本妃的姊妹，可沒有一位姓杜的。」這樣明確地指出杜雨薇的錯處，實在是令她不堪，但這都是杜雨薇咎由自取，怪不得她。

杜雨薇臉色羞紅，良久說不出一句話來。只能用一雙備受委屈的眼眸，向一臉冷然的莫側妃求救。

莫側妃掃了這個不怎麼親近的侄女一眼，眼中帶著一些責怪，卻沒有斥責她，反而笑著對司徒錦說道：「世子妃這就擺上架子了？不過是個稱呼罷了，又何必這麼較真兒呢。說不定，以後真的成了姊妹，回想今日，豈不會失了顏面？」

聽到莫側妃出聲幫著自己，杜雨薇的膽子又大了幾分。一雙眼睛不時地往隱世子身上瞟，恨不得那陪在他身邊的人，不是司徒錦而是自己。

龍隱是習武之人，自然知道誰盯著他不放。剛剛莫側妃那番很有歧義的話，讓他更加惱怒。「她也配與本世子的世子妃姊妹相稱?!恬不知恥！」

一句話，讓杜雨薇顏面盡失。

她的臉一陣紅一陣白，有些不敢置信地望著那個神仙一般的男子，竟會說出這般絕情的話來。

她剛來王府的時候，見過他幾次。每一次見面，都只是匆匆擦肩而過，並未真正的交流過。如今被他這樣一頓數落，她的心情便從天堂墜入地獄。儘管外人嘴裡的隱世子，是個冷血無情之人，但她仍舊不信。

她以為憑藉她的手段、美貌以及莫側妃的支援，一定可以得到這個男人的寵愛。她曾經無數次幻想著，有朝一日，她可以將司徒錦擠下世子妃的位置，取而代之。可是為何想像中的美好願景，在遭遇他的冷言冷語之後，竟然那麼遙不可及？

他居然說她不配！

她好歹也是嫡出的千金小姐，比起那司徒錦不知要高貴多少，即使她貴為太師府的二小姐，但不過是平妻生的，哪裡比得上嫡出來得正統！憑什麼她可以站在他的身邊，與他比肩而立；為什麼她可以得到世子的青睞，而自己卻被世子奚落？她不甘心，真的很不甘心！

她發誓，她一定要成為世子的女人！

握緊拳頭暗暗發誓，杜雨薇此刻的表情很是恐怖。

司徒錦倒不在意，畢竟像杜雨薇這樣的小角色，她還沒放在眼裡。再說了，他們所居住的慕錦園也不是什麼人都能進去的。她要想要手段，也要能接近得了他們才行。杜雨薇有沒有這樣的本事，一看便知。

不過是個嬌氣的大小姐罷了，成不了氣候。將內心的想法全都寫在臉上的人，能有什麼大能耐？司徒錦收回自己的視線，要說這難對付的，恐怕還是這位有著清明眸子的師師姑娘吧！

就憑王妃處處護著她，而王爺也睜一隻眼閉一隻眼的態度來看，這個叫師師的女子，才是她最大的威脅。

不過，從龍隱的態度來看，她倒是不慌。若是他真的對這師妹有意，也不會等到現在，更不會親自向皇上請旨，點名要她了。

龍隱見一屋子不懷好意的人，轉身就走，連帶著司徒錦也被拉了出去。

沐王爺見兒子那般維護媳婦，倒也沒說什麼。畢竟是過來人，知道這新婚燕爾，最是濃情密意。他年紀也不小了，卻還沒有抱上孫子，自然是希望兒子多努力，為王府開枝散葉。

沐王妃也是面不改色，對兒子這般行為早已習慣，而且有些事也不能操之過急，否則適得其反。剛才莫側妃就是一個很好的例子，只不過可笑的是，莫側妃居然弄了那麼一個頭腦簡單又沒幾分姿色的人進府來，看來她還真是太高估莫側妃了。

相對於沐王爺和沐王妃的平靜，莫側妃和她所生的子女反應就有些大了。

「這個世子妃也真是太不知禮數了，果然是個庶出的，上不得檯面！」率先開口的，是龍敏郡主。她一直支持雨薇表姊嫁給世子，這樣一來，她就可以多和二哥親近了。但沒有想到，二哥居然連正眼都不瞧表姊一眼，還痛罵她，這教自己如何能甘心？

看著雨薇表姊那泫然欲泣的模樣，自己很是替她打抱不平。

陳氏抱著女兒，一直沒有開口說話。一來，她的注意力在孩子身上，二來她對這杜雨薇也頗有意見。想著她進府這些日子，龍翔經常藉故往她那邊跑，真真是氣死她了。如今她只生了個女兒，他就更有理由納妾了。

以前，她還可以拿娘家的勢力來壓制他，可經過一輪朝廷的重新洗牌，陳家已經不比從前了，她在府裡的地位也因此下降了許多。

「表妹不必傷心。二弟看不上妳，這不還有我嗎？」龍翔一邊安慰杜雨薇，一邊對沐王爺懇求道：「父王，兒子如今也二十了，可膝下卻沒有兒子，陳氏身子也不大好，我又對雨薇心儀已久，不若讓她嫁進府裡來做個貴妾，如此一來也好親上加親。」

龍翔的話，頓時讓在場的幾人全都變了臉色。

陳氏是心痛，莫側妃是震驚，而杜雨薇則是不滿。幾個人都在心裡琢磨著，該怎麼樣讓龍翔打消這個念頭。

「翔兒，你要納妾，也得尋一戶好人家不是？怎麼能自作主張！」莫側妃一時心急，便將內心的真實想法說了出來。

這樣一來，不僅杜雨薇驚詫地抬起頭來，就連王爺也皺了眉頭。

如此不懂禮數，實在是枉為王府的側妃。就算看不上杜家小姐，也不該當著她的面說出來，真是夠丟人的！

杜雨薇則是憤恨不已。

她平日為了討好莫側妃，不知道送了多少禮物，還像個丫鬟一樣侍候在她身旁。但沒想到，在她的眼裡，她杜雨薇連給她的兒子做妾室都不配。

莫側妃也知道自己說錯了話，可是潑出去的水如何能收回來？她也只得好生安撫自己的兒子，說雨薇有了心上人，不能勉強云云。

龍翔自然不願意輕易罷手，他早就膩了陳氏。以前被她處處壓制著，連個通房都不許納，簡直活得不像個男人。如今陳氏一族勢力大不如前，陳氏又沒能耐，只生了個女兒，他好不容易翻身作主，豈能就此甘休？

「父王……」

話未說完，沐王爺已經揮手打斷。「子女的婚事，都是父母之命媒妁之言，你這樣子成何體統！就算要納妾，也得先徵求杜家的意見，豈是你一個人說了算的？你們都回去吧，此事容後再議。」

一席話，讓龍翔的計劃流產。

狠狠地瞪了陳氏一眼，龍翔氣得衣袖一甩就離開了。

陳氏有些感激地看了王爺公公一眼，然後也抱著女兒離開了。龍敏則來到杜雨薇身旁，安慰了她幾句，便拉著她一起走了。

沐王妃看夠了好戲，自然不會繼續逗留在這裡，也起身告辭。沐王爺倒是頭一次主動提出要送她回去，便將莫側妃一個人留在屋子裡。

莫側妃知道因為剛才她那番不得體的話，讓王爺對她有了嫌隙，不過她倒是不擔心王妃會因此得寵。那個人老珠黃的女人，哪能跟她比！安下心來之後，莫側妃才起身回自己的湘繡園去了。

經過今兒個這麼一遭，司徒錦總算是大概了解這王府裡幾位主子的脾性和關係了。看來，往後她的日子也不寧靜啊！

原本以為嫁了人就不用太操心了，可沒想到，這王府裡的複雜程度，比起太師府有過之而無不及。

「要不要再去床上躺會兒？昨晚……」龍隱牽著她的手踏進門檻，一臉的關切。

他從書上知道，女孩兒到女人的轉變，是一個很痛苦的過程。昨晚他不知節制地要了她很多次，儘管沒有傷到她，但也是極累。今天又花了這麼大半日去跟那些人周旋，想必她肯定吃不消。

對於他的關心，司徒錦感激的同時，卻又有些羞赧。一提到那床榻，她就覺得身子發熱，一些羞人的畫面總在腦海裡閃現，讓人好不嬌羞。

「不、不用了……」她有些結結巴巴地拒絕，神色頗不自然。

龍隱瞧見她臉上的紅暈，不由得又是一陣心悸。昨晚她婉轉承歡在他身下的時候，也是這般韻致，讓人欲罷不能。

想著她終於是他的了，他握著她的手又緊了緊。「不累的話，就先吃點東西。睡得這麼晚，沒吃東西就去敬茶，還被那群人攪和了半天，想必餓了。」

司徒錦點了點頭，肚子的確有些空了。但不等她吩咐，緞兒和朱雀已經端著盤子進來了。尾隨她們一同的，還有司徒錦從太師府帶過來的四個丫頭——春容、杏兒，以及江氏為她挑的霞兒和春雨。

司徒錦打量了那兩個丫頭一眼，見還算老實，便沒太注意。

「世子、世子妃慢用。」

丫鬟們將飯菜放到桌子之上，便退了出去。司徒錦親自為龍隱盛了飯，這才在他身旁坐了下來。「平日裡，用膳是在一起，還是……」

對於王府的運作，她初來乍到，自然不清楚。

龍隱頓了頓，說道：「以後，在院子裡弄個小廚房。除非重大節日，我們就在自己的院子裡用膳。」

他怕麻煩，也不喜歡與人接觸，這樣的安排正好。

不過司徒錦不免有些擔心，這樣是不是有些不妥。「父王跟母妃那邊沒意見嗎？」

龍隱蹙了蹙眉，卻不是煩惱，而是不屑。「他們平時都不在一個屋子裡用膳，母妃也自有人陪。」

他的意思很明顯，那就是平日裡也是單獨開伙的。不過，她如今是王府的媳婦，每日都要晨昏定省，有些規矩是不是也要遵從？

「那你之前都在哪裡用膳？」她好奇問道。

「軍營或者書房。」他簡要地回答。

司徒錦微微一愣，繼而明白了。儘管他如今不必上戰場，但還在軍營裡任職，除了上朝之外，平日大多待在軍營裡。

「如此說來，你很少在府裡用膳？」

「向來如此。」

司徒錦還在想其他問題，他卻已經挾了一堆菜放到她碗裡，催促道：「菜都要涼了，快些吃。」

司徒錦看著碗裡那堆積如山的菜，微微皺眉。他也太看得起她了吧？居然挾這麼多的菜給她，她是豬嗎？

看到她的表情，他就猜到了她的想法。「妳太瘦了，要補一補。」

司徒錦打量了一下自己的身材，然後又看了看他那微微泛紅的臉頰，不由得羞惱。他這是嫌棄她身子不夠妖嬈呢！哼，果然男人都喜歡身材豐滿的女人！

「別再看我了，我會吃不消。」他淡淡說道，放下了筷子。

與他的眼睛對上，司徒錦又羞澀了一陣，這才埋頭吃了起來。一頓飯過後，司徒錦隱約有了幾分睡意，不等他催促，便脫了繡鞋上了床。

看著她沈靜的睡容，龍隱忽然感到很滿足。

能夠有她陪伴他一生，他就知足了。儘管她不算頂漂亮，身材也很一般，但就是入了他的眼。

他笑著靠近她的臉，在她額頭上印下一吻，然後也脫了外衣，鑽進薄被裡，輕輕地將她摟入懷裡。

兩個時辰之後，天色漸漸暗沈了下來，司徒錦才轉醒。

「世子妃，您醒啦？」緞兒眼疾手快，早在她睜開眼的那一剎那，拿著換洗的衣服走了過來。

司徒錦蹙了蹙眉，對「世子妃」這個稱呼很是不習慣。「以後，在自己院子裡，就叫夫人吧。」

緞兒微微愣了一下，然後應了下來。「夫人，爺在書房批公文，需要奴婢去請嗎？」

早在龍隱離去之時，就吩咐她們，說是世子妃醒了，就去書房請他過來，所以緞兒才有這麼一問。

「不用了，正事要緊。」儘管大婚後三日他不用去軍營，但很多事情還是需要及時處理。作為世子妃，這點兒道理她還懂。

「夫人，王妃娘娘請您和世子爺過去用膳呢。」忽然，門口傳來一道熟悉的嗓音，赫然是恢復了原本面貌的朱雀。

緞兒看著那天仙一般的人兒，不由得半天合不攏嘴。「天吶！妳……妳是朱雀？」

朱雀挑了挑眉毛，道：「怎麼，才一會兒不見，就不認識我了？」

緞兒仔細地打量她，有些不敢置信地尖叫道：「哇……原來妳是長這個樣子的啊！真美，像仙女一樣！難怪妳平時要戴著人皮面具，這張臉的確引人犯罪。」

朱雀瞥了她一眼，並沒有沾沾自喜。

她的容貌都是爹娘給的，並不是她自個兒願意長成這個樣子的。而且她看了這麼多年，早已習慣，並不覺得有多麼好看。

「朱雀，這樣甚好。」司徒錦看著她那如玉般的臉龐，不由得咧開嘴笑了。

這樣的美貌，整天遮起來的確有些可惜。而且，此刻她也很理解朱雀的心情。打從那日確認了朱雀與楚羽宸之間的事情，她就開始注意朱雀的一言一行。都說女為悅己者容，朱雀再有本事也只是個女子，為了心上人的一句話，她自然不會再將這絕世的容顏遮起來不見天日。只是，這樣的美貌，若是被別人瞧見了，那可是不小的麻煩，尤其是這王府裡，還有那麼一位花花公子。

「夫人，我服侍您梳洗吧？」平日裡懶惰成性的朱雀，今日忽然變得勤快起來，這讓大夥兒還真是不太適應。

司徒錦也有些詫異，卻沒有問出口。

朱雀幫她盤好頭髮，又插上一支金步搖之後，這才滿意地退後一步。「往後，我就要回到組織裡去，不能再為夫人效力。緞兒，日後夫人就要由妳保護了，妳可得多長個心眼兒。」

緞兒聽她這麼一說，眼眶頓時紅了。「妳……妳要走？」

「是啊，世子有事要交給我去辦。」朱雀說話的時候，有些不太自然，不像平日那個豪爽大膽的丫頭。

司徒錦轉過身，拉著她的手。「真的決定了？」

良久之後，朱雀才點了點頭。「不過請夫人放心，朱雀已經找了兩個武功底子不錯的丫頭貼身保護，斷不會讓那些賊子得逞的。」

司徒錦縱使捨不得朱雀離開，卻想到這丫頭也到了該嫁人的年紀了。這樣也好，她可以有自己的生活，可以去追尋自己的幸福。想到那楚羽宸，司徒錦也覺得他人不錯。只是……若他不是皇后的弟弟，就更好了。

「往後要多保重！雖然妳武功不錯，但凡事不可強求，知道嗎？」司徒錦叮囑道。

朱雀依依惜別之後，忍不住撲上前去，給了司徒錦一個大大的擁抱。「我會時常回來看妳的。」

這一次，她沒有稱呼她夫人，而是以朋友的語氣道別。

司徒錦雖然有些錯愕，但還是拍了拍她的後背，看著她漸漸遠去。

緞兒哭紅了眼睛，她從未想過朱雀會有離開大家的一天。以前，她老喜歡給朱雀挑刺兒，總覺得她不像個丫鬟。後來聽小姐說，她是世子派來保護小姐的，便不再多加為難。兩人相處了那麼久，也漸漸生出了幾分情誼。她忽然說要走，她也會捨不得，也會難過啊！

而被朱雀的美貌驚嚇到的春容和杏兒，仍舊詫異地張著嘴，一句話都說不出來。

「朱雀她……好美……」春容喃喃自語著。

杏兒雖然沒有說什麼，卻也極為震驚。只不過她更加詫異的是，那樣的絕色美人，為何世子不動心，反而看上了比較平凡的小姐？

不過很快的，杏兒就恢復了鎮定。小姐雖然面貌不如朱雀那般絕色，但也是個美人，而且氣質上更勝一籌。頭腦好，性格也好，那渾然天成的風韻，是朱雀無法企及的。想必世子爺看上的，便是這幾點吧？

「夫人，王妃那邊又派人過來催了。」一個身穿梅紅色衣衫，十五、六歲的丫鬟走了進來，輕聲稟報著。

緞兒打量了她一眼，也沒有將她的話放在心上。世子爺還沒有表態呢，這去與不去，還很難說。儘管王妃是王府的女主人，但她們可是小姐的心腹，哪能受制於別人？這霞兒還是太嫩了點兒，跟隨司徒錦多年，緞兒早已練就了一身膽識，不再是那個唯唯諾諾的小丫頭了。

「爺回來了沒？」她逕自問道，並未提及王妃半個字。

那叫霞兒的丫鬟抬了抬眼，不敢得罪了這個世子妃身邊的紅人。「緞兒姊姊，春雨已經去書房稟報，相信不久就會過來了。」

當聽到「春雨」的名字時，緞兒不由得皺了皺眉。「她跑去書房做什麼？那書房豈是什麼人都能進的？」

果然不出所料，那去書房的春雨此刻已經回來了，心情看起來很是低落。對上錦兒的視線，只得如實稟報。「回夫人，奴婢前去書房稟報，卻被侍衛攔了下來，所以……」

「妳有心了。」司徒錦淡淡瞥了她一眼，並未多說什麼。

春雨怔了怔，不由得低下頭去，不敢再抬頭。她知道她今日的做法有些太過了，但她只是想給小姐留下一個好印象，沒想到卻弄巧成拙，反倒惹得小姐不快。她是太過心急，看到緞兒和朱雀得寵，她羨慕得很，這才做了出格的事來。

「春雨，妳怎麼那麼糊塗！妳這樣做，小姐會誤會的。」等到了無人的時候，霞兒悄悄地拉她到一旁說道。

春雨也知道自己做錯了，可是已經來不及挽回。「我也是急著想表現，好得到小姐的信任，但沒想到……」

「好啦。小姐也不是那心狠手辣之人，等過些日子，她會看到咱們的表現的。」霞兒安慰她道。

春雨點了點頭，將眼淚給逼了回去。

「妳們站在那裡做什麼？過來幫忙。」管事李嬤嬤手裡拿著一張單子，對她們喚道。自從司徒錦出嫁，她也跟著陪嫁了過來，幫司徒錦管著嫁妝，還有這些個陪嫁丫頭。司徒錦對她還算信任，這讓她很是高興，做起事來也更加賣力。

春雨和霞兒聽見她的召喚，立刻跟了上去。為了扭轉形象，春雨和霞兒都想要好好地表現，不想再讓小姐失望。她們是夫人派給小姐的，若是服侍得不好，得不到小姐的喜歡，那就愧對夫人的信任了。

另一邊，龍隱從書房出來，正要回慕錦園，卻被一個身影擋住了去路。

「師……師兄……你還在生我的氣嗎？」對於上一次未經他的允許，就貿然闖進他書房的事，秦師師一直耿耿於懷。

如今他又娶了別的女人為妻，她心中更是難受得緊。不過王妃告訴她，男人三妻四妾再正常不過，他對司徒錦的喜歡一定維持不了多久，要她安心等待，總有一日她會成為他身邊最得寵的女人的！

只是王妃的認知，卻有些失準。她的兒子豈是一般的男人？那是個不輕易動情的男子，一旦動了心，就會矢志不渝！只可惜，她不夠了解自己的兒子，也讓一個姑娘家陷入感情的漩渦，不可自拔。

第七十六章　交易

龍隱冷眼睨了眼前這個看起來柔柔弱弱、楚楚可憐的女子一眼，目光便轉向其他地方。

「自作多情。」

這四個字，讓秦師師的臉色瞬間蒼白起來，整個人也幾乎站不住，不可抑制地往後退了好幾步。

他，居然如此狠心絕情。

她好歹是他的師妹，是一同生活了那麼些年的人，他怎麼能如此對待她一個孤苦無依的苦命女子呢？

龍隱見她又陷入了自憐自艾的境界，不由得一陣心煩，也懶得理會她的悲傷，轉身就走。他最討厭那種動不動就哭的女子，可偏偏那些企圖接近他的女子，全都是一個模樣，看了就讓人心煩，還是他的娘子比較合他的意。想到他的錦兒，龍隱緊繃的神經又稍稍緩和了下來，大步踏進慕錦園，朝他們的新房而去。

此刻，司徒錦已梳洗妥當，正等著他一起去王妃那邊。

「世子。」丫鬟、僕婦見到這園子的主人，全都規矩地行禮。

龍隱原本不習慣這院子裡多出這些陌生人來，但為了司徒錦，他還是容忍了下來。畢竟她還是需要人侍候，而這院子周圍全都是男人，實在有些不妥。

「怎麼還不擺膳？」龍隱看著桌子上空空如也，不由得皺眉。

司徒錦上前去幫他整理了一下衣衫，道：「母妃剛才派人來傳話，說是讓咱們過去一起用膳。」

她的語氣很平淡，沒有其他情緒。

龍隱看著她的眼睛，似乎在鑽研什麼，卻絲毫看不出任何破綻。「不想去的話，我可以……」

司徒錦忙伸出手來，按住他的嘴。「躲過了初一，也躲不過十五。總是要面對的。」有些事，一輩子都無法逃避。儘管他可以絕情絕意，不將這些所謂的親人放在眼裡，但是她不行。這裡不比司徒府，為人媳婦，她必須顧全大局，為他著想。雖說她對王爺和王妃也沒多少好感，但畢竟還是晚輩，她不想她的夫君因為這些小事就與長輩鬧得不和。家和萬事興，如果家宅不寧，那麼好日子也就到頭了。

「我不想讓妳受委屈。」他捏著她的手輕嘆。為了她，他可以做任何事情。如果這府裡的人敢傷害她一分一毫，他會十倍、百倍地要對方償還。但他仍舊會尊重她的意願，絕對不會勉強她半分。

司徒錦揚起笑容，道：「相處了這麼些時日，難道夫君還覺得錦兒是那種任人欺負的主兒？」

經她這麼一提醒，龍隱頓悟。是啊，他的錦兒怎麼可能是那種柔弱無能之人？就憑她在太師府的表現，以及在皇宮裡的應對就可以看出，她的聰慧不在他之下。

「如此，那就去吧。」他寵溺地替她理順耳邊的髮絲。

當著這麼多的下人，做出這樣親暱的舉動，司徒錦仍舊不太習慣，頓時羞紅了雙頰。那模樣要多迷人就有多迷人，惹得龍隱又是一陣心悸。

自從洞房花燭夜之後，他體驗到了從未有過的歡愉。那種美好的感覺，讓他終於明白，男人為何會癡迷沈醉於溫柔鄉。只要他稍有不慎，就會陷入司徒錦帶來的強大影響，不可自拔。

司徒錦見他微微發怔，於是扯了扯他的衣袖，道：「走吧，別讓母妃等急了。」

一席話，將他從似夢似幻的情境中喚回了現實。

緞兒和幾個丫頭見到世子和世子妃感情如此深厚，也都替自己的主子高興。當然，幾個丫頭心裡也是欣羨不已。若是將來她們也能夠嫁一個真心對待自己的相公，那人生就很完滿了。

沐王妃的芙蕖園位於王府的東廂，那裡是歷代王妃居住的地方。從慕錦園過去，要繞過好幾道彎，是一座七進的院子。

司徒錦與龍隱相攜，一路欣賞著沿途的景致，走得不緩不急。這樣下來，竟也耗費了大半個時辰。

當芙蕖園的丫鬟看到世子和世子妃的身影，臉上的焦急頓時消逝無蹤，興高采烈地迎了上去。「見過世子、世子妃。」

龍隱沒有吭聲，司徒錦則微微頷首，道：「母妃可安好？」

見到世子妃問話，那丫鬟愣了好一會兒才回道：「王妃一切安好，而且已經命人備好了晚膳，只等著世子、世子妃過來一起享用。」

這丫鬟一直低垂著頭，不敢踰越半分，也算知進退。

司徒錦輕輕應了一聲，便讓丫鬟在前面帶路。

跟隨著那丫鬟左彎右拐，總算進了一處開闊之地。然而，剛剛踏進門檻，便聽見屋子裡傳出來一陣歡笑聲。

司徒錦蹙了蹙眉，然後望向龍隱，發現他有幾分不耐煩，心裡便有了數。看來，王妃不只是請他們吃飯這麼簡單，而是另有深意。

那屋子裡的人，發現門外的身影時，突然閒閉了嘴。剛才還笑得一臉開心的王妃，見到龍隱世子時，臉色頓時沈了下來。「你們眼裡可還有我這個母妃？都派人去請了，居然過了一個時辰才過來。」

司徒錦神色依舊坦然，並沒有因為王妃的責難感到難過或慚愧。上前行了禮之後，也不等王妃發話便起身了，彷彿剛才那一俯身，只是一個過場而已。

王妃的臉色更加難看，一雙眼睛狠狠地瞪著司徒錦，嘴巴裡吐出更難聽的言語。「妳的爹娘就是這麼教導妳禮儀的嗎？本王妃都還沒有發話，妳居然自作主張起身，真真是不懂禮數。」

「王妃娘娘……您別生氣，小心身子。」秦師師看到師兄臉色不怎麼好，不由得小聲在一旁勸道。

司徒錦眉頭皺了皺，心中很是不平。晌午時分，因為礙著莫側妃在場，所以王妃沒有給她難堪。到了這會兒，在她自個兒的院子裡，她便準備好給她下馬威了，還真是個好婆婆啊，新婚第一天就這麼折騰兒媳婦。

還有這個小師妹，是不是表現得太過明顯了？見到她這個師嫂也不行禮問好，一雙眼睛只盯著她的夫君，真沒有一點兒女孩兒家的矜持。

「瞧瞧妳那副德行，哪有半點兒大家閨秀的模樣，還是師師知書達禮。」王妃一邊貶低司徒錦，一邊撫摸著秦師師的手讚許。

龍隱有些看不過去，剛要開口，卻被司徒錦給攔下來了。

「原來師妹也在這裡，我還以為是母妃擺了家宴，所以請我們過來小聚呢。」司徒錦臉上帶著淡淡的笑容，眼睛裡卻無半點喜悅。

她故意將「家宴」兩個字咬得很重，就是在提醒王妃。秦師師再怎麼得她的歡心，也不過是個外人。而她則是沐王府明媒正娶的媳婦，是世子妃，沐王妃的話未免太過分了。

秦師師也聽懂了這話裡的意思，不由得臉色一僵，有些侷促地說道：「王妃娘娘，我……我還是先回去吧，免得……」

「要趕妳走，也得經過本王妃同意。乖，有母妃給妳撐腰，別怕。」沐王妃狠狠地掃了司徒錦一眼，安撫著秦師師。

聽到那「母妃」二字，司徒錦不由得冷笑。看來，這秦師師真的是王妃送給隱世子做妾的，秦師師那臉上的潮紅，早已說明了一切。

她心裡真的很氣，氣王妃的故意刁難，氣她看低了自己，一味給她使絆子。難道她真的那麼招人厭惡？還是她哪裡得罪了她？

看著自家娘子那起伏不定的胸口，龍隱真恨不得將那個師妹一掌打飛出去。不過即使他再不孝，也不能傷害那個生養他的女人。所以他只好一改往常的態度，問道：「母妃什麼時候收了個義女，我怎麼不知道？」

沐王妃原本打算在今晚提出讓兒子收了師師做側妃，但沒想到兒子故意曲解她的意思，竟將好好的一個媳婦說成義女，她哪裡肯甘心！「瞎說什麼呢？師師怎麼可能是……」

「既然母妃如此喜愛師妹，擇日不如撞日，今日就在此行禮，收了她做義女。來人，去請王爺過來，一同見證。」龍隱絲毫不給王妃反駁的機會，硬生生將秦師師的名分定了下來。

秦師師很是著急，不住地用眼神向王妃求助。而王妃也是十分焦急，雖然她也當師師是她半個女兒，但她更希望她是自己的媳婦啊，如此一來，兒子才能永遠向著自己，而不是那個名不正言不順的世子妃。

「隱兒，你簡直胡鬧！這義女一事，豈能兒戲？沐王府是普通的人家嗎？即使要收義女，也得經過皇室同意，你莫要胡說！」王妃情急之下，只得將皇室規矩抬了出來。

司徒錦正想阻止龍隱的這個建議，沒想到王妃直接否決了，這正合她的心意。若是秦師師真的做了王妃的義女，那麼她就是郡主，地位將不止抬升了一個階級。到時候，若是她在背地裡使壞，那自己對付起來還真有些麻煩呢！

輕輕地扯了扯他的衣袖，司徒錦朝著他搖了搖頭。然後她轉過身去，對沐王妃說道：「母妃，有些話，媳婦想單獨跟您談一談，可否讓他們都下去？」

沐王妃和隱世子皆是一愣，不由得將注意力集中到了她身上。

「妳想跟本王妃說什麼就直說，難道還有什麼不可告人的？」沐王妃凌厲的眼神射過來，帶著不折不扣的怨恨。

就因為這個女人，兒子離她愈來愈遠了。

都說兒子娶了媳婦就會忘了娘，雖說龍隱一直跟她不怎麼親近，但她心裡還是不甘心，於是她將所有罪過都歸在媳婦身上。她認為是司徒錦在背後挑唆他們母子之間的關係，所以兒子才這麼不孝。

司徒錦笑了笑，道：「有些話，的確只適合婆媳之間商量，若是被旁人聽了去，真的不太好。」

她說得很神秘，不肯透露半分。這倒是讓王妃生出了幾分好奇，不由得按照她的意思去辦。

「你們都下去吧。」

王妃的命令一下，屋子裡的人全都魚貫而出，包括秦師師，即使她百般不願意，還是得出去。龍隱本來有些擔心司徒錦會被母妃責罰，但看到她臉上的自信，便安心出去了。

「有什麼話，妳現在可以說了吧？」王妃仍舊不待見這個兒媳婦，一臉不耐煩。

司徒錦走近她，狀似親暱的挽住王妃的胳膊，在她愣神的那一刻，悄悄地在她耳旁說道：「兒媳與婆婆做個交易如何？」

「交易？」沐王妃挑了挑眉，有些不敢苟同。「本王妃身分尊貴，錦衣玉食，要什麼沒有？妳有什麼可以作為交換的?!」

她輕蔑地看了司徒錦一眼，將胳膊從她的手裡掙脫出來。面對她突如其來的親暱，她十分不習慣。

司徒錦淺笑著，並未因她的話而生氣。「是，母妃是矜貴之人，吃喝不愁。只是……卻少了那麼一分專寵。」

沐王妃聽到「專寵」二字的時候，眼睛不由得瞇了瞇。「妳這是在嘲笑本王妃不得寵嗎？好大的膽子！」

隨著她的怒氣，桌子上的杯盞被掃到地上，摔碎了。

屋外的人全都一震，有人歡喜有人愁。

高興的人，自然是秦師師。她諒司徒錦也沒那個本事，能夠說服王妃。王妃對她厭惡至極，這關係豈是三兩句話可以改善的？就算她有三寸不爛之舌，恐怕也說不動王妃改變主意。看來，她嫁師兄，是嫁定了！

這樣想著的同時，她還用眼角餘光往龍隱身上瞥。

像師兄這般雄偉俊逸的男子，才是她一生尋找的良人。儘管他總是冷冰冰的，但她相信總有一天他會被她感化。

龍隱是個極為敏感之人，感受到別人熱切的目光，心中有些不快。這個師妹愈來愈讓人無法忍受了。看來，他得儘快將她趕出府去，也好斷了母妃的念想。

聽見屋子裡摔杯子的聲響，他不由得為司徒錦擔心。但臨走時，她那成竹在胸的模樣，卻又讓他收住了腳步，沒有衝進屋子裡去。

他這一遲疑，在秦師師的眼裡，卻成了另外一種意思。看來，師兄也沒有多在乎他的妻子。屋子裡都鬧成那樣了，他居然還沈得住氣。哼，看來司徒錦也沒像外界所說的那般得世子寵愛嘛！

屋子裡，司徒錦不緊不慢地收回自己的視線，對上王妃那怨毒的眼神。「母妃何必生氣，保重身子最要緊。」

「少在這裡假惺惺。若妳要說的就是這些，那麼妳可以滾出去了！」沐王妃毫不客氣地喝道。

司徒錦但笑不語，等著她的下一個反應。

果然，沐王妃見她如此波瀾不驚，心裡更加毛躁。「還杵在這裡做什麼，妳給我出去。」

情急之下，她連自稱都改了。

司徒錦笑了笑，不以為意道：「母妃先消消氣，這月分最容易上火了。」說完，她還特地端了一杯菊花茶遞到她的手裡。「這菊花茶降火甚好，母妃您嚐嚐？」

沐王妃被她的作為給弄糊塗了，一時竟也生不出氣來。「妳……妳到底想怎樣？」王妃不過是個深閨女子，生活無憂，雖說心裡對王爺偏寵莫側妃很是不滿，但也只能將苦水往肚子裡吞。如今忽然遇到一個不按牌理出牌的人，她還真不知道如何應付了。

「母妃可曾想過將那莫側妃給徹底打垮？她在府裡囂張了這麼些年，母妃難道還想繼續縱容她霸占王爺的寵愛，讓她處處針對世子和母妃您？依著王爺對她的寵愛，將來這世子之位，指不定是哪個人的呢。」

「她敢！隱兒是皇上親封的世子，那賤人又能奈何？」一提到這王位繼承人，沐王妃就沈不住氣了。

司徒錦輕笑了兩聲，然後說道：「那……若是皇上不在了呢？」

沐王妃心裡打了個突，整個人怔住了。她不敢相信司徒錦居然說出如此大逆不道的話來，她這是詛咒皇上，那可是滿門抄斬的大罪！不過，她不得不承認，司徒錦說得很有道理，她以前從未考慮過這種可能。

如今，三皇子和太子兩人鬥得死去活來，三皇子的生母，正是莫側妃的姊妹。若是三皇子將來繼承大統，那麼隱兒的世子之位，的確會有所動搖。

看著沐王妃陷入沈思，司徒錦也不急，一邊喝著茶，一邊等著她問話。果然，沐王妃沈吟了半晌，還是忍不住開口了。「妳……妳真的有本事將莫側妃……」

那賤人在府裡囂張了那麼多年，她一個小丫頭片子，真的有那個本事，將她連根拔除？姓莫的那個女人，可不是個軟柿子，加上有王爺的疼愛，自己跟她鬥了這麼多年，也沒能將她怎麼樣。

想到那個薄情的男人，沐王妃又陷入了無限哀怨中。

「兒媳不但會將莫側妃徹底剷除，還會令王爺的視線一直停留在母妃身上。」司徒錦充滿自信地說道。

在敬茶的時候，她可是觀察了很久。王爺並非真的特別寵愛莫側妃，只不過有些縱容而已。當莫側妃失了分寸，說了不該說的話時，她看到王爺眼中那抹不贊同和厭惡。若是真的愛一個人，絕對不會出現那樣的眼神。所以，她敢保證能順利將王爺的心拉向王妃這邊。

其實，王妃保養得宜，臉上幾乎看不到一絲皺紋，五官也極為精緻，是個很標準的美人兒。為何得不到王爺的寵愛，恐怕另有原因。

沐王妃被她一席話說得有些面紅耳赤。

她沒想到這個兒媳婦，居然拿她跟王爺的感情來說事。不過若是她真的能夠幫自己達成這些目的，與她做一做交易也未嘗不可。

「說吧，妳有什麼條件？」

終於說到了正題上，司徒錦嘴角微揚，道：「錦兒也不貪心，只希望母妃不要過問慕錦園任何事，包括隱的私事。」

這條件說來簡單，但對王妃來說卻極為不尊重。哪有做父母的不能過問兒子的事，這豈不是對她威嚴和權力的挑戰？這個司徒錦，還真是不知好歹！

「難道妳想一個人霸占著隱兒？妳真是異想天開。」沐王妃毫不留情地指責。「男人三妻四妾天經地義，沒想到妳嫉妒之心如此重！罷了罷了，剛才說的就當本王妃沒有聽見。」

見她有反悔之意，司徒錦微微一愣，繼而笑道：「這麼說來，母妃也不介意父王多幾個側妃、庶妃或侍妾嘍？」

很多人就是對別人要求嚴苛，往往疏忽了自己。當聽到司徒錦這番話時，沐王妃不由得皺起眉頭。「這是什麼意思？妳敢威脅我？」

「兒媳不敢。」司徒錦乖乖地低頭。

「哼！妳有什麼不敢的，這樣大逆不道的話都說得出來，妳……妳簡直……不可理喻。」話說得難聽，但沐王妃當然不願意自己的夫君納妾。

多一個女人，就會多一個人跟她分享王爺的寵愛，即使貴為王妃，她依舊有私心。雖然王爺不冷不熱地跟她過了這麼些年，但她還是心存一絲願景，希望王爺可以回心轉意，將所有心思都放在她身上。

「母妃，您可考慮好了？」司徒錦一臉笑意地望著沐王妃。

沐王妃雖然嘴裡不肯承認，但言語間還是緩和了不少。「妳說了這麼多，都是口頭上的保證，要我如何能相信妳？」

「這個簡單。再過幾日，就是中秋節。錦兒保證，那一日父王會陪著母妃過。」司徒錦信誓旦旦地說道。

沐王妃被說得有些心動。

每年中秋佳節，本是一家人團圓的日子。可每到那一天，莫側妃那個賤女人總會霸占王爺陪他們母子過節，而她卻只能對著窗外的明月枯坐到天明。那樣的孤單寂寞，是她這輩子嘗過最酸澀的滋味。

從小到大，她都是家裡的掌上明珠，是爹娘手心裡的寶貝，可是沒想到嫁人之後，卻遭受這種對待。她心有不甘，想要向人傾訴，卻無處發洩。沈將軍和夫人早逝，她的兄長也戰死沙場，如今沈家只剩下她一個人了。失去了親人的庇護，她雖然頂著王妃的頭銜，卻只能將所有苦水往肚子裡吞。

如今被司徒錦說到痛處，她心裡就更加難過。

司徒錦輕輕地走到她身旁，幫她順著氣。其實，王妃也是個可憐人。失去了父母兄弟的幫襯，孤苦無依地在王府裡掙扎求生。也難怪她會那麼喜歡秦師師，想必是因為有類似的經歷吧？

「母妃不必傷懷，錦兒說到做到。」

見她不計前嫌地照顧自己，沐王妃忽然覺得這個兒媳婦似乎沒有像以前那般討厭了。

「妳說的都是真的？」她再一次確認。

司徒錦點頭，與她的眼睛對視。「千真萬確。」

「好。」過了良久，沐王妃終於咬牙答應了。「不過，為了保險起見，妳先讓隱兒納了師師為側妃，我就答應妳的條件。」

司徒錦眼睛一斂，不由得氣惱。看來，她剛才說的話全都白費了。到頭來，王妃還是要往她的房裡添人，真真是說不通！

「妳也別惱，我這也是為妳好。若是妳不許隱兒納妾，外人會怎麼看？嫉妒可是犯了七出之條，難道妳想被休？師師這孩子不錯，沒什麼心眼兒。她的爹爹對隱兒有恩，如今她孤苦一人，隱兒照顧她也是理所當然。」沐王妃依舊我行我素地勸著，不過倒是對司徒錦沒了什麼敵意。

司徒錦知道不能操之過急，若是現在拒絕了，恐怕事情又會回到原點，只得敷衍道：

「這事還得問問世子，若是他同意，我也無話可說。」

沐王妃見她不再拒絕，眉眼都笑開了。「這才是本王妃的好兒媳。」

司徒錦微微嘆氣，卻沒有再開口。

這時候，在外面急得不行的龍隱見屋子裡半晌沒有動靜，忍不住闖了進去。見到她們二人有說有笑，不由得鬆了口氣。

「都愣著幹什麼，還不進來收拾？」司徒錦看到門口那些看戲的人，臉上露出幾分威嚴來。

沐王妃被她的氣場所震懾，不由得對她又添了幾分好感。她是世子妃，未來的王妃，必須要鎮得住那些下人才行，她剛才的表現還算不錯，以後多加調教，肯定是個不錯的苗子。

「沒聽見世子妃的吩咐嗎？」

那些發愣的丫鬟、僕婦頓時清醒過來，立馬進來將地上的碎片給收拾妥當了。

龍隱不知道司徒錦跟王妃說了些什麼，不過看到她們的關係有所改善，他不由自主佩服起自己的小妻子來。

「都過來坐吧。」王妃往桌子旁一坐，然後示意他們入座。

司徒錦和龍隱很自然地落坐，倒是秦師師因為剛才司徒錦的一番話不敢有所動作。直到王妃開口，她才小心翼翼地在王妃右側坐了下來。

一頓飯下來，也算和氣。

回到慕錦園後，丫鬟早就準備好了沐浴用的熱水。司徒錦只覺得渾身困乏，揮退了僕婦，便坐進木桶中。

不一會兒，門「吱呀」一聲開了。

「緞兒，幫我按按肩膀。」她閉著眼睛吩咐。

直到一雙有力而略帶著薄繭的雙手搭上她的肩，她才驚呼一聲，肩膀以下立刻沈到水中去。龍隱看著她那驚慌的模樣，不由得起了戲弄的心思。「娘子，可還滿意為夫的服侍？」

司徒錦俏臉一紅，瞪了他一眼，道：「你……你怎麼進來了？」

「我讓她們下去休息了。」他頓了頓，接著說道：「怎麼樣，身子還難受嗎？」

被問到這麼私密的問題，司徒錦的臉色像是紅透了的番茄一樣。「不、不難受……你先出去，我要起身穿衣……」

不等她話說完，他便上前跨了一步，一把將她從木桶裡撈了起來。那細嫩光滑的皮膚，在燭光照映下，顯得格外晶瑩剔透，讓人移不開眼睛。

「啊！」司徒錦再次驚呼，下一刻她已落入一個寬廣而溫暖的懷抱。

她有些羞赧地別開頭。儘管已經有了肌膚之親，但這樣赤身裸體地在他面前，她還是無法適應。「你……」

「娘子。」他輕聲喚著，一雙眸子愈來愈幽深。

司徒錦知道那意味著什麼，想要推拒卻有些力不從心。他們正值新婚燕爾，又都是剛剛體會到男女情事，故而既緊張又期待。

當他將她輕輕放置到床榻上時，司徒錦嬌羞地抓起錦被一角，想要將自己光潔的身子給蓋住。

「別遮……」他伸出手去，握住她的皓腕。

被他的眼睛直勾勾地打探，司徒錦臉上布滿紅暈，恨不得找個地方藏起來。這真是太羞人了！

「錦兒，叫我的名字……」他欺身上來，輕輕觸吻她的額頭。

司徒錦看著他那深情的眸子，不由自主地喚道：「隱……」

龍隱拍出一掌，將紗帳給震落，掩蓋住一室春光。

食髓知味的男人，總是特別沈醉此道，龍隱就像個毛頭小子一樣，無法控制自己。燭火忽明忽暗，照耀著床榻上的一對璧人，勾勒出美好的影像。

髮絲交纏，呼吸相聞，手指緊握。在極致的歡愉中，兩個人的心更加靠近。屋外服侍的人全都離得遠遠的，不敢打擾他們。

一夜的熾熱纏綿，讓司徒錦身子有些吃不消。

翌日起床後，她完全不敢看自己的身子。那些青青紫紫的瘀痕，都是龍隱留下的烙印。

他說，她的每一寸肌膚，都是他一個人的，他得留下記號。

天知道，那個冷如寒冰的男子，在夜裡竟是那樣熱情如火！

司徒錦捂著臉，暗自懊惱。他是痛快了，可她呢？這副樣子，她要怎麼出去見人？那脖子上明顯的吻痕，一時半會兒可不會消失。挪動了一下痠軟的雙腿，司徒錦勉強自己穿好了衣服，這才吩咐緞兒進來服侍。幸好母妃免了她近幾日的晨昏定省，她才不至於失禮。否則要是教人知道了，肯定會說她這個做媳婦的妄自尊大，目無尊長！

「夫人，您醒啦？」緞兒一身水紅色的衣衫，胸前是繡著菊花的抹胸，整個人看起來嬌俏可愛。

司徒錦睨了她一眼，突然發現她身邊的幾個小丫頭全都成了大丫頭了。

「什麼事情笑得這麼開心？」莫非是有了意中人了？司徒錦暗暗猜測著。

「夫人，奴婢的哥哥捎信來說，嫂嫂生了個大胖小子。奴婢的老子娘很高興，還直說是託了夫人您的福呢！」緞兒笑著解釋。

經過這麼一提醒，司徒錦總算想起來了。

緞兒的哥哥在莊子裡做管事，去年娶了娘子，一直未生育。她便尋了個方子給她，沒想到才過了一個月，就懷上了。緞兒的哥哥可是三代單傳，如今有了兒子，自然高興萬分。

「的確是天大的喜事。緞兒，妳可要回家去看看？」緞兒跟隨她多年，一直忠心耿耿，她自然要多照應些。

緞兒聽了她的話，頓時喜笑顏開。「真的可以嗎？可是夫人身邊……」朱雀如今已經離開，她若是走了，夫人身邊豈不是沒了個貼心的人？緞兒高興歸高興，但還是有些猶豫。

「放心回家吧，我這裡還有春容和杏兒呢。」司徒錦安撫著她。

緞兒點了點頭，還是有些不放心。離去之前，她特地找到春容和杏兒，叮囑了她們一番，這才拿著司徒錦賞賜的東西離開了王府。

用了些早膳，司徒錦便一門心思撲在如何實現自己的承諾上了。離中秋還有四、五日，她應該來得及進行自己的計劃。

「春容，去把管家找來。」她想著這府裡最了解王爺的，就應該是王府的管家了。

不一會兒，一個三十歲左右的男子被帶到了慕錦園。司徒錦仔細地打量了他一眼，有些不敢相信。「你就是王府的管家？」

以他的歲數來說，是不是太年輕了一些？

那管事表面上雖然恭敬，但眼中卻沒有絲毫敬意。「回世子妃的話，小的盧聰，正是王府的管家。」

司徒錦故意將他的不屑忽略，嘴角隱含笑意。這管家一看就知心高氣傲，就不知道他是仗了誰的勢了？

「盧管家這般年紀，就坐上了管家的位置，想必有些能耐。」她的話聽起來很順耳，所以那管家的神色也更加倨傲。

「世子妃有什麼吩咐儘管說，若是無事，恕奴才還有事，就不打擾世子妃休息了。」盧管家拱了拱手，垂下了眼眸。

果然是狗仗人勢！

司徒錦給了他這個評價之後，心裡便有了數。「盧管家是莫側妃提拔上來的吧？難怪這麼傲氣，居然不把主子放在眼裡。」

那盧聽身子微微一抖，沒想到她居然猜到了這層關係，不由得收起了自己的傲氣。「世子妃恐怕是誤會奴才了，奴才怎麼會如此大膽，做出如此大逆不道的事來?!奴才的確是有很多事情要辦。」

說得好聽！

司徒錦冷笑著，慢悠悠說道：「是不是，你自己心裡清楚。我不過才說一句，你就頂了三、四句。這些，都是你的主子教你的嗎？」

盧聽沒想到這世子妃竟然不是個軟柿子，態度如此堅決，不由得蹙眉。他的確是仗著莫側妃的勢力，在府裡橫行霸道，就算是王妃的人，也不敢輕易得罪他。這世子妃不過進門不到三天，就開始擺起主子的架子來了，真是不知死活。等會兒去到莫側妃那裡，他一定會好好地告上一狀，讓莫側妃替他作主。

司徒錦看到他眼裡那抹算計，喝道：「好你個大膽的奴才！居然敢藐視主子。來人，將他拿下，重打二十大板。」

話音剛落，一個嬌滴滴的聲音便從門外傳來。「唷……世子妃這是做什麼？一大清早就喊打喊殺的，也不怕犯了忌諱。」

聽到那令人不舒服的聲音，司徒錦心裡很是不快。這園子，怎麼什麼人都能隨意進了？於是瞥了一眼身旁的杏兒，無聲地詢問。

杏兒低下頭去，道：「杜小姐執意要往裡面闖，奴婢們攔不住。」

「一句攔不住，就可以推卸責任嗎？守院子的是何人，給我拖下去，杖責二十，趕出府去。這樣無能的人，王府豈能白白浪費米糧在他們身上。」司徒錦不怒而威地吩咐道。

那些跟隨著杜雨薇進來的守門人，全都變了臉色。

他們不過是收了那杜小姐一些好處，又忌憚莫側妃勢力，所以才沒有阻攔她進來，沒想到世子妃居然會為了這麼點兒小事要責罰他們。

「世子妃還真是威嚴啊！他們不過是犯了點兒小錯，妳竟要將他們打出去，也太心狠手辣了吧？若是世子知道他居然娶了個蛇蠍毒婦回來，不知道作何感想呢！雖說他們都是奴才，但咱們王府也不能不分青紅皂白，罔顧性命吧？」杜雨薇自認得體，恨不得為自己鼓掌。

她說話的同時，還不時往屋子裡瞄，似乎是在等某人讚賞。

司徒錦冷冷地瞥了她一眼，這個頭腦簡單的女人還真是不可理喻，她還真把自己當成王府的主子了？

「杜小姐妳太踰矩了，本世子妃管教院子裡的奴才，什麼時候輪到妳這個外人置喙？」說到底，她不過是一個寄居在王府的客人，憑什麼管王府的家務事？

司徒錦說得很不客氣，也沒有留絲毫情面給她。像這樣不知廉恥的女人，她絕對不會輕易饒恕。

「妳……司徒錦，妳別得意！等我進了王府的門，我定要妳好看！」杜雨薇被點到痛處，便撒起潑來。

司徒錦冷笑著回敬道：「是嗎？這麼說來，杜小姐是答應給翔公子做妾了？」

杜雨薇先是一愣，繼而惱羞成怒。「妳胡說什麼?!我什麼時候說過要嫁給龍翔那個沒出息的？我要嫁的，自然是隱世子！」

「不知羞恥。」隨著一聲冷喝，緊接著便是杜雨薇的尖叫。

司徒錦不忍地撇過頭去，杜雨薇被龍隱這麼一摔，恐怕不死也得重傷！

第七十七章 回門

看著杜家小姐以極其不雅的姿勢趴在草坪上，不少下人都忍不住抿著嘴笑了。跟隨世子身邊多年，他們自然是知道世子的脾氣，也怪這杜家小姐沒什麼眼力勁兒，竟然大言不慚妄想成為世子的女人，真是不知死活！

「將這個丟人現眼的女人扔出府去。」一聲令下，幾個隱藏在暗處的黑衣人便從天而降，將昏死過去的杜雨薇抬起，消失在眾人的視線中。

直到他們失去了蹤影，那盧管家才回過神來，一邊擦著冷汗，一邊上前請安。「奴才見過世子。」

龍隱刀鋒一樣的目光掃過他，沒有理會他，反而對院子裡的護衛吼道：「沒聽見世子妃的話嗎？將這些不懂規矩的人拖下去。」

不只是那兩個守門的，就連盧管家也不由得渾身一顫。過了好半晌，他才反應過來，一邊被人拖著，一邊高聲喊道：「世子饒命！奴才是莫側妃的人，您不能……」

「不知悔改！藐視主子，再加二十板子。」龍隱眼神一暗，怒從心起。這個膽大的奴才，到了此時還搞不清楚狀況，居然拿莫側妃來壓他，打死了也活該。

司徒錦迎上前，替他撫平眉宇間的愁緒。「不過是個奴才，何必大動肝火？春容，去將百合蓮子燉冰糖端來。」

春容乖巧地退下，不一會兒端了兩碗滋潤喉嚨、消解乾燥的湯來。

院子裡不時傳來挨打聲和哀嚎聲，在這乍暖還涼的時節，顯得格外聒噪。司徒錦搧了搧手，想要將這些煩躁給驅散。

「來人，去將那些人的嘴堵了。」龍隱所有的注意力都在自家娘子身上，她的一舉一動都在他的眼裡，自然百般呵護，不願見她心煩。

司徒錦嘴角揚起笑意，說道：「你不怪我責罰了你院子裡的人？」

那兩個守門的是他的人，她沒有知會他，就先打了，他心裡是否介意？

「不過是幾個奴才，既然膽小怕事，留著何用？」他倒是看得很透澈，並沒有因為他們的無能影響自己的心情。

雖說這些人都是他院子裡的人，但人上一百，種種色色，知人知面不知心的多了去了。就算他們是透過篩選進來的，也難保有人偷龍轉鳳，用了別的法子混進來。

司徒錦點了點頭，對他的看法很是讚賞。既是無用之人，自然留不得，只是那個盧管家有些麻煩，他是莫側妃的人，那莫側妃想必不會善罷甘休，不知道又要鬧出什麼事來。

不過，那莫側妃遲早要收拾，司徒錦倒是不怕她來找麻煩，而是她答應母妃中秋節的事，沒辦法分心理會其他事情。

「相公，向你借個人，可好？」如今，能夠找到一個有力的幫手，才是最重要的。

一聲「相公」，讓龍隱的眸子又深邃了幾分。司徒錦對他的稱呼，按照心情不同，會有很多種變化。不高興的時候，就叫他世子爺；夜深人靜的時候，她喚他隱；人前她稱呼他爺。而這相公，倒是第一次聽到。

看著她眼中那抹亮色，他的嘴角不由得勾起。看來，這丫頭是有事相求了。龍隱的心裡有股莫名的興奮，因為他的小娘子肯依賴他。

「誰？」他不廢話，只要她開口，他必然不會拒絕。

「你手下能人志士很多，隨便借兩個用用。」她知道他的實力，所謂強將手下無弱兵，因此她沒有過多的要求。

龍隱一個手勢，立刻有兩個人出現在他們面前。

「屬下見過主子、夫人。」兩個同樣身穿黑色衣衫的男子單膝跪地，恭敬地問候。

司徒錦打量了他們一眼，見他們同世子一樣不苟言笑，不由得掩著嘴笑了。果真是什麼人帶什麼樣的徒弟，這些人渾身散發出來的氣息，與龍隱還真是一模一樣。

「他們是？」雖說都是他的下屬，但至少她得知道如何稱呼他們。

不等龍隱開口，他們已經依次報上了名字。

「屬下謝堯見過夫人。」

「屬下趙霜見過夫人。」

聽了他們的名字，司徒錦「咦」了一聲。「謝堯這個名字，似乎在哪兒聽過？」

龍隱替她解惑，道：「他曾經暗中保護妳的安全，跟朱雀熟識。」

司徒錦這才反應過來，原來是聽朱雀提起過，難怪這般耳熟。

「你們各自都擅長些什麼？」知人善任是最起碼的用人哲學。

「殺人。」謝堯原先是個殺手，會的自然是殺人。而趙霜則是停頓了一下，才回稟。

「屬下擅長易容術。」

「嗯。」司徒錦滿意地點頭，她要他們辦的事，還真是需要這樣勇敢且善於偽裝的人才。

「以後你們就留在夫人身邊聽候差遣。」龍隱打量了二人一眼，直接下了命令。

那二人先是一愣，繼而低下頭應承道：「屬下遵命。」

司徒錦給了龍隱一個感激的笑容，道：「先借著用用，以後還是會讓他們跟著你。」

龍隱揮了揮手，二人立刻消失了。

「妳昨日與母妃做了什麼交易？」他不動聲色地問道，似乎在聊天氣一般輕鬆。他知道她不是個會吃虧的主兒，但要與母妃周旋，自然也不簡單。

司徒錦並未隱瞞他，便將昨晚來不及說出來的話，一股腦兒地跟他說了。

「妳要對付姓莫的女人？」他的語氣不是詢問，而是肯定。

司徒錦嬌笑如花。「怎麼，不可以嗎？」

「的確該給她一個教訓。」想到新婚之夜，那突然出現在新房裡的毒蛇，他的心就揪疼。

當時，若不是朱雀到得及時，恐怕錦兒會有性命之憂。他派人調查了一番，也知道是誰搞的鬼。「謝堯，去把那幾條竹葉青跟五步蛇送給西廂那邊當回禮。」

剛才消失得無影無蹤的人影，聽了命令後瞬間從眼前晃過，消失在屋簷上。司徒錦不得不讚嘆，有武功真好，想去哪裡就去哪裡，真是方便。

看著自家娘子那豔羡的神情，龍隱伸出手去捧起她的臉，用指腹撫摸著她光滑的臉龐。「很羡慕？」

司徒錦老實地點頭，並未意識到此刻他們的舉動有多麼不妥。

周圍的丫鬟們全都轉過頭去，面上有些泛紅。世子和世子妃的恩愛，她們都看在眼裡，可是這般光天化日之下，做出如此親密的舉動，還真是令人臉紅心跳啊！

「那改日我教妳一些防身的功夫。」儘管他立誓要守護她，不讓她受一絲傷害，但若是她想學，他也會不吝教她。

見他肯教她習武，司徒錦有一絲絲心動。

雖然只是個閨閣女子，但她也嚮往外面的大千世界。只是要在這世上行走，沒有一些防身之術是很危險的。

「你真的肯教？」她一雙眸子因期待而顯得格外清澈明亮。

「只要妳吃得了苦。」他寵溺地摩挲著她尖細的下巴，來回輕揉慢撚。

司徒錦覺得下巴處傳來一陣陣酥麻，這才意識到他們的舉動太過曖昧，頓時有些面紅耳赤，不由自主地往後躲避。一個人躲，另一個人就追，正玩得不亦樂乎之時，前院傳來一陣喧譁聲，二人才回過神來。「來得真快啊！看來，這府裡到處都是她的眼線。」

龍隱不置可否。

他一直不過問這些事，但不代表他怕他們。這些年來的刺殺行動，他都知道是誰指使的，只是他懶得理會，反正那些人也沒占到便宜。但如今不同了，他有了摯愛的妻子，將來還會有自己的孩子，自然另當別論。

「將那些喧譁之人打出去。」他不發威，還當他是紙老虎。

「是，世子。」那些忠於他的人，聽了他的命令，自然不敢說半個不字，抄起傢伙就往門口跑去。

司徒錦假裝沒聽到他說什麼，優哉游哉地喝著百合蓮子燉冰糖，愜意得不得了。

慕錦園門口

「大膽奴才，居然敢阻攔本妃，你們活膩了嗎?!」莫側妃一襲寶藍色華服，妝容精緻，一臉憤怒地站在門口大吼大叫。

那些守門的哪裡敢放她進去，拿著棍棒死守。「沒有世子的命令，誰都不能進去。」

「真是反了。」莫側妃氣不打一處來。「你們這些狗奴才，睜大你們的眼睛瞧好了，本妃可是王府的側妃，是王爺心尖上的人，你們膽敢以下犯上，就是對王爺不敬！來人，將他們拿下，打殺了！」

說著，她身後的一幫人就衝了上來，準備動手。

那些護院都是世子的人，自然不好對付，看到莫側妃要硬闖，全都虎視眈眈地擺好了架勢，隨時準備迎戰。

跟隨莫側妃而來的幾個人，都是她的心腹，對她唯命是從。可是看到這架勢，一個個都愣住了，再也不敢往前半步。「主子，這……」

「愣著幹什麼？還不給我打！」莫側妃哪裡肯低頭，此刻她被氣憤沖昏了頭腦，一門心思就想著進去教訓司徒錦那個小輩，哪裡還顧得上其他。

「可是……這裡是世子的居所，萬一惹怒了世子……」一個稍微還有些理智的手下提醒。

莫側妃冷哼一聲，道：「他算個什麼東西？那世子之位，遲早是我翔兒的！」

龍隱剛走到門口，便聽見莫側妃大言不慚地向世人昭告她的野心，臉色更加陰沈。這樣白癡的女人，居然也妄想她的兒子能夠繼承王位，真是異想天開。就憑她這點兒腦子，怎麼死的恐怕都不知道。

「好大的口氣！」他冷喝一聲，打斷了他們的爭吵。

那些守門的看到世子出來，全都跪了下去。「參見世子。」

莫側妃沒想到他會出現在這裡，不由得倒吸一口氣，身子也不由自主地微微顫抖。不知道為何，每次見到這個陰沈沈的世子時，她就有股說不出的恐懼。即使她在府裡囂張了這麼些年，還派人數次襲擊他，但只要面對他，她總是比他矮上那麼一截！他身上所散發出來的王者氣息，令人不敢直視。

莫側妃站在那裡，一時不知所措。

「剛才在此喧譁之人，全都掌嘴二十，立刻執行。」龍隱冷著一張修羅臉，毫不留情地下令道。

敢打擾他的清靜，就要承擔得起他的怒氣。

莫側妃身邊那幾個奴才，一聽說要掌嘴，全都嚇得躲到了她身後尋求庇護。他們都是嬌養慣了的，哪裡禁受得住那二十？

「娘娘救命！」

莫側妃起初還有些畏懼，但見世子這般輕視她，又要打她的奴才，仗著有王爺撐腰，她又肆無忌憚起來。「世子這般苛待下人，傳出去不好聽吧？那盧管家做錯了什麼事，竟然要重打四十大板？不管怎麼說，他也是王府的管家，是王爺和本妃的親信。都說打狗也要看主人，你這般目中無人，根本就沒有將本妃放在眼裡！」

一番理直氣壯的話，在司徒錦聽來，卻是無比可笑。

「莫側妃還真是心疼奴才，為了一個奴才，居然對世子爺大吼大叫。且不說那奴才犯了什麼事，單憑莫側妃為了那跋扈之人，不惜亂了王府規矩，那奴才就留不得。不然，若是外人知道了，指不定說出什麼難聽的話來呢！」司徒錦從世子身後走了出來，慢條斯理地說著。

「妳……妳又是什麼東西，居然敢這般跟長輩說話？妳的規矩又在哪裡？」莫側妃被羞辱得失去了理智，說出來的話難以入耳。

這便是父王喜歡的女人？

真是個不折不扣的潑婦！

司徒錦也不惱，上前一步。「人敬我一尺，我敬人一丈。莫側妃想要獲取尊重，也該先學會尊重別人才是。」

司徒錦的話顯然惹惱了莫側妃，令她失去分寸，當著眾人的面就謾罵起來。「妳算個什麼東西，竟敢如此跟本妃說話?!不過是個小婦養的，就是個下賤貨！看我不撕爛了妳的嘴！」

說著，她就要上前來動手。

以前在娘家，莫家的大夫人就是這般辱罵那些庶子女的，莫側妃從小耳濡目染，自然學了個七、八成，罵起人來十分順口。

龍隱聽見莫側妃如此謾罵自己的娘子時，手指捏得嘎嘣直響，下一刻他便站在莫側妃面前，接下來便是一陣噼哩啪啦的掌嘴聲。

「膽敢辱罵錦兒，該死！」說著，他一隻手就掐上她的脖子。

莫側妃不敢置信地瞪大眼睛，臉上一陣紅一陣白，繼而轉變為青紫色，感到呼吸困難，一雙手本能地揮舞著，卻始終無法得到解脫。

「住手！」聞訊而來的沐王爺看到眼前這一幕，大喝一聲。

龍隱似乎沒有聽見一般，手上的力道始終未鬆懈半分。

「我讓你鬆手，你聽見沒有？你這個逆子！」沐王爺見他不肯鬆開，只能衝上前去，出手相搏。

龍隱也沒有想過讓莫側妃就這麼便宜的死去，他只不過給她一個教訓而已。所以當王爺衝上來的時候，他便鬆開手，將她推倒在一邊。

莫側妃一得到自由，便哭喊著撲向沐王爺撒嬌賣乖。「王爺，救命啊！世子他不分青紅皂白將盧管家痛打一頓不說，還一再出言侮辱，如今他還要殺了妾身啊……王爺，您可得為妾身作主啊！」

真是惡人先告狀！司徒錦不屑地瞪著她。

明明就是她帶著人過來鬧事，現在卻倒打一耙，將所有錯都推到世子身上，真是會作戲！

沐王爺聽完她的哭訴，狠狠地瞪了世子一眼，喝道：「你還有何話說？」

司徒錦見王爺這般袒護著莫側妃，心中就來氣。他哪像個英明睿智的王爺？居然為了一個女人的幾句話，就胡亂將所有罪名都推給自己的兒子，真是個差勁的爹爹！

「笑話。」龍隱冷哼一聲，眼中的冷厲直逼對方。「這裡是慕錦園，可不是她的湘繡園！她自己找上門來的，倒賴上我了？」

沐王爺眼光一沈，微微沈思起來。

他說的的確不錯，若不是莫側妃帶著一幫人過來，又如何會與他起了衝突？雖說剛才他的確是想殺了莫側妃，但肯定是她觸犯了他的底線。

看著她那張腫得高高的臉頰，眼淚鼻涕一大把的，沐王爺有些嫌惡地撇過頭去，不再看她。但儘管如此，他還是少不得要為她說上幾句話。「就算她有錯在先，你也不能對她動手。怎麼說，她都是你的長輩，你這般行徑是大大的不孝！」

跟他談孝道？

龍隱不屑地冷哼。「她算哪門子的長輩？不過是個妾室罷了，也敢妄自尊大?!不知羞恥！」

沐王爺聽了他的話，呼吸一窒。

「你……真是大逆不道！你母妃就是這麼教你的嗎？」說不出什麼反駁的話來，他只好將所有責任都推到王妃身上。

這已經不是頭一次了，龍隱早已習慣他這番說辭，但司徒錦卻忍不住頻頻蹙眉，為王妃不平。

「父王，都是媳婦不好，不該責罰了莫側妃的心腹奴才。唉……那奴才不過是說了幾句不敬的話，其實也沒什麼，是兒媳小題大做了。兒媳也是一番好意，想要替莫側妃清側，免得世人說側妃娘娘縱容奴才以下犯上，這都是錦兒的錯，還請公公恕罪。」司徒錦上前主動請罪，神色看起來十分慚愧。

龍隱有些不贊同她妄自菲薄，但在她眼神示意下，只得站在一旁看戲。

沐王爺原本一肚子的火，但聽了司徒錦的請罪之詞，心裡的那股無名之火頓時熄滅了一半。她雖然處處說著自己的不是，但每一句都在指責莫側妃縱容自己的心腹對主子不敬，她不過是替她管教奴才而已。

更何況，那盧管家是王府總管，代表整個王府的形象，若他真如兒媳說的那般目無主上、蠻橫霸道，那麼四十板子還算是輕的。

否則，往後若是被外人瞧見，豈不是有損王府顏面？一個奴才，也敢欺負到主子頭上，實在罪不可赦！

「來人，將盧管家帶過來。」王爺倒也不是真糊塗，自然想弄清楚狀況後再下定論。見沐王爺腦子還算清醒，司徒錦算是寬了些心。

只不過，他總是處處針對自己的兒子，讓她有些無法理解。到底是什麼原因，讓他們父子之間勢同水火呢？

司徒錦一邊沈思，一邊想著應變之策。

盧管家被帶過來的時候，渾身是血，面色青紫，整個人去了半條命。一看到王爺和莫側妃在一旁，便自以為找到了靠山，大聲喊冤。「王爺、側妃娘娘，您要為奴才作主啊！」

莫側妃被世子掌嘴，本就懷恨在心，看到自己的人被打成那副模樣，就更加氣憤。「王爺，您瞧瞧……他們都把盧管家折磨成什麼樣了？這教他日後在府裡還有何地位和威信可言？」

莫側妃一味替自己人說話，沐王爺倒也沒說什麼，只是盯著那盧管家瞧了好一會兒，才問道：「你就是莫側妃提拔上來的管家？」

盧管家聽見王爺問話，立刻恭敬了起來。「小的盧聰，擔任王府管家已經半年了。奴才永遠都不會忘記王爺和側妃娘娘的恩惠。」

沐王爺微微蹙眉，眼睛來回在他和莫側妃之間掃了好幾次，這才不冷不熱地說道：「你犯了何事，世子竟會責罰你？」

盧管家十分委屈地唉聲嘆氣，道：「回王爺的話，奴才不過是個下人，主子所說所做都是對的，就算有錯，也都是奴才的錯。」

他這番話說得十分巧妙，雖然沒有為自己開脫，卻將世子和世子妃說成不明事理就隨意懲罰下人的惡主子。

沐王爺似信非信地打量了他兩眼，然後抬起頭來對司徒錦說道：「錦兒，妳可還有什麼話要說？」

司徒錦不慌不忙地上前福了福身，道：「兒媳說什麼都有辯解的嫌疑，既然雙方各執一詞，不如就讓當時在場的丫鬟、僕人都來說說吧。若父王覺得他們是慕錦園的奴才，不大放心，不如將王府的暗衛喚出來問問，相信他們不會欺瞞父王您的。」

莫側妃死死地瞪著司徒錦，沒想到她居然連她的後路都給斷了。

原本，只要司徒錦找自己園子裡的下人做人證，自己便可以反咬她一口，說他們都是世子的人，自然向著世子。但那些王府暗衛都是王爺的人，當然不會對他說謊。這下子，她也無法替盧聰求情了。

死死地捏著手裡的帕子，莫側妃的眼神像是淬了毒一樣，狠戾無比。

司徒錦回了她一個挑釁的眼神，便不再開口。

沐王爺將信將疑地看了司徒錦一眼，又看到莫側妃和盧管家那發青的臉色，便已經知道事情真相。看來，這盧管家還真是仗勢欺人，甚至欺到小主子身上去了，真真是沒規矩！

這樣的狗奴才，莫側妃居然還大力舉薦，真是糊塗！

「這麼說來，世子妃說的都是真的了？你膽敢以下犯上、目中無人？」面對這個長得過分粉白的青年男子，沐王爺怎麼看都有些不舒服。

他平日很少在府裡待著，對府裡的人都不甚熟悉，這個管家他更是沒見過幾次，沒想到他是個這樣不知禮數的人！王府若是交到他手裡管著，豈不是亂了套子？一怒之下，他便撤去了盧聰的管家之職，打算趕出府去，永不錄用！

莫側妃見王爺動了怒，不由得一陣心慌。「王爺，不要趕他走……」

見莫側妃如此在乎一個奴才，作為一個男人，沐王爺很是惱怒。她到底懂不懂男女之防？居然為了一個外男違背他的意思！

「莫側妃，他跟妳什麼關係，妳竟然處處維護他?!」

莫側妃心驚肉跳的同時，小心翼翼地回道：「王爺，他……他是妾身娘家的表哥。求王爺看在妾身的分上，別趕他走。表哥家破人亡，孤身一人在京城，維持生計已經是艱難。若是他有個三長兩短，日後妾身到了黃泉地府，如何跟姨母交代？」

莫側妃哭得梨花帶雨、楚楚可憐，可惜那蹩腳的藉口實在太過可笑！

莫家勢力如日中天，在京城不可小覷。既然盧聰是莫側妃娘家人，自然可以投靠莫家或三皇子，為何偏偏要賴在王府，還說得好像離開王府就活不下去一樣？真真是可笑！

龍隱眼裡也滿是鄙視，這說辭錯漏百出，也只有他的父王才會動惻隱之心。

果然不出所料，王爺在聽完莫側妃哭訴之後，便心軟了。「既然如此，那就讓他在府裡當差，只是那管家之位，還是讓老鍾先擔著吧。」

老鍾是跟隨了王爺幾十年的老僕人，也是原先的管家，只是年歲大了，想要安享晚年，才辭去了管家一職。

莫側妃見王爺沒有將盧聰趕出王府，不由得鬆了一口氣。「多謝王爺成全。」

「多謝王爺開恩，謝王爺開恩。」盧聰此刻倒是老實了很多，不再那般囂張跋扈。

司徒錦看著這戲劇化的一幕，不由得苦笑。看來，要扳倒莫側妃，還真是不太容易。即使王爺不愛這個女人，但還是寵著她的。若這事發生在母妃身上，只怕王爺早就雷霆大怒了吧？

鬧了這麼一陣，司徒錦也累了。

不管莫側妃如何怨恨她，她也懶得奉陪了。司徒錦跟王爺告了退，便轉身回園子裡去了。明日就是三朝回門，她還有很多東西要準備呢。

翌日清晨。

「杏兒，東西可收拾妥當了？」司徒錦穿戴好之後，便開始嘮叨回門的事宜了。

杏兒是個活潑開朗的女孩兒，一雙眼睛大大的，很是漂亮。這幾日服侍在夫人身邊很是妥當，因此司徒錦對她也十分倚重。

「回夫人的話，早就準備妥當了。」杏兒笑著將包袱取出來，在椅子裡放好。

「先差人將東西搬到馬車上，等用完了早膳，咱們就回太師府。」司徒錦整理著衣袖，吩咐道。

杏兒應了下來，便讓春容、春雨拿著東西出去了。

「爺去了哪裡？」一大早就不見他人影，也不知道去了哪兒，回門的日子他應該還記得吧？

杏兒剛要回答，龍隱便已大步踏進了門檻。「錦兒。」

司徒錦抬起頭來，臉上是掩飾不住的笑意。「今日是什麼日子，你可還記得？」

龍隱難得沒有繃著一張臉，說道：「妳回門的日子。」

聽到他的回答，司徒錦很是滿意，心裡也是喜孜孜的。被夫君如此呵護關注，她真的覺得很幸福。

「時辰不早了，我們用完早膳後就出發，可好？」這來來回回就要兩個時辰，女子回門一般都不在娘家過夜的，所以司徒錦想要早去早回。

儘管她很想念娘親和弟弟，但有些規矩她還是得遵守。

龍隱攬著她的纖腰回到座位上，牽著她的手，道：「妳說了算。」

這樣溫順的世子爺，也只有在面對世子妃的時候，才能見到。服侍的丫鬟們都覺察到這一點，無不為世子妃感到開心。

吃完早膳，已經是卯時過了。司徒錦迫不及待地與龍隱一道，往王府的大門口而去。那裡早已準備好了馬車，趕車的人見到世子跟世子妃出來，立刻上前去搬凳子打車簾。「小的見過世子、世子妃。」

龍隱只是輕輕地嗯了一聲，便親自攙扶司徒錦上了馬車。等到她進了馬車，他才一躍而起，跟著上去。

太師府

「錦兒怎麼還沒回來？」江氏一大早就起來收拾，準備迎接女兒跟女婿回門。可是左等右等，還是不見人影，心裡隱約有些著急。

服侍她的紫英見她這般，不由得勸道：「夫人，小姐會回來的。這時辰還早，說不定馬上就到了。」

江氏這才意識到自己太過心急了，便自我打趣道：「瞧我心急的……倒是失了分寸。」

「夫人也是想念小姐，所以才這麼急切。」紫英是個十七、八歲的大姑娘，是司徒錦親自替江氏挑選的丫鬟，很得江氏信任。

「紫英，小少爺可睡醒了？」

如今司徒念恩漸漸長大了，不能由她自己親自帶了，便交給奶娘撫養。平日裡她也得打點這府裡上上下下的事宜，見到兒子的次數也有限。

「早就起來了。想必也是想念小姐了，一大早就醒了呢。」紫英嘴巴很甜，總是能逗得江氏開心不已。

果然，江氏因為她的一席話，心情又好了起來。

自從司徒長風中風癱瘓之後，她就擔起整個府裡的重擔，雖然辛苦，卻甘之如飴。如今，府裡沒有能威脅她的人，自然過得十分舒心。即使沒有司徒長風的寵愛，那又如何？她覺得這樣逍遙自在的日子，正是她要的。唯一美中不足的，便是族裡貪心不足之人，他們恨不得將太師府的產業，都瓜分了去。
最近江氏顯得有些憔悴，也是因為這些事情。
「江氏，妳一個婦人，如何能夠打理這麼大一份家業？不如交給族裡的長輩，讓他們出面幫襯著。」
「是啊，太師府沒有一個男人，如何能支撐下去？」
「念恩還小，這家業還是先交由叔父們打理吧……」
想著那些人冠冕堂皇地說出這番話來，江氏就氣不打一處來。這太師府的產業，是司徒長風打拚出來的，憑什麼交給族裡的人？說是幫念恩先管理，等他成年後再交還給他，他們又豈是那樣好心的人？到嘴的肥肉，哪有再吐出來的理由？
這府裡上上下下這麼多人口，都仰賴司徒長風的俸祿，幸虧還有府裡各項產業支撐著。若是給了那些人，那他們還不餓肚子？
「一會兒小姐回來，不許將府裡的事情告訴她，聽見沒？」錦兒已經是嫁出去的女兒了，她不想這些煩心事還要女兒操心。
江氏的吩咐，紫英雖然聽見了，但心裡卻不贊同夫人的做法。小姐雖然出嫁了，但仍舊是司徒府的女兒，是小少爺的親姊姊。若是這太師府的產業落到外人手裡，那小少爺以後要如何生存？
「是，夫人。」她先應了下來，然後打算找個機會將風聲透露給小姐。

她可是小姐提拔上來的，自然要為小姐和少爺著想，不然豈不是辜負了小姐的期望？這樣想著，她心裡倒是踏實了不少。

王府的馬車一到太師府門口，就有丫鬟進來通報了。

江氏正要出去迎接，便見司徒錦飛奔了過來，撲入了她的懷裡。「母親，錦兒好想您。」

江氏激動得熱淚盈眶，眼角掃到她身後的隱世子，趕緊上前去見禮。「臣婦見過世子爺。」

「岳母不必多禮。」對於司徒錦在乎的人，他都相當寬厚。

江氏命人奉了茶，又拉著女兒說了好一陣話，這才派丫鬟去將癱瘓在床的老爺和幾位小姐請了過來。

司徒巧一進門，便興高采烈地跑到司徒錦的身邊，乖乖叫了聲「姊姊」，然後便立在江氏身邊不動了。

江氏替司徒巧理了理衣衫，這才說道：「巧兒還是個孩子，總是冒冒失失的……」那語氣十分慈愛，看來她是真的將司徒巧當成自己的女兒對待。司徒錦看到她們相處得這般融洽，也替司徒巧開心。

「巧兒，過來。姊姊有禮物給妳。」司徒錦向幼妹招了招手，示意她過來。

司徒巧不過是個十歲的孩子，聽說有禮物，自然欣喜異常。

司徒錦將一個套娃遞到她手裡，問道：「喜歡嗎？」

「好漂亮！謝謝姊姊。」司徒巧看著那精緻的小玩意兒，一門心思便在那上邊了。

看著她恢復了孩子的童真，司徒錦很是替她高興。原先，在李姨娘刻意調教下，司徒巧總是顯得很早熟，一點兒都不像個小孩子，惹人心疼。如今養在母親身邊，倒是活潑了不少，這也是她樂於見到的。

有她陪伴在母親身邊，她就放心了。

「回來就好了，幹麼還破費。」江氏嘴裡這麼說，其實心裡還是挺高興的。

女兒嫁到王府也幾日了，想必那邊對她不錯，否則她的氣色也不會這麼好。看女婿那無時無刻不停留在女兒身上的炙熱眼眸，她這個做母親的也就安心了。

「母親，這是女兒特地為您準備的珊瑚首飾，看看可喜歡？」司徒錦將包袱裡的東西拿出來展示。

「錦兒選的，自然沒有錯。」江氏笑得合不攏嘴。

這時，已經有下人抬了司徒長風進屋來，除了司徒雨之外的幾位小姐，居然全都到齊了。

「唷，二妹妹回來了？」一開口便是諷刺之音，不用多想，司徒錦也知道她是誰。

「大姊姊也回來了？」打從司徒芸出嫁之後，一直沒有回過司徒家，不知道出於什麼理由，她竟然會出現在司徒府。

司徒芸依舊妖嬈美麗，只是容顏有些憔悴，彷彿沒有睡好。想必她在夫家也過得不盡人意，尤其是衣袖中隱約可見的傷痕，令人不忍直視。

「二妹妹回門的日子，我怎麼能不回來呢？咱們姊妹好久沒有聚聚了，此次正好多聊聊。只是不知為何，三妹嫁人之後，便一直杳無音信，要是她也在的話，那可就熱鬧了。」司徒芸不知出於何意，說話總是拐彎抹角，聽著就讓人發慌。

司徒錦倒也沒有心虛，司徒雨上吊自殺，是她咎由自取，自己又沒有逼她，怪不得任何人。就算是司徒芸知道那嫁出去的不是司徒雨，那又如何？這指令是爹爹下的，她沒有權力質問她。

「說得也是。」司徒錦依舊笑著，但眼神中卻隱含了一絲戒備。

第七十八章　打死不退

司徒芸被司徒錦打量得心裡有些毛毛的，但只要一想到她在將軍府生不如死的日子，心中恨意便翻湧而出。

「二妹妹豐腴了不少，想必在王府過得不錯。怎麼，王妃娘娘沒有為難妳？」她的眼光在司徒錦和龍隱身上繞來繞去，最終還是忍不住帶著酸澀的口吻冷嘲熱諷起來。只要一面對司徒錦，她就無法沈住氣。

司徒嬌雖然低垂著頭，看不出什麼情緒，但司徒錦也是她恨入骨髓的人。若不是因為她，她又如何會落到如今這地步？可是她不敢再胡鬧，必須隱忍。只要她出了這個家門，她發誓，她一定會狠狠地報復！

「大姊姊就這麼見不得我好過？」司徒錦反問了一句，將司徒芸內心的陰暗面全都揭露了出來。

龍隱聽到妻子的話，不由得抬頭冷冷地盯著司徒芸不放。難道她到現在還不知道反省，還想害他的錦兒？

感受到龍隱身上那陰森森的寒氣，司徒芸不禁打了個冷顫。她勉強擠出一絲笑容來，應付道：「哪兒的話，二妹妹多想了。」

江氏見到這個不省心的長女，心裡不屑地冷哼一聲。她以為她還是這個家裡的嫡女呢，真是不知好歹！

如今司徒長風臥床不起，家裡的所有事務都由江氏握在手裡。她想要拿捏誰，就可以拿捏誰，外人根本插不上手。司徒芸以為她嫁了人，就可以不把她這個主母放在眼裡了？真是笑話！若是她再繼續這麼放肆，那麼她絕對會讓司徒芸嘗嘗她的手段。

司徒長風癱坐在躺椅上，嘴巴一直哆嗦著，不知道想說些什麼。司徒芸見狀，立馬來到他身旁，假裝孝女。「爹爹，您受苦了！沒想到幾日不見，您居然會落到如此田地！到底是誰害了您啊……」

聽著司徒芸的哭訴，司徒錦只覺得好笑。

司徒長風這樣也不是一日、兩日了，她早不來晚不來，偏偏在她回門的時候回來，還在這兒假惺惺地作戲，真真是恬不知恥！

司徒長風嘴巴裡只能發出唔唔的響動，根本聽不清楚他在說什麼。但司徒芸卻湊上前去，假裝仔細聆聽，然後一邊點頭一邊稱是。

屋子裡的人眉頭全都一凜，將所有的注意力集中到司徒長風和司徒芸身上。

「爹爹說他想念四弟了，說要接他回府。」司徒芸充當司徒長風的傳話者，將那些模糊的聲音轉化成她的意思。

司徒錦擰了擰眉，很快便恢復鎮定。

她起身，走到司徒長風身邊，問道：「爹爹，大姊姊說的可是真的？若是真如她所說，您就點點頭。」

即使不能說話，不能走路，但點頭總還可以。

司徒芸先是蹙了蹙眉，但隨即又鬆開了，似乎信心十足的樣子。果然，司徒長風在看了兩個女兒一眼之後，點了頭。

司徒錦在心裡猜測，司徒芸肯定跟司徒長風達成了什麼交易。不然，以司徒長風對司徒青的厭惡，絕對不會同意。不過，她也不急。司徒青那個敗家子，也翻不出天去，他回來了又如何，終歸不過是個庶子，也大不過江氏去。

「既然如此，母親便讓人去莊子裡將四弟接回來吧。」司徒錦轉過身去，對一臉凝重的江氏說道。

江氏不解地看著自己的女兒，半晌沒有吭聲。不過她看到司徒錦神色鎮定自若，這才輕輕地點了頭。「再過幾日便是中秋，是該一家團圓。」

司徒芸見江氏也同意了，不由得得意起來。「既然是一家人團圓，那麼周姨娘是不是也該接回來呢，爹爹？」

她問的對象不是江氏，而是成了廢人的司徒長風。

司徒錦聽到周氏，頓時明白了。原來司徒芸打的是這個主意！如今這府裡沒有男人當家，族裡的人也開始覬覦太師府的家業。司徒芸這是想利用司徒青，重新奪回江氏手中的權力啊！

若是司徒青一個人回來也就罷了，反正他不成器，也鬧不出什麼動靜來。但若周氏也回來，那可就不同了。那個女人恐怕對母親和自己恨之入骨，她又是心思縝密，一旦讓她回來，那麼即使只是個姨娘，也肯定會鬧得家宅不寧。

司徒芸果然不安好心，想要利用他們來對付母親，真是異想天開！有她司徒錦在一日，她就不會讓她的計謀得逞。

果然，司徒長風在聽了這個建議之後，又點了點頭。只不過，這一次他點頭點得不是很乾脆，似乎有趕鴨子上架的感覺。

龍隱一直沒有吭聲，只是安靜地坐在一旁。不過，他的心思也很活躍，早已猜到了司徒芸打的什麼算盤。

嘴角勾出一抹冷笑，他眼簾低垂，不知道又在設什麼局了。

江氏臉色有些不快，卻不好說什麼。司徒長風畢竟是一家之主，如今有外人在，她也不好表現得太踰矩。

「既然是老爺的意思。來人，去祠堂將周姨娘接回來。」

紫英微微一愣，繼而垂下頭，出去了。

司徒芸臉上的笑意更盛，看向司徒錦的時候，也是炫耀至極。似乎在說，看吧，還是她棋高一著吧？有了爹爹的支持，這家裡的實權，最後還是會落到她手裡！

司徒錦對於她這幼稚的示威絲毫沒有放在心上，她回到座位上，將話題轉移到自己弟弟身上。「母親，怎麼不見念恩？」

「奶娘抱出去餵奶了。」提到兒子，江氏精神這才好了些。

「是嗎？我還未見過這個弟弟呢，快叫奶娘抱出來瞧瞧。」司徒芸忽然對這個弟弟也來了興致，臉上帶著一絲不懷好意的笑容。

江氏吩咐了丫鬟幾句，不一會兒，一個少婦抱著一個胖乎乎的娃娃走了進來。

「見過老爺、夫人、大小姐、二小姐、五小姐、六小姐。」那少婦見過禮之後，便將孩子送到江氏懷裡。

此時她又見到一個陌生男子，便知是二姑爺，沐王府的世子爺，立刻跪拜了下去。「見過世子。」

龍隱臉色冷得像冰，卻未刁難她，只說了一個字。「起。」

奶娘戰戰兢兢地起身，然後退到一邊，連頭都不敢抬起來。

江氏抱著小兒子逗弄著。想起司徒錦也好幾天沒見到弟弟了，便將孩子遞到她身邊。「興許是知道妳今日回門，念恩一大早就醒了。」

看著弟弟那肉肉的小臉，還有那不斷吐著泡泡的小嘴，不禁喜笑顏開。「念恩，念恩……想姊姊不？」

念恩看著眼前這親切的笑容，格格笑了起來，還玩興大起，伸出手去抓司徒錦頭上的髮釵。

「他笑了，他笑了。」

江氏也笑了起來，臉上滿是知足。

司徒芸看著他們母子三人和睦的景象，心中很是嫉恨。若不是為了自己的計劃，她真恨不得衝上前去，撕爛他們的笑臉。

「七弟愈來愈俊俏了，真有爹爹當年的風範。」司徒巧也是欣羨不已，便也湊上前去，跟她們一道逗弄起小傢伙來。

念恩被一群女子圍著，十分享受，不禁笑得更加歡快。

屋子裡的每個人似乎都被這一幕觸動，就連那動彈不得的司徒長風，也昂起頭，掙扎著想要看兒子一眼。

司徒錦眼角掃到司徒長風的表情，便抱起弟弟，朝著他走去。「爹爹，您看，弟弟多可愛！再過一陣子，就會長牙了。」

司徒長風的眼睛突然濕潤了，似乎很是感懷。

念恩還小，看到司徒長風的長鬍子，也想抓到手裡玩。於是伸出小手，不停地揮舞著，眼看目標就在眼前，下一刻卻被另一雙手臂給抱了去。

「唷，長得不錯。」司徒芸雙手從念恩的腋下穿過去，仔細打量著眼前這酷似江氏的一張臉。

江氏見司徒芸將兒子搶了過去，不由得急了。幸好司徒錦比較冷靜，才沒讓她衝動地衝上前去。

其實，司徒錦也在猜測，為何司徒長風會那麼聽司徒芸的話。她剛才這麼做，不過是在試探而已。如今看來，司徒芸果然拿了司徒念恩做要脅。司徒長風不知道是真糊塗還是假糊塗，居然聽信司徒芸的話！

司徒長風看著大女兒將小兒子舉在半空中，整個人都僵住了，眼中還露出驚恐來。這一狀況，印證了司徒錦的猜測。

司徒芸抱了一會兒，手臂便痠了。她不屑地將孩子遞回司徒錦的懷裡，說道：「過幾日便是中秋團圓佳節，二妹妹到時候可要回來。」

準備在中秋動手？司徒錦挑了挑眉，心中已經有數。

「這是自然。」司徒錦還怕司徒芸不來呢！

幾個人索然無味地吃了一頓飯，司徒芸就離開了。江氏命人將司徒長風抬回自己的屋子，又將司徒嬌和司徒巧打發出去之後，這才留下司徒錦說起體己話。

「錦兒，妳是不是有什麼話想跟娘說？」江氏也不笨，早就看出了女兒的心思。

司徒錦也沒有隱瞞，便將心中所想說了出來。「司徒芸怕是想一石二鳥，除掉我們奪回掌家之權，她還真是打不死的蟑螂。早知道如此，當初就不將她治好了。」

「妳爹爹竟也這般糊塗，居然允了她的要求，真是……」江氏一想到司徒長風的態度，就氣得說不出話來。

司徒錦拍了拍她的手，道：「他也是沒辦法，司徒芸以念恩的性命相要脅，他自認為我們保護不了弟弟，所以才……娘放心，我會派人日夜盯著。她們若敢對念恩不利，我定讓她們不得好死。」

江氏聽了這番話，起初是震驚，繼而是哀戚。

那些人真是太可惡了！不但想要對她和錦兒不利，居然連念恩也不放過！她們好歹都是一個爹的親姊弟啊！她怎麼就那麼狠心呢？

司徒錦見她如此傷心，勸道：「娘，念恩不會有事的。」

看著女兒那堅定的眼神，江氏一把將她擁在了懷裡。有這麼個懂事的女兒在身邊，她就無比安心。

母女倆抱了好一會兒，江氏這才擦乾眼淚，轉移話題。「世子對妳可好？王府裡可有人刁難妳？」

「娘，女兒很好，他對我……也很好。」說到隱世子，司徒錦不由自主地臉紅了。

他是真的對她很好，什麼都向著她，處處為她考慮，不容任何人欺負她，就算是自己的親爹娘，他也照舊站在她這一邊。有這樣一個好夫君，她真的要謝天謝地。

看到女兒臉上的紅暈，江氏便放了心。但想到另一個問題，她又不免擔心起來。「錦兒，你們……可圓房了？」

雖然這問題有些羞人，但作為一個母親，她還是忍不住問出了口。

司徒錦臉上頓時脹紅，眼神有些閃爍起來。「娘……」

江氏笑了，見女兒一臉害羞，不由得取笑道：「沒什麼好害羞的，這都是必經之路。看來，這個女婿不錯。」

司徒錦不好意思地羞紅著臉，不斷地絞著手裡的帕子。只有在這個時候，才能看到她的女兒姿態。

江氏笑了一陣，便又嚴肅起來。「早些要個孩子，最好一舉得男，往後才有好日子過。」

江氏的勸導，司徒錦不是不懂。

可是她才十五歲，這時候就生孩子，是不是太早了點兒？她的身子都還未完全發育成熟呢，怎麼能懷身子？

「這個……得看緣分。」司徒錦輕聲開口。

經過江氏這麼一提醒，司徒錦便開始在心裡計較起來。回府之後，她一定要跟世子商量，她不想太早生孩子。

「王府不比普通人家，子嗣看得比什麼都貴重，雖然妳貴為世子妃，但若是無所出，王妃勢必會讓世子納妾，到時候……」

江氏不忍說下去。

一個女人要跟其他女人分享一個丈夫，這是多麼悲哀！可是作為女人，這些都是必須要承受的。

雖然世子現在對女兒十分體貼，沒有其他女人，但為了子嗣，他也會身不由己的。

司徒錦沈思了一會兒，便安撫江氏道：「娘，女兒有分寸的。」

江氏沈默了一會兒，又問道：「那春雨和霞兒，可還用得稱心？」

提起這兩個丫頭，司徒錦沒有多大的印象，不過既然是江氏挑選的人，應該差不到哪裡去。「還算安分，女兒暫時沒讓她們貼身伺候。」

江氏點了點頭，說道：「先觀察著，若是滿意，再提上去做大丫鬟。將來若是妳有了身子，身邊少不得要多幾個人服侍的。」

這話說得不算明顯，但司徒錦還是聽出來了一些異樣的涵義。聽母親的語氣，似乎讓她要提前備著幾個通房丫頭給龍隱。

想著要跟別的女人分享一個男人，她心中就有些不舒服。

「錦兒，男人三妻四妾實屬平常，妳……要學會承受。」江氏自然看出了她的不情願，但為了女兒好，她還是提點著。

這話，司徒錦聽著很不舒服，卻沒有反駁。江氏是她的母親，她的擔憂不是沒道理，只是她所嚮往的夫妻關係，與母親想的實在相去甚遠。她不僅要丈夫的關愛，更憧憬一生一世一雙人的美好愛情。

兩個人之間若是多了一個人，便不會幸福。

司徒錦雖然不是心胸狹窄之人，但也絕對不會接受齊人之福。若是真有那麼一天，她寧願跟世子分離，也不要受那一份氣。

母女倆談了許久，眼看著天就要暗了，司徒錦才從江氏的屋子裡出來。

龍隱雙手背在身後，靜靜地屹立在院子裡，不知道在看什麼。聽到身後的腳步聲，他回過頭來，給了司徒錦一個淺淺的笑容。「岳母終於放妳離開了？」

司徒錦抿著嘴笑了，上前去纏住他的胳膊。「等了很久？」

龍隱沒有回答，只是輕輕地撫著她耳鬢的髮絲，將它們一一捋順。「時辰不早了，回府吧？」

司徒錦點了點頭，二人便攜手朝大門方向去了。

司徒嬌從假山後面走出來，眼中滿是羨慕嫉妒。憑什麼司徒錦可以嫁這麼一個偉岸而又深情的男子，她卻要嫁給一個小小府尹的兒子？

近幾日經過她打聽，那府尹公子的一些事情，她早就一清二楚。雖說她嫁過去是正妻，但他不過是個庶子，是個沒權勢、沒本事的人。她要過的是錦衣玉食的日子，是享用不盡的榮華富貴，他又豈能給她？

兩相對比之下，高低立刻見分曉。

同樣是庶女，卻有著如此大的差別，這教她如何能嚥得下這口氣？她真的不甘心，非常不甘心！

手裡的帕子幾乎要撕爛，司徒嬌看著那離去的幸福身影，咬牙切齒。「司徒錦，總有一日，我會過得比妳好。」

沐王府

沐浴過後，司徒錦帶著一身淡淡花香，從耳房出來。她只穿了一身白色單薄中衣，頭髮也放了下來，柔順地披在肩上。

龍隱見到她頭髮滴著水珠子，便拿了一條乾淨的帕子，將她拉到床沿上坐下。然後，他細心、一點一點地，將頭髮上的水珠擦乾。那動作十分輕柔，生怕弄疼了他心愛的人兒。

司徒錦靜靜地享受著他的服侍，不由得在心中輕嘆。

有這樣一個夫君，「婦」復何求？

看她半瞇著眼睛，享受他輕柔的撫弄，聞到她身上散發出來的幽香，龍隱有些心猿意馬起來。原先沒有過女人，他從不知道軟玉溫香抱滿懷的滋味，如今成了親，有了心愛之人，每每只要一接觸她，他就難以自持。

她長得不算傾國傾城，卻有獨特的風姿。沒有妖嬈的身段，也不像有些人會耍手段，偶爾一個小動作，便讓他移不開眼睛。她的一顰一笑、舉手投足之間，自成芳華，讓他欲罷不能。

感覺到身邊人愈來愈沈重的呼吸聲，司徒錦的脖子都紅了。那溫熱的氣息噴灑在脖頸之上，痲痲癢癢的，讓她整個人都酥了。

「錦兒……」他的唇印上她如玉的耳垂，輕輕地啃咬著。

司徒錦只覺得渾身一顫，全身的力氣彷彿被抽乾，輕輕地抖了起來。一陣陣酥痲傳遍四肢百骸，讓她的意識漸漸飄遠。

「唔……」她輕嘆一聲，身子嬌軟地落在一個堅實的懷抱裡。

「錦兒……」

他欺身上來，將她翻過身子，找到她甜蜜的唇瓣，癡戀地吻了上去。

司徒錦迷濛地睜著雙眼，一雙手起初是無助地抵著他滾燙的胸膛，繼而慢慢攀上他的脖子，緊緊纏了上去。

感受到懷裡人兒的熱烈回應，龍隱吻得更加賣力了。

雙唇不斷交纏，直到司徒錦快要呼吸不過來，龍隱才放開她。癡癡地看著她嫣紅得有些腫的唇瓣，他的眸光更加深沈。

再一次覆上她的嬌唇，龍隱漸漸有些急切起來。原先還溫柔細緻的吻，漸漸變得霸道。膜拜著嬌妻溫軟的身子，他的雙唇開始轉移陣地，先是細細品嚐了晶瑩剔透的耳垂一番，繼而漸漸向下。

身子愈來愈熱，令司徒錦忍不住哼唧出聲。

聽到那猶如黃鶯般的聲音，龍隱只覺得口乾舌燥，動作也迅速起來。他快速解除二人身上所有束縛，然後迫不及待地再次捕捉那紅色的唇，深深地糾纏。

司徒錦微微閉著眼睛，全身燙得厲害。她不由自主地迎合他，感受他帶來的顫慄和深情，做出最真實的反應。

紅燭暖帳，一夜春宵。

司徒錦再次醒來的時候，發現一隻有力的手臂纏在她的纖腰上，耳旁是平緩而安詳的溫熱氣息。

這是頭一次她醒來之後，身邊的人還在沈睡。

她輕輕地挪動了一下身子，然後打量起他的睡顏來。他的確有一張令人著迷的俊逸臉龐，也難怪那些千金小姐全都巴巴地湊上來。儘管他渾身散發著逼人的寒氣，也擋不住那無窮魅力。

刀刻般的深邃五官，即使在沈睡中，也帶著難以親近的嚴肅。

司徒錦輕輕抽回手，小心翼翼地在他臉上輕撫著。這個男人，是她司徒錦此生認定的男人。

感受到臉上的酥麻感，沈睡中的男人忽然睜開眼，那幽深的眸子頓時綻放出黑色的耀眼光芒，猶如鑽石般璀璨。

「你醒啦？」司徒錦捧著他的臉，笑著問候。

龍隱側過頭，見是心愛的妻子，便將手臂一伸，將妻子攬入懷裡，讓她趴在他的胸膛之上。「怎麼不多睡會兒？」

難到他昨晚不夠努力？

見他蹙眉，司徒錦輕咬下唇。她不過是偶爾比他早醒來一回，他居然又想多了。她這身板兒，哪裡禁得起他這麼天天折騰？起初的疼痛是不存在了，但夜夜糾纏到深夜，她也是吃不消呀！

輕輕地在她頭上印上一吻，他粗啞的嗓音在她耳旁響起。「一會兒，我陪妳去府裡轉轉。」

司徒錦眼睛瞬間亮了起來。

她嫁入王府以來，還沒有機會仔細參觀王府呢！這沐王府要比太師府大了不知道多少倍，她想要逛完，還真不是一、兩天的事情。

「好。」她答得乾脆。

「再躺一會兒……」抱著她溫軟的身子，他忽然有種不想動的念頭。這樣一直抱著心愛的女人，也挺好的。

以往，他還能有超強的自制力，每日寅時起床，在院子裡練武一個時辰，然後再去書房批公文，要嘛就是去軍營坐鎮。可如今，有了這麼個美嬌娘在身邊，那引以為傲的自制力似乎變得不堪一擊。

司徒錦乖乖趴在他懷裡不動，只是一隻纖纖玉指，在他下巴處輕輕地畫著，那剛生出來的小鬍渣，摸著怪舒服的。

被司徒錦這麼一摸，龍隱發現身上某處又開始蠢蠢欲動，立即拉下她的手，急聲道：「別鬧。」

司徒錦被他的言行給嚇了一跳，不由得委屈地紅了眼眶。他從未如此跟她說過話，突然來這麼一下，還真是挺難受的。

看到司徒錦嘟著嘴，一臉委屈模樣，龍隱這才耐著性子解釋道：「我不是吼妳，只是……」

接下來的話，他說不出口，只能用行動表示。

他翻過身去，將司徒錦壓在身下，那灼熱的某處熨貼著她細嫩的大腿，這才讓她驚呼一聲，臉紅了。

「若是妳再亂動，我不能保證能否讓妳按時起床了。」他說話的時候，神色有一絲痛苦。

司徒錦知道他一直克制著自己，不想累壞了她。這男人如此體貼，她如何忍心再責怪他呢？思及此，她便伸出手去，將他的身子拉下，然後緊緊地抱住。「就抱一會兒……」

兩個人在床榻上又躺了半刻，直到門外丫鬟敲門，這才起身穿衣。

緞兒從莊子裡回來，臉上帶著若有似無的笑意。見到小姐和姑爺恩愛異常，臉上的笑容就更加燦爛了。

「爺、夫人，早膳準備好了，可要端上來？」

龍隱應了一聲，便開始洗臉漱口。司徒錦也穿好了衣服，走到梳妝檯前梳理頭髮。如今嫁了人，少不了每日盤頭髮。

緞兒讓人將飯食端進來，便去司徒錦身邊服侍了。

春容和杏兒乖巧地將碗筷擺好之後，便安靜退了出去。如今緞兒回來了，她們自然不需要貼身服侍了。

用完了早膳，龍隱突然被人叫走了，因為事情緊急，他答應陪她遊園的計劃，只好往後推了。

「去忙吧，正事要緊。」她體諒地將他送出門。

龍隱眼中有些歉意，但想到那十萬火急的書信，他不得不抽身去軍營一趟。「等我回來再陪妳逛逛。」

「嗯，好。」司徒錦笑著點頭。

龍隱匆匆離去，司徒錦忽然閒了下來。計劃被打亂，她只好再找些事情來做。「謝堯可在？」

她坐在院子裡的石凳子上，對著天空喊了一聲。

不一會兒，一個渾身被黑色包圍的男子飄然而至。「夫人有何吩咐？」

「王爺的書房，你可進去過？」為了中秋的約定，司徒錦不得不趕緊做準備。所謂知己知彼，百戰百勝，既然要幫助母妃奪寵，那麼最起碼要知道王爺的一些愛好吧？

書房重地，一般都是男人的秘密基地，女人是不能隨意進去那裡的。司徒錦相信，一定可以在那邊找到王爺一些小秘密才是！

謝堯不知道夫人要做什麼，眉頭微蹙之後，便答道：「屬下沒有去過。而且，王爺的書房不能隨意進去。」

他是王府的當家，書房重地，絕對不會容許閒雜人等進去。

司徒錦理解地點點頭，然後轉移話題問道：「你的功夫一定相當好吧？」

「尚可。」與他的主子一樣，謝堯的話也是極少。

「若是本夫人要你進去一探究竟，你敢嗎？」司徒錦將自己的想法提出來，試探他的反應。

果然，這話一出，謝堯先是一愣，繼而低下頭去。「只要夫人吩咐，屬下一定竭盡全力達成。」

「好！不愧是世子培養出來的人。記著，不要驚動任何人，只是去看看。我要知道王爺的喜好，順便看看他書房裡有沒有女子畫像之類的東西。」

謝堯不知道她到底想幹麼，只覺得她的想法實在很另類。不過既然世子讓他聽命於她，他也不便多問。

一個轉身，謝堯人影便消失在陽光下，快得讓人看不清。

司徒錦一邊讚嘆他輕功了得，一邊等著他的回覆。

此時，緞兒端著一些糕點過來，手裡還多了一個軟墊。如今天氣涼了，石凳的溫度低，她怕小姐凍著了。

「夫人，墊個軟墊，會舒服很多。」

這個體貼的丫鬟，還真是沒話說。

司徒錦笑著起身，順了她的意思。接著似笑非笑地看著緞兒，打趣道：「緞兒，妳可有了中意的對象？」

「夫人……」緞兒臉色一紅，道：「沒有，您就別取笑奴婢了……」

自從進了王府，她又改回了原來的稱呼。王府不比太師府，處處都是虎狼之人，她怕給夫人招來禍端，所以還是自稱奴婢。

見她那副嬌羞的模樣，想起剛才她躲在一旁偷看，心中便了然了。「既然沒有，那本夫人作主，給妳挑一個？」

緞兒的臉色頓時白了白，有些不自然。「奴婢……奴婢還想多陪小姐幾年。」

「就算嫁人了，也可以陪在我身邊啊！」她不依不饒地說道，一雙通透的眼睛卻直直看著她，想要逼出她的真心話。

緞兒眼眶有些泛紅，想著那人不是自己能妄想的，便默默低下頭，不再吭聲。

司徒錦見她這般委屈的樣子，頓時覺得有些心疼。她跟著自己這麼些年，一直忠心不貳，處處護著自己。基於這些原因，她早已將緞兒當成自家姊妹，不只是主僕關係。她將來嫁得好，她才能安心。

「緞兒，妳放心，我一定會讓妳幸福的。」司徒錦信誓旦旦地說道。

緞兒抬起頭，看著小姐那認真的模樣，打從心裡感激她。只是，她的一顆心早已遺失在了某人身上，以後真的能夠嫁給別人嗎？

「相信我。」司徒錦看到她那絕望的模樣，心中很難受。

不想讓主子擔心的緞兒，點了點頭，算是應付了。

司徒錦剛要說什麼，忽然見到霞兒和春雨氣喘吁吁地跑了進來。「太可怕了！好多蛇……好噁心。」

司徒錦不解地看著她們，等著她們解釋。

春雨和霞兒上前行了禮，然後便將剛才在前面聽到的一些情況說了出來。原來，西廂那邊不知道怎麼回事，竟出現了好幾條毒蛇。雖說那些毒蛇都沒咬傷人，卻將那邊幾位主子嚇得不輕。

據說莫側妃睡到半夜，被蛇纏身，頓時嚇得尖叫，連連作噩夢；陳氏則是抱著女兒在桌子上坐了一夜，怎麼都不肯下地，可見嚇得不輕；還有龍敏郡主，也是嬌滴滴的，見到那些蛇，居然嚇得暈倒了，至今昏迷不醒。

司徒錦聽著這些消息，眉頭沒皺一下。

她們這叫咎由自取！龍隱查出大婚那天，杜雨薇聽了莫側妃的命令，不安好心地在他們新房裡放蛇，龍隱這麼做，也是以牙還牙。

只是杜雨薇早讓龍隱給轟出府，也只能委屈委屈西廂那幾位，讓她們多擔待著點了。

春雨咬著下唇，一雙眼不時地在錦兒身上瞄著，似乎還有話要說。

「有什麼話直說，別藏著。」司徒錦放下手裡的醫書，說道。

「是。」春雨遲疑了一會兒，便將所聽到的那些不利於世子妃的傳言給說了出來。「現在下人都在傳，說世子妃是不吉之人。說打從世子妃進了門，這府裡就發生了這麼多禍事。還說……還說那些蛇，都是世子妃放的……」

司徒錦聽了這些流言蜚語，倒也不惱。

嘴巴長在別人身上，她堵不住她們的嘴。不過，這樣明目張膽地栽贓和藐視，卻讓人忍無可忍。

「哦？她們倒是看得起我。」

那些毒蛇，豈是她一個婦道人家可以弄到手的？惡人先告狀，說的就是她們這樣的人吧？

自己先造孽，反倒將所有過錯都推到她身上，實在不可理喻！

「她們還說了些什麼？」司徒錦見她吞吞吐吐，便知道還有後續。

春雨吞了吞口水，見司徒錦沒有發怒，這才繼續說道：「她們還說……還說世子懼內，居然為了夫人這個……這個妒婦，連個妾都不納……」

詆毀她也就罷了，居然還扯到了世子。

莫側妃的司馬昭之心，果然藏不住了！

「夫人……不生氣嗎？」春雨見她無動於衷，不由得納悶。

司徒錦瞥了她一眼，道：「生氣，這些流言蜚語就會停止嗎？」

春雨點了點頭，覺得夫人說得極是，看來是她們太過魯莽了。霞兒也是紅著臉低下頭去，不敢再吭聲。

司徒錦這是頭一次對二人訓話，也藉著這個機會，表明自己的態度。「既然跟了我，有些事情，妳們可要記好了。我不需要三心二意的奴才，若是存了別的心思，敢背叛我，休怪我不客氣！若是能像緞兒一樣懂事、忠心，那麼我也不會虧待。不但月銀比別人拿得多，將來有機會配個好人家，我也會留心。我的話，妳們可聽清楚了？」

春雨和霞兒先是臉色一白，聽到後面的話之後，才有些好轉。等到司徒錦話音一落，她們便跪了下來，表示自己的忠心。

「奴婢絕對不會背叛主子，一定忠心不貳。」

司徒錦掃了她們一眼，並沒有因為這些話改變對她們的觀感。一個人的忠心，不是靠幾句信誓旦旦的話就可以詮釋的，需要經過時間考驗，方能看出一個人是否真的可靠。她們跟著她的時日不長，司徒錦自然會根據她們以後的表現來定奪。「都起來，該做什麼就去做什麼吧。」

春雨和霞兒這才起身，恭敬地退了出去。

緞兒看著她們離去的身影，頓時皺起了眉頭。「夫人，難道您就任由那些下人亂嚼舌根了嗎？」

「我自然不會任人欺凌。」司徒錦輕輕地抿了一口茶水，無關緊要地問了一句。「舅父那邊，最近可好？」

緞兒先是一愣，繼而笑了。「還是小姐高明！舅老爺如今是御史中丞，只要他在朝上說兩句話，王爺肯定不會輕饒了那些人的。」

司徒錦給了她一個讚許的眼神，這丫頭不笨，這麼快就想到了這裡。「一入侯門深似海，我也不想鬧得大家都不愉快。但有些人，總是喜歡挑起是非，我也只好努力奉陪到底了。」

「夫人，奴婢這就請舅老爺過來。」緞兒一高興，便急著要去找救兵。

司徒錦將她叫住，道：「慢著，妳這般去請人，未免表現得太明顯了。紫嫣表姊即將出閣，日後怕是見面的機會少了……」

不等她話說完，綴兒便笑著點頭。「夫人說得極是，奴婢這就請表小姐過來敘敘舊。」

看著她如此通透，一點即通，司徒錦滿意地笑了。

第七十九章　神秘畫像

看著謝堯欲言又止的神情，司徒錦暗暗有些納悶。不過是叫他去一趟王爺的書房罷了，怎麼這副表情回來了？莫不是沒有完成任務，怕她追究？

「說吧，都探到了些什麼？」放下手頭的活兒，司徒錦往椅子裡挪了挪，等著他回話。

謝堯先是嘴皮子動了動，然後打量了一番周圍，那意思很明顯，就是有絕密的話要說，有外人在，他不好直說。

司徒錦會意，將春容和杏兒打發了出去，獨獨留下綴兒。「說吧。」

謝堯看了綴兒一眼，心中便已了然。看來，這位叫綴兒的姑娘，很是得夫人的信任，故而可以留下來。

「王爺的書房內，並沒有什麼古怪，多是些兵書和文集，再來就是一些上好武器。不過……屬下在裡面發現了一個暗門，那裡面果然如夫人所說，掛著一幅女子的畫像。」他不是個多話的人，卻是仔細周到。

司徒錦不過讓他去看一看，沒想到他竟然連暗門都找到了，更進去探了個究竟，不愧是世子的得力左右手！

「畫像？還真的有……」司徒錦喃喃自語。

這麼說來，王爺還真是另有心愛之人了？

「你可認識那畫像上的人？」她繼續追問道。

謝堯搖了搖頭，直言道：「屬下不認識。」

「那你可還記得那女子的長相？」司徒錦又問道。

謝堯沈默了一會兒，才回道：「那畫只有女子的側影，看得並不是很清楚，故而屬下認不出那人來。」

如此說來，王爺也不怎麼記得那女子的具體長相？有這麼荒謬的事嗎？對自己心愛的女人，居然記不清對方的長相，太荒唐了！

見司徒錦沒有再開口，謝堯便拱手道：「若是夫人沒什麼事，屬下告退。」

司徒錦嗯了一聲，謝堯便快速離開，轉眼就沒了身影。

等到他一走，緞兒覺得呼吸順暢了許多。她走到主子身邊輕聲問道：「他……可是說了真話？」

司徒錦似笑非笑地看著自己的心腹丫鬟，道：「妳覺得他在騙我？」

「奴婢只是覺得，既然王爺如此寶貝那幅畫，那畫上的女子定是王爺心愛之人。對於自己心愛之人，又怎麼會不記得長相呢？」她提出自己的看法。

對於她的靈秀，司徒錦暗暗讚賞。這丫頭愈來愈聰明了，照此下去，以後必定能成大器。

「他未必就在說謊。這世上，很多事情都是令人匪夷所思的。」她淡淡回應。一如她，怎麼都沒有想到自己會重生，會回到從前的時光。而自己的命運，也隨著重生有了翻天覆地的改變。

這一切，又有誰能說得清楚？

緞兒咬了咬下唇，沒有再接話，有些心不在焉。

司徒錦仔細思量著，不由得對那神秘畫像更加好奇。「緞兒，妳一會兒去問問謝堯，那女子作何裝扮，髮型又是如何。問清楚了，找個會作畫的，依照他的敘述，畫一幅畫出來。」

對於主子的吩咐，做奴婢的不敢不從。只是夫人要她去找那個冷面門神，她就有些躊躇起來。「夫人……奴婢如何能使得動他？您還是自個兒將他召來吧。」

這丫頭居然拒絕了這麼好的機會？真不知道她心裡是怎麼想的。

司徒錦嘆了一口氣，假裝生氣道：「怎麼，如今連我的話都不聽了嗎？」

緞兒一驚，繼而低下頭去。「奴婢不敢。」

「不敢的話，就照我說的話去做。下午，我就要看到那幅畫。」說完便不再理會她，逕自拿起沒繡完的袍子繼續繡了起來。

那是她為龍隱親手做的衣裳。雖然他出身皇族，不愁吃穿，可她畢竟是他的妻子，為他做衣裳，是她的本分。而且，這也是作為他細心呵護她的回報。衣裳雖然不值幾個錢，卻也是她的一番心意。

這樣想著，司徒錦臉上的笑意越發深了。

綴兒見她沒有再開口，只得硬著頭皮出去了。

晌午時分，龍隱辦完事回來，正好趕上用膳。見司徒錦坐在軟榻上聚精會神地繡著衣衫，不由得一陣心暖。

「聽丫鬟說妳繡了兩個時辰了，休息一下。」他將她手裡的活兒給拿下，心疼地幫她揉捏手臂，替她放鬆筋骨。

司徒錦揉了揉眼睛，的確有些累了。只是她一心想要早日繡完那件袍子，這才忘記了時辰，一忙就是一早上。

「你回來了。春容，去安排午膳。」

春容快步退了出去，不敢打擾主子們說話，另外幾個丫頭見到這情形，也都放下手裡的事情出去了。

「以後這些活兒交給下人做。」他捨不得她勞心勞力。

如今為了中秋的約定，聽謝堯說她已經忙活起來了，這會兒還親自動手做這些雜事，真不怕累著自己。

他的體貼關心，她如何能不知。只是，這是為他繡的袍子，她可不想假手他人。「馬上就要繡好了，你試試？」

她將衣衫抖開，在他身前比劃了一下。

龍隱眼睛瞬間閃過一絲光芒，不敢置信地開口道：「這……是給我的？」

「是啊，除了你，我還能為誰做衣裳？」司徒錦笑著打趣。

龍隱這才反應過來，滿臉欣喜地將袍子套在身上。

「唉呀，袖子有些短了，一會兒我再接一截上去。」司徒錦自言自語著，看到他穿著自己做的衣裳，心裡很是高興。

龍隱任由她在自己周圍忙來忙去，心裡被一種溫暖包圍著，無比舒服。這是妻子為他親手縫製的衣裳，即使有一些小瑕疵，他仍舊歡喜不已。就算是他母妃，也沒有想過要為他做衣裳。但他的錦兒卻想到了，這教他如何能夠不激動。

「錦兒，謝謝妳。」情動之下，龍隱一把拉住司徒錦的手，將她擁入懷裡。

司徒錦的臉一紅，對於他突如其來的熱情有些不太適應。

「夫人，午膳準備好了，可以端進來了嗎？」門外，春容和杏兒敲了敲門，輕聲詢問道。

司徒錦趕緊從他的懷裡掙脫出來，又仔細檢查了一下自己的妝容，這才顫著回答道：「端進來吧。」

幾個丫頭將飯食端到桌子上，又擺好了碗筷，這才立在一旁，伺候主子用膳。司徒錦將他脫下來的衣服摺疊好，放在一旁，這才來到桌子跟前坐下。

「事情進展如何？」他給她碗裡挾了一些肉，主動問道。

「有些眉目了，只不過還要等緞兒回來之後，才能拿主意。」她默默吃著他為她挾的菜，偶爾為他布菜。

本來用膳的時候，是不能說話的。一般向來都以「食不言，寢不語」為美德，但龍隱卻沒有要求司徒錦這些，反倒想聽她說說話。

他默不作聲的聽著她軟綿的話語，心裡很是覺得溫馨。

司徒錦吃了個八分飽，便放下碗筷。丫頭們送上溫熱的帕子和漱口水，她隨意擦了擦，便讓她們退了出去。

這時，緞兒從外面進來，手裡拿著一幅卷軸。見到世子爺回來了，立刻上前行禮。「見過爺。」

龍隱臉上沒有過多的表情，看起來依舊冷冰冰的。但只有慕錦園的丫頭知道，在夫人面前，世子爺這樣已經代表心情不錯了，因此這些丫頭也漸漸習慣了他這副冰山臉。

「這麼快就畫好了？」司徒錦有些驚訝地問道。

緞兒將卷軸展開，遞到主子面前。

「這是誰的手筆？畫得真不錯呢。」司徒錦一邊讚嘆，一邊觀察緞兒的神色。

果然，緞兒在主子問起的時候，臉上便露出一絲羞澀。「是他自己動手畫的。」

「哦？沒想到你手下竟然還有個作畫高手呢。」司徒錦將那畫遞到世子爺面前，誇讚道。

龍隱微微蹙眉，不解地問道：「這是何人所作？」

緞兒低下頭去，沒有回答。

司徒錦瞧她那樣子，便替她回答了。「還有誰，不就是謝堯嗎？」

龍隱點了點頭，然後將注意力集中到那幅畫上。「畫功是不錯，只是這女子容顏模糊，根本看不出是何人。」

「嗯。」司徒錦也贊同地點頭。

「這畫有何用意？」他將畫還給妻子，神情很是不解。

司徒錦仔細瞧了那畫幾眼，忽然覺得有些眼熟，但也只是僅僅一瞬間的感覺，再一看，又沒有任何異樣了。

「爺，你可見過這幅畫？」她抬起頭來，凝望著他。

龍隱瞥了那畫上的女子一眼，道：「不曾見過。」

司徒錦愈來愈好奇了。居然連世子都沒有見過，可見王爺多麼寶貝這幅畫了。那畫上的女子，究竟是何人？竟然能夠獲得王爺如此珍視？看來，王爺果然不是真心愛著莫側妃的！

見妻子眉頭緊皺，龍隱便伸出手去替她將眉頭撫平。「到底發現了些什麼？或許我可以幫忙。」

自成婚以來，二人的性格也明顯變了許多。原先都不是喜歡多話的人，經過這些日子的相處，倒是愈來愈有默契，話語也多了起來。

「你真的不曾見過這畫？那你可聽說過，父王鍾愛的女子是何人？」面對妻子提出的疑惑，龍隱也答不上來。「這畫與父王有何關係？難道……妳讓謝堯去了父王的書房？」

司徒錦面上一紅，以為他是在責怪自己，不禁低下頭去認錯。「我知道這有些不成體統，但答應了母妃的事，我一定要做到。」

為了他們的將來著想，她必須取得母妃的支持不可！

他有些心疼地握住她的手，道：「我並無指責的意思，只是……我從小就與父王很生疏，所以他的事我從不關心。」

聽了他的闡述，司徒錦也不禁憐憫起他的遭遇。

一個堂堂的世子，從小便不被關愛，以至於養成了現在這副冷冰冰的性子，跟任何人都不親近。怎麼說他也是王爺的親生兒子啊，王爺怎麼能將他丟棄在山上不管呢？若不是皇上下旨，恐怕這世子之位，也輪不到他來坐吧？

想到這些事情，司徒錦不禁為自己的夫君鳴不平。

「隱，以後你有我。」她動情地反握住他的手，鄭重地回道。

龍隱眸光一沈，臉上逸出一絲淺笑。也不管還有外人在，他一把將心愛之人摟在懷裡，在她的額頭上印下一吻。

丫鬟們全都羞得撇過頭去，神色頗不自然。

司徒錦也很害羞，但是此時此刻她卻柔順地依偎在他的懷裡，不想起身。「這麼說來，還是需要一番打探才行了。」

「交給我，明日便知曉。」他眼中有著絕對的自信。

司徒錦自然信得過他，便不再過問這些事情。兩個人相擁了好一會兒，司徒錦這才想起另一件事來。「你答應我要陪我在府裡逛逛的，今日有空嗎？」

妻子的要求，他必定不會拒絕。那也是他的承諾，不是嗎？

「嗯。」他應允。

司徒錦高興地雙手撐著他的胸膛，臉上滿是笑意。「那我們現在就去。」

看著她笑靨如花的模樣，他怎忍心拒絕？龍隱立刻牽著她的手，朝外走去。緞兒和春容、杏兒等人相望了一眼，這才急急忙忙地跟了上去。

王府的院子，果然夠大。逛了好幾個地方，卻仍舊只是在一個角落裡打轉。司徒錦的步子很是輕快，興致高昂，龍隱則由著她，嘴角始終含著一絲笑意。

二人在後花園的鯉魚池邊坐下，稍作休息。正有說有笑著，突然一道嫩黃色的身影從轉角處走了出來。見到他們二人時，她稍稍愣了愣，這才上前來見禮。

「師師見過師兄、世子妃。」

聽到她的稱呼，司徒錦心裡隱約有些不舒服。她擺明了拿自己當外人。叫世子師兄，是為了表示親近；稱呼她世子妃，就是沒有真心將她當成嫂子。由此看來，這姑娘還存著要嫁給世子的心思呢！

見錦兒笑容淡了下去，龍隱便有些不高興了。他冷著臉看著秦師師，很認真地說道：「她是妳師嫂。」

秦師師怔了半晌，才不情不願地喊了聲「師嫂」。

看到她那不甘願的模樣，司徒錦也沒說什麼。她的心思自己豈會不知？雖然有母妃的支持，但世子不接受，她就沒有勝算。即使硬塞給世子，以他的脾氣，恐怕碰都不會碰她一下，到時候難堪的還是她。

只是秦師師想不通這層道理，依舊用那種纏綿悱惻的眼神巴巴地望著他。

龍隱不是那種會憐香惜玉的主兒，瞧杜雨薇的下場就知道了。自上次杜雨薇被丟出府去，便再也沒有見過她。前日聽說杜家覺得這事很丟人，趕緊張羅著要給杜雨薇定親事。只不過，據說她在家裡大吵大鬧，不肯嫁人。

這秦師妹雖然是個標致的人兒，只可惜不是龍隱喜歡的類型。若她這樣的人都可以進王府，恐怕世子早就妻妾成群了。

見二人似乎不歡迎自己，秦師師臉上又露出那種楚楚可憐的表情來。

龍隱見了更加心煩，拉起司徒錦轉身要走。

「師兄，你答應過爹爹要照顧我的。」她在他們身後說道。

司徒錦眉頭微蹙，不敢相信這個女子居然會這麼大膽地說出這樣一番話來。

「王府少了妳吃還是少了妳穿了？如果不滿意，妳大可離去！」龍隱帶著一絲怒氣喝道。

秦師師被他的話一刺激，眼眶瞬間紅了。

她都已經不顧女孩兒家的顏面，主動表達了心意，他竟絲毫不為所動，還說出那麼傷人的話來。

秦師師愈想愈傷心，頓時泣不成聲。

司徒錦拉了拉龍隱的胳膊，道：「爺，師師姑娘好歹是你師妹，這樣說話，似乎太過嚴重了。」

「又不是我請她來的，若是承受不住，大可拿一筆銀子回山上去，免得在這兒礙眼。」

龍隱並未因為司徒錦的勸說而心軟，倒是愈說愈難聽了。

司徒錦嘴角微微抽搐，看來這師師姑娘又有好一陣子要躲在屋子裡舔傷口了。

情字一事，始終是把雙面刃。這師妹也真是可憐，喜歡的人不喜歡她，又沒有家人照拂，著實值得同情。

不過，同情歸同情，她還是不會心軟，將自己的丈夫讓出去。她的隱，只能是她一個人的！

果然，秦師師承受不住這個打擊，捂著臉跑開了。

看著她那略帶輕功的逃避方式，司徒錦不由得好奇。「你師妹會武功？」

龍隱不屑地冷哼。「會武功又如何，還不是個愛哭鬼。」

「你是嫌棄她愛哭？」司徒錦張大了嘴，半天合不上。

「最討厭哭哭啼啼的女人。」他仰起頭，神情嚴肅。

司徒錦噗哧一聲笑了，差點兒站不穩。原來師師姑娘是敗在這上面，還真是好笑！想她一個女俠，居然學起了大家閨秀的嬌羞，難怪龍隱每次見到她就厭惡。好好的一個女孩兒，幹麼非要為了別人而改變自己？

得不償失！

不過話說回來，她也不是什麼女強人，他怎麼又會對她上心？

「你……為何選上我？」司徒錦的嘴比腦子還快，逕自問了出來。待開了口之後，她反倒羞得無地自容。

龍隱伸手將她攬入懷裡，良久才吭聲。「因為妳夠堅強。」

簡短的幾個字，卻讓司徒錦很震驚。

他打哪裡看出她很堅強？皇上賜婚的時候，他們都沒怎麼見過，他又如何能發現她的堅強？

見她疑惑地望著自己，他才緩緩地解釋了一番。

原來，在他夜闖她的閨閣，掐住她咽喉的那一刻，那雙強自鎮定的眼眸，便深深地映入了他的心底。再後來，她的機智反應，更是讓他心動不已。

司徒錦聽他緩緩道來，心裡泛起一陣又一陣的漣漪。他竟然那麼早就喜歡她了！

臉上的紅暈愈來愈深，司徒錦將頭埋在他的胸膛，不敢抬起來。她今日實在是太大膽了，居然連這樣羞於啟齒的話都問了出來，真是沒臉見人了。

龍隱也不逼迫她，只是靜靜地擁著她。

周圍的丫鬟全都捂著嘴輕笑，卻不敢靠近，不過她們均是豔羨不已，世子和世子妃的感情還真是好！

「光天化日之下，摟摟抱抱，成何體統？」不知何時，沐王妃出現在院子裡，見到司徒錦賴在龍隱的懷裡不肯起來，便有些氣憤地打斷了二人的好事。

見到王妃駕到，眾人立刻上前行禮。

「參見王妃。」

「參見母妃。」

龍隱鬆開司徒錦，默默地立在一旁，輕聲道了一聲「母妃」。

沐王妃冷哼一聲，道：「妳是沐王府的世子妃，怎麼能如此不知禮義廉恥，大庭廣眾之下，做出這番舉動，真是……」

她都氣得無法形容了。

司徒錦知道這樣的確不太好，便低下頭去認錯。「母妃教訓得是，兒媳定會謹遵教誨，絕對不會有下一次了。」

見到她示弱，沐王妃這才覺得有了幾分顏面，說話的語氣緩和不少。「好了，起來吧。若是有下一次，可別怪我心狠，家法處置。」

司徒錦福了福身，道：「兒媳記住了。」

教訓完了司徒錦，沐王妃便將注意力集中到了兒子身上。「隱兒也是，你可是世子，一切定當以身作則，怎麼容許她胡鬧?!」

龍隱並沒有覺得有什麼不妥，說道：「情動所致，難道也有錯？」

沐王妃見兒子如此頂撞自己，覺得失了面子，臉色又沈了幾分。「話雖如此，但當著這些下人的面卿卿我我，豈不是有失身分？」

「母妃也是過來人，怎會不知道這其中的滋味？更何況，我與錦兒正值新婚，這番舉動也無可厚非，母妃難道不想早日抱孫子嗎？」龍隱理直氣壯地說道。

沐王妃一時氣結，未說完的話硬生生梗在喉嚨裡。

司徒錦不希望他們母子不和，便出來周旋道：「爺，快別說這些話了。母妃，您也別跟他計較，他就這個性子。」

「本王妃自己的兒子是個什麼性子我豈會不知，何須妳來提醒！」沐王妃心中的一口怨氣無法發洩，只好拿司徒錦出氣。

司徒錦沒想到好心勸說，反倒惹來一身腥，不由得退後了幾步。

龍隱見到司徒錦被連累，心裡很是氣憤。「這一切都是兒子的錯，母妃何必遷怒旁人？若是覺得礙眼，我們離開就是。」

說完，就要拉司徒錦走。

沐王妃見兒子處處袒護兒媳婦，更是氣惱不已。果真是有了媳婦就忘了娘，她怎麼生了這麼個不孝子！

「你、你們……」沐王妃一口氣喘不上來，差點兒跌倒。

在丫鬟們的驚呼聲中，司徒錦掙脫了龍隱的手，上前去扶住王妃的身子。「母妃，您別生氣，小心身子。」

她好不容易跟王妃達成了協定，可不想半途而廢。

給了龍隱一個暗示，龍隱百般不願地走過去謝罪。「母妃，是隱魯莽了，您……別生氣了。」

這是他第一次用這麼卑微的口氣稱呼她，倒是教沐王妃怔了好久才回過神來。「你……你肯認我這個母親了？」

司徒錦聽了這話，不由得吃驚。

他不是口口聲聲叫她母妃嗎，什麼時候不認了？王妃這是氣糊塗了嗎？可是回頭一想，龍隱之前的態度的確有些奇怪。那一聲母妃，不過是個稱呼而已，並不帶任何恭敬和真誠，如此看來，這母子關係也真是壞到了極點。

夫妻二人將王妃攙扶了起來，送到一處地方坐下來，這才稍稍寬了心。

王妃看著兒子那神情，忍不住熱淚盈眶。她盼了這麼多年，兒子終於肯跟自己親近了，但是這一切並不是因為她，而是兒媳婦示意。她這個做母親的，如何能不感慨！

「母妃，您以前可有去過什麼地方，有大片桃林的？」司徒錦沈默了良久，這才試探地問道。

雖然不確定那畫上的女子是何人，但無巧不成書，或許母妃知道一些當年的事情也說不定。

沐王妃微微一愣，回道：「妳問這個做什麼？」

司徒錦見她神情有些異常，便隨意找了個藉口道：「兒媳知道有種養顏秘方，需要桃花的花瓣做原料，故而問問母妃，哪裡可以蒐集得到大量的桃花花瓣。」

說起這個話題，王妃的警戒心便稍稍放了下來。「我倒是知道一處，只不過那裡距離京城有些遠。」

司徒錦眼睛一亮，問道：「在何處？」

「在京郊的古佛寺。」沐王妃不知道她想做什麼，但還是如實相告。

那裡，有著她最美好，卻也是最痛心的回憶。她許久沒有想起了，今日因司徒錦而再度提起，心中又隱隱痛了起來。

看到王妃神色變化萬千，司徒錦心中便有了數。不過，說起這古佛寺，她倒是挺熟悉的。上次世子約她賞花的地方，不正是那裡嗎？只是，世子是如何發現那個地方的呢？這是巧合，還是……

將這個疑問憋在心裡，司徒錦打算等四下無人時再問問龍隱。

沐王妃坐了一會兒，覺得頭有些疼，便回自己的院子去了。

倒是司徒錦，為了中秋的事情，她沒有一刻能閒著了。先不說王府這頭，太師府的事情就夠她忙了。

「隱……古佛寺的桃林，你是怎麼發現的？」一回到慕錦園，司徒錦便忍不住問了出來。

龍隱微微訝異，卻沒有瞞她。「偶然跟蹤一個人時發現的。」

「你跟蹤的是父王嗎？」她猜測道。

龍隱起初是驚訝，繼而是讚許。「不錯。妳怎麼想到的？」

「猜的。」司徒錦老實回答。

「你為何要跟蹤父王去那裡？那裡有什麼秘密嗎？」若不是重要的事情，龍隱是不會在乎的，除非那裡真的有什麼。

司徒錦的猜測一點兒都沒錯。龍隱當初跟蹤王爺去那裡，就是因為每年的那一日，他便會離開王府，單獨消失幾日。起初，龍隱並不在意，可是時間一長，他便起了疑心。後來，在某年的那一日，他悄悄跟著父王出去，便找到了那片桃林。

原先，龍隱也沒有發現什麼異常，只覺得那片桃林很是美麗，讓人心曠神怡。

不過，後來他還是發現了一些線索。

「你說父王每年那一天，都要去古佛寺的桃林大醉一場？」司徒錦不敢置信地捂著嘴，眼睛瞪得老大。

龍隱點了點頭，道：「不錯。只是，我現在仍舊不知原因為何。」

司徒錦暗忖。

看來，此事一定跟那畫上的女子有關了！只是剛才的一番試探，母妃也是三緘其口，並沒有給她確切的答案。

「隱，你說……若父王珍愛的女人，其實就是母妃，這種可能性有多大？」她提出大膽的假設。

龍隱眉頭挑了挑，道：「不太可能。若果真如此，那父王豈會連珍愛的女子都認不出來？而母妃，又如何能夠默默忍受這麼多年？」

司徒錦也覺得他分析得很有道理，只是她還是覺得這其中肯定有很多誤會。

「別胡思亂想了，明日就有眉目了。」他拉著她坐到腿上，輕攬住她纖細的腰身。他的錦兒總算是長了些肉，看來他得再接再厲，將她養胖一些。

司徒錦起先沒意識到這份親暱，等到發現的時候，又鬧了個大紅臉。

丫頭們全都退了出去，屋子裡只剩下他們二人，龍隱自然會有些親熱的舉動，若不是他待會兒還有正事要辦，他真恨不得此刻就將司徒錦拐到床上去。

抱了一會兒，龍隱才放開她。「太師府那邊，我已經派了幾個高手過去保護岳母和小舅子，妳不用擔心。」

感受到他的體貼，司徒錦很是感動。「那也不要太辛苦，晚上早些回來，我親自做一些你喜歡吃的菜。」

聽她說要親自下廚，龍隱既感動又心疼。

感動的是，他的妻子，處處都以他為先，不惜放下身段，做那些下人們做的活兒；心疼的是，她不但要操心很多事情，還要為他考慮，真是讓他覺得溫暖無比。

「別太累。」他叮囑著。

「快去吧，等你回來一道用晚膳。」司徒錦將他送到門口。

龍隱依依不捨地放開她柔嫩的手，這才大步離開了慕錦園。

等到世子一走，緞兒便拿著一封書信走了進來。「夫人，表小姐的回信。」

司徒錦將信展開，大略瀏覽了一遍。「明日表小姐要過來，妳們好生準備著。」

「是。」丫鬟們乖巧地應下了。

說起那表小姐江紫嫣，是個性格爽朗的女子，已經許了人家，不久就要出閣。因其父連升三級，官拜御史中丞，加上與沐王府搭上了一些關係，因此上門提親的人都快踏破門檻，一時華貴無比。

司徒錦聽母親說過，紫嫣表姊許的那人家，還是個侯府。雖說只是世襲的，沒什麼具體的官職，但也是殷實的世家。據說那長樂侯的大公子，是個風度翩翩的書生，才學不淺，為人也是十分謙遜有禮。紫嫣表姊有這樣一段姻緣，也是福氣。

想到自家姊妹那些婚事，司徒錦不由得扯出一抹笑容。司徒芸到如今還不懂得安分過日子，總愛招惹她，那就不能怪她不客氣了。

「緞兒，去將如風和如墨叫來。」

這兩人是朱雀派來保護她的女影衛，一直隱藏在暗處，很少出現在眾人視線裡，因此認識她們的人也只有司徒錦和緞兒。

緞兒領命出去，不一會兒，便帶著兩個勁裝打扮的女孩子進來。

「屬下如風見過夫人。」

「屬下如墨見過夫人。」

兩個十六、七歲的丫頭同時單膝跪地，恭敬地拜見。

司徒錦抬了抬手，讓她們起身。「今日叫妳們來，是有任務交代妳們。」

「請夫人吩咐。」兩人異口同聲說道。

司徒錦將手裡的信往桌子上一放，說道：「妳們二人去太師府一趟。中秋那天，我不希望看到這兩個人出現在府裡。」

緞兒將手裡的字條遞給二人。

兩人掃了一眼那字條上的名字，然後問了一句。「要死的還是活的?!」

「留一口氣就行了，不必取他們的性命。」司徒錦淡淡開口。

儘管她很想殺了那兩個人，但現在還不是時候。她倒要看看司徒芸如何收回府裡的大權，而她身後又是誰在支援。

就憑她如今的地位，斷不可能有那個本事，能夠出府就已經很不容易了，還三番兩次往太師府跑，實在不簡單！

如風、如墨對視了一眼，對司徒錦抱了抱拳便出去了。

緞兒見主子低頭沈思，便也靜靜退了出去，給她留下一個安靜的空間。

翌日用過早膳之後，江紫嫣便帶著貼身丫鬟過府來了。起初門房還不讓她進來，後來緞兒親自去迎接，才順利進來慕錦園。

「果然是王府，規矩就是嚴。」江紫嫣一見到司徒錦，便拉著她的手打趣道。

「許久不見，表姊這風姿愈來愈引人注目了。難怪那薛侯爺會放棄那麼多名門閨秀，向表姊提親。」司徒錦已經成婚，有些話說起來便較無忌憚。

那江紫嫣被她這麼一調侃，果然臉紅了。

「表妹又取笑我，不理妳了！」

司徒錦格格笑著。只有在真正親近的親人面前，她才會顯得如此輕鬆。「表姊莫要害羞，表妹不過開玩笑罷了。」

表姊妹兩個相互調侃了一番，這才問候起來。

「兩位舅父、舅母可還好？紫月表妹怎麼沒陪著表姊過來？她年紀也不小了，該議親了吧？」司徒錦想到舅父家那些人，臉上的笑容便又多了幾分。

江紫嫣一一回答，並無隱瞞，只是說到紫月那丫頭時，她不免嘆息。「提起紫月，大伯父就為此頭疼不已。」

「發生了何事？」司徒錦關切地問道。

「還不是那個楚家的浪蕩公子，不知怎的看上了紫月丫頭。前幾日鬧上門來，非要娶了紫月當姨娘！妳說氣不氣人?!」

提到楚朝陽那個紈袴子弟，司徒錦全無好感。

他居然把主意打到紫月頭上，她豈會讓他為所欲為。「妳放心，這事我會請世子幫忙，絕對不會讓他得逞的。」

「有表妹這句話，我就放心了。紫月為了此事，都哭了好幾回了。」說起自己的堂妹，紫嫣便是不忍心。

那丫頭才十三、四歲，還是個孩子，哪裡經歷過這樣的事情，一時不知道怎麼辦，整日以淚洗面，也不見了往日的活躍，真真是可憐。

司徒錦也很是喜歡那個活潑的表妹，便將她的事情放在心上。她吩咐緞兒請了世子過來，便將這事跟他說了。

重新見禮之後，龍隱提出了自己的看法。「楚家這番作為並不簡單。如今太子跟三皇子爭得你死我活，只怕太子想藉楚家拉江家下水。」

司徒錦也想到了這一層，不過她將龍隱未說完的話說了出來。「不僅如此，太子的意圖，恐怕在沐王府。」

江氏是龍隱的岳母，而江家又是隱世子一手提攜上來的，有了這層關係，太子怕是想要收服沐王府為他所用吧！

此話一出，龍隱給了她一個讚許的眼神。

「不錯，太子的確有拉攏沐王府的意思。」

江紫嫣不懂這些朝廷之事，不過大概也猜出了幾分。想到這奪嫡之爭，她便有些頭疼。

「這些事，咱們還是不要摻和的好吧？」

「可不是嗎？」

司徒錦接話道：「咱們只管過自己的日子就好了。」

至於其他事情，都與她無關。

第八十章　中秋風波

八月十五，中秋佳節。

司徒錦起了個大早，穿戴一新之後，便將連夜趕製出來的衣裳送去王妃那邊，因為她承諾今日一定要讓王爺留在王妃那邊過節不可。東西是緞兒親自送去的，司徒錦很放心，靜靜用完了早膳，便等緞兒回來回話。

「夫人……」緞兒從門外進來，眼睛有些紅紅的，臉頰也有些紅腫。

司徒錦不免大吃一驚，急切地問道：「發生了何事？」

緞兒斷斷續續將原委說了一遍，不敢抱怨。即使小姐將她當成是自己人，但說來還是個奴才，主子要打要罵，她也只能承受。

相較於她的任勞任怨，司徒錦卻十分火大。

「她這是在向我示威呢。」司徒錦冷哼一聲。

每年中秋節莫側妃都會要王爺陪她去相國寺祈福，而王爺也會順著她的意思，因此莫側妃見到緞兒送衣裳給王妃準備過節，認定司徒錦透過緞兒給自己下馬威，要轉移王爺的目光，才如此囂張，不分青紅皂白就打了緞兒。只不過，今年司徒錦斷不會讓她如願。

「她去了王爺的書房？」

綴兒捂著臉，輕聲道：「是的。」

「我昨日讓謝堯辦的差事，他可辦好了？」司徒錦繼續追問。

綴兒再次點頭，道：「都按夫人的吩咐辦妥了。」

司徒錦這才鬆了口氣，說道：「如此就沒有什麼可擔憂的。莫側妃今年怕是要形單影隻地過節了。」

見主子這般信心十足，綴兒不由得好奇起來。「夫人為何這般確信？」

都說王府裡最得寵的，便是這位莫側妃，她想要的沒有得不到的。上次雖然當眾出醜，但王爺依舊沒有追究她的責任，還是寵著她。有什麼好的東西，都往她院子裡送，可見受寵程度不一般。

司徒錦見她有些疑惑，神秘地笑了。「聽說過沒有，愈是得不到的，才愈是寶貴。」

綴兒有些不明所以地點了點頭。

「像莫側妃這樣的女人，一抓就是一大把，父王自然不稀罕。寵著她、慣著她，也是出於習慣而已。真正能讓王爺上心的，就只有那記憶中的女子。只要知道關於她的消息，他便寢食難安，徹夜難眠。我不過是動了些小手腳，故意透露一點訊息給他罷了。」

聽完她的解釋，綴兒有些明白了。

「夫人是想將王爺引到某處去？」

「是啊！所以此刻，莫側妃去了也是白去，王爺早就不在那裡了。」司徒錦篤定地說道。

緞兒這才綻露笑顏，說道：「還是夫人高明，提前做了準備。」

「這些早在意料當中，只要王妃那邊配合著一些，事情便成了。」她擔心的不是那沒腦子、驕縱成性的莫側妃，而是王妃娘娘。若是她不肯放低姿態，按照她說的去做，恐怕王爺的心還是不會到她身上去。不過，她還真是賭上了一把。若王妃真的沒有爭寵的覺醒，也不會答應自己的條件了，不是嗎？

一邊在心裡想著如何推波助瀾，一邊摩挲著手腕上的玉鐲子，司徒錦一雙靈慧的眼眸盯著某處，一動也不動。

在她思考時，緞兒是不敢打斷她的，只是安靜地守在一旁，等候她的吩咐。

龍隱踏進門檻的時候，見到的便是這樣一幅美人沈思圖。

「錦兒。」他輕喚她的閨名，冰塊臉瞬間變得柔和了起來。

緞兒福了福身，立刻奉上香茗，然後退到一邊，不敢打擾主子們說話。

司徒錦從思緒中掙脫出來，笑著上前扶住他的胳膊。「今日回來挺早的？」

「今日中秋佳節，准許休沐一日。」他握住她的手，為她取暖。

司徒錦的身子仍舊單薄，一到秋季，就開始手腳發涼。即使穿的衣服不少，但那手腳依舊沒多少溫度。

司徒錦感激一笑，道：「我已經跟母妃稟告過了，我們今日回太師府過節。」

龍隱自然依著她，反正他每年也是一個人過，今年在哪裡過都一樣。「妳決定就好。」

「母妃那邊，已經準備妥當了。只要父王看到那些桃花，相信會忍不住去一探究竟的。」她欣喜地將自己的計劃和盤托出，跟他一起分享。

「嗯。」他撫摸著她的髮鬢，說道：「有什麼要幫忙的，儘管開口。」

「暫時沒有，一切就看母妃的表現了。」司徒錦的臉蛋嫣紅，看來著實是興奮過頭了。

她沒有想到自己的計劃會如此順利！

經過一番明查暗訪，龍隱查出，當年他的父王，也就是沐王爺年輕的時候，的確有過一段刻骨銘心的戀情，只是最後兩個人並沒有在一起。後來，據說王爺曾經舉國上下尋找那個女子的芳蹤長達兩年，卻一無所獲。

後來偶遇莫側妃，不知怎麼的看順了眼，將她娶進了府。再然後，便是沈家找上門來，要他履行婚約，就這樣，沐王妃也進了門。

關於那段過去，調查出來的訊息很少，卻足以讓人震驚。

到底是什麼樣的女子，能夠讓王爺如此著迷，至今仍無法忘懷？更令人不解的是，既然雙方情根深種，卻似乎對彼此的了解甚少，否則沐王爺也不會痛苦這麼多年，早就找到那名女子了。

想著這些難解的謎題，司徒錦都覺得腦袋瓜子不夠使了。

「別操心這些事了，不是還要回太師府嗎？」將她的思緒拉回來，龍隱眼中滿是心疼。

「夫人，馬車備好了。」春雨和霞兒進來，小心翼翼地稟報道。
司徒錦從龍隱的懷裡掙脫出來，道：「走吧，回去。」

太師府

司徒芸一大早就從夫家趕了過來，這一次陪她回來的，還有她的夫君威武將軍譚梓潼。這架勢，倒是讓司徒錦有些不解。
不過，既然連這威武將軍也摻和了進來，看這其中還真是有些蹊蹺呢！
「大姊姊、大姊夫。」司徒錦儘管不待見他們，但還是照著規矩跟二人打了招呼。
譚梓潼看到隱世子，立刻上前相迎，拱手問候。「世子安好。」
「將軍客氣。」龍隱的好臉色只會給司徒錦，其他人就免談。
譚梓潼神色有些尷尬，但在下一刻便恢復如常。
「母親。」司徒錦透過二人身後，看到那抹熟悉的身影，高興地迎了上去。
抱著念恩的江氏，見到女兒、女婿，自然高興不已。按理說，這樣的節日女兒定會待在夫家，如今卻能回來陪她過節，她當然欣喜異常了。
司徒芸給了江氏一個白眼，道：「既然都回來了，有些事還是快些解決的好。」
司徒芸在人群中掃視了一番，卻不見周氏和司徒青，便問道：「怎麼不見周姨娘和四弟？」

司徒錦在心底冷笑，妳當然見不到他們，因為早在司徒芸到來之前，她已經命如風跟如墨將他們藏起來了。

她倒要看看，司徒芸的戲怎麼往下唱！

「妳周姨娘身子不適，說是要去寺裡祈福，這不，一大早就不見了人影。至於妳四弟，他約了一幫朋友喝酒去了。」江氏按照司徒錦的吩咐，不緊不慢地回答道。

司徒芸聽了這話，果然冷下臉。

她前兩日還跟周氏聯繫過，答應今日上門來對付江氏母女，沒想到這個關鍵時刻，周氏倒是躲了起來，她到底什麼意思？

譚梓潼似乎看出了些問題，在她耳邊嘀咕了兩句。

果然，司徒芸看向司徒錦母女的時候，滿是懷疑。「妳們該不是背著我，將他們二人藏起來了吧？」

司徒錦冷笑一聲，道：「大姊姊說話還真是不客氣。母親如今是太師府的當家主母，是爹爹親口承認的正妻，妳不尊稱一聲母親也就罷了，還出口誣衊，到底是何居心？我早已不是司徒府的小姐，而是王府的媳婦，我整日都待在王府，哪裡有空理會娘家的家事？母親既要照顧念恩，又要為一大家子操心，有閒工夫管他們嗎？再說了，這腿長在他們自己身上，豈是別人管得了的？」

一番話下來，司徒芸早已氣得脹紅了臉。

司徒錦從未如此大聲跟她說過話，那氣勢簡直比她這個嫡長姊還要有威嚴，頓時氣得指著她的鼻子大罵起來。「司徒錦，妳口口聲聲說我不懂禮節，妳這又是什麼態度？妳這是對嫡長姊該有的態度嗎？」

龍隱眼神一凜，喝道：「放肆！竟敢對世子妃不敬！來人，掌嘴。」

身後，王府的兩個侍衛立刻上前，就要給司徒芸掌嘴。

譚梓潼立刻擋在她面前，為司徒芸求情道：「世子，還望手下留情。」

「管好你的女人！簡直不知死活。」龍隱冷冷喝著，沒將這位大將軍放在眼裡。

譚梓潼自然是不敢跟隱世子叫板，畢竟雙方實力懸殊太大。如今皇上最依仗的，就是沐王府，他也不好得罪。

「芸兒，還不給世子賠罪。」

司徒芸死死地瞪著自己的夫君，很不甘心。

「我又沒有錯，為何要賠罪?!」

見她仍舊死性不改，不等世子來教訓，譚梓潼已經轉過身來，給了她兩巴掌。「賤婦！居然敢頂撞世子，該死！」

司徒芸捂著被打的臉，不敢置信地看著眼前這個男人。他……居然當著這麼多人的面打她？他竟敢！

「譚梓潼，你敢打我?!」

「為何打不得？妳藐視皇室，就是該打。」譚梓潼早就受不了司徒芸的囂張態度。如今當著世子的面，他自然要表現一番，給對方留下個好印象。儘管他已經投靠太子，但並不代表他就可以得罪隱世子。

更何況，隱世子還是太子極力想要拉攏的人，他們出現在這裡，也是為了實施太子的計劃，這個不知輕重的女人，就知道惹是生非，根本成不了大事！早知道如此，他就不讓她摻和到這件事情裡來了。

「世子您看……」教訓完了司徒芸，譚梓潼便覥著臉望向隱世子，希望他能夠大人大量，不跟司徒芸那個女人計較。

龍隱依舊冷著一張冰山臉，眼神凜冽得像寒冰。「她辱罵的是世子妃，不是本世子。」

這話的意思很明顯。

只要司徒錦不計較，那麼他便不再追究。

司徒芸當然也聽明白了，只是要她跟司徒錦那個小賤人道歉，她無論如何都不肯。每每只要一想到她受過的那些罪，她便對司徒錦恨之入骨，哪裡肯放低姿態，卑躬屈膝地跟她服軟。

司徒錦心想，司徒芸是怎麼都不會屈服的。果然，在瞪了她良久之後，司徒芸仍舊一動不動，沒有道歉的意思。

「妳愣在那裡做什麼？還不快給二妹妹道歉！」譚梓潼一聲怒吼。其實，他不過是做做樣子而已，從他對司徒錦的稱呼就可以知道。他這是在示好，卻也是在為自己的妻子討面子，畢竟她們是姊妹，他打的就是「親情」這張牌。

可惜，在司徒錦的眼裡，從來都不承認司徒芸是她的姊妹！

譚梓潼狠狠地瞪了司徒芸一眼，示意她快點兒做出表示。

司徒芸對於譚梓潼，還是有些忌憚的。當初嫁過去的時候，因為已經不是處子之身，故而被譚梓潼嫌棄，甚至虐待，那段日子真是生不如死。加上那個一同陪嫁過去的純兒，想盡法子勾引她的夫君，更是帶給她極大的羞辱。

眼看著那個賤婢爬上了姨娘的位置，逐漸在將軍府站穩了腳跟，她心裡又急又氣。可是譚梓潼卻寵著那賤婢，視她如敝屣，不但在肉體上虐待她，還在心理上給她難堪。

儘管如今譚梓潼對她的態度有所改變，但仍打從心底嫌棄她。若不是為了太子的大計，恐怕她連家門都踏不出一步，更別說是回娘家報仇了。

想到過去的種種，司徒芸真恨不得撲上去將司徒錦掐死。可是為了日後揚眉吐氣，她還是不得不放下身段，走到司徒錦面前，虛與委蛇地福身。「剛才姊姊魯莽了，二妹妹大人有大量，可千萬別跟姊姊計較。」

話都說到這分兒上，司徒錦戲也看夠了，便暫時放過她。「瞧將軍夫人說的，咱們不是姊妹嗎，幹麼這般生疏？」

說著，她又轉過頭去對江氏微微一笑。「母親，今兒個過節，女兒特地去醉仙樓買了月餅，怎麼不見巧兒？」

江氏原本要出口教訓司徒芸，但既然有世子為女兒作主，她也不便多說。說到司徒巧，她的臉色稍微好了一些。「她前些日子染了風寒，在屋子裡躺著呢。」

「嚴重嗎？」對於這個小妹，她還是有幾分上心的。

「沒什麼大礙，吃幾副藥就好了。」江氏坦然回道，可見問題不大。

司徒錦點了點頭，便從江氏懷裡接過弟弟念恩，對身後的人說道：「有什麼話進屋坐著說吧。」

一行人這才發現，剛才發生衝突的地方，正是太師府的大門口。而剛剛司徒芸撒潑和道歉的那一幕，不知道被多少人看了去。

司徒錦這時候才提醒她，可見是故意的。

司徒芸死死地握著拳頭，一副要吞了司徒錦的模樣，讓人覺得十分可怖。

譚梓潼拉扯了一下她的手，笑著跟了上去，龍隱卻早已隨著司徒錦的步伐，繞過走廊，進了正廳。

因為是團圓的節日，府裡的氣氛還算熱烈。

一行人進了屋，早有丫鬟準備了吃食和香茗，就連那整日躺在床榻之上的司徒長風，也頗有精神地坐在主位上。

「爹爹。」司徒錦就算再不喜歡司徒長風，但有些禮節還是不可避免。

而龍隱和譚梓潼也上前去，拱手行禮。「岳父大人。」

司徒長風在丫鬟幫助下，抬起手臂，算是回應。

司徒錦夫婦與司徒芸夫婦面對面而坐，江氏則抱著孩子，坐在司徒長風旁邊。待字閨中的司徒嬌也在，只不過樣子似乎挺憔悴，而且一直低垂著頭，不知道懷著什麼心思。江氏本想說她幾句，但又怕影響了節日的氣氛，便讓身旁的丫鬟去給她提了個醒。

司徒嬌見到姊姊們，也沒啥好臉色，淡淡問候了一聲。倒是在見到龍隱世子的時候，眼睛稍微亮了亮，只不過她在世子威嚴的氣勢壓制下，沒多久又低下頭去。

剛落坐不久，門外有丫鬟急急進來稟報道：「啟稟老爺、夫人，族長來了。」

聽到「族長」二字，江氏的心一陣慌亂。

他們還真是不識相，這麼重要的節日還要過來鬧，實在太過分了！司徒長風的臉色也好不到哪裡去。說起來，原先他身子還康健的時候，族裡哪個人不看他的臉色行事？如今他一倒下，他們便反過來給他甩臉子了。

那族長也不等人去迎接，拄著枴杖就自個兒進來了。原先他走起路來虎虎生風的，在看到在座的司徒錦夫婦之後，便稍微收斂了一些。

「世子爺也在呢。」那族長顯然是見過些世面，對龍隱並不陌生。

龍隱冷冷瞥了他一眼，並未回應。

族長的笑容凝結在唇邊，一時感到無比尷尬，而此刻司徒芸卻站了起來迎向他。「芸兒見過族長。」

司徒錦對司徒芸的行為感到可笑，卻沒有說出口，而是靜觀其變。她將族長弄過來，顯然另有目的，只不過她能否得逞，就得看她的本事了。

第八十一章　較量

「二妹妹怎麼這般不懂規矩，還不過來見過族長？」司徒芸居高臨下地望著司徒錦，以長姊的姿態教訓道。剛才被司徒錦擺了一道，她可是記在心裡，仗著有族長撐腰，她當然要扳回一城了。

司徒錦不緊不慢地放下茶盞，對著族長微微欠了欠身，道：「族長大駕光臨，有失遠迎。來人，奉茶。」

相對於司徒芸的囂張，司徒錦就顯得平和多了。

族長先是微微一愣，繼而有些不滿。他可是司徒一族的領頭人，是高高在上的長者，這司徒錦的態度，簡直沒將他這個族長放在眼裡！

「錦丫頭，雖說妳貴為世子妃，可妳還是姓司徒的。這一點，希望妳能記得。」族長以長輩的口吻，大言不慚地教訓道。

司徒錦微微挑眉，對他這倚老賣老的姿態很是不屑，就連司徒長風那面癱臉，也有了一絲異樣的扯動，胸口起伏不定。自己的女兒被教訓，他這個做父親的，自然覺得面上無光，只是他現在都這個模樣了，卻不能站出來主持公道，頓時急得眼眶泛紅。

江氏見司徒芸跟族長聯合，心中更加對她厭惡起來。若是為了自己爭也就罷了，如今還將外人扯進來，實在不孝！

這太師府，可是司徒長風一個人打拚下來的，那些狼子野心之人，早就為這太師府的家業打起主意來了，司徒芸這個白眼狼，居然幫著外人來爭奪家產，真是狼心狗肺！

「芸兒，族長一把年紀了，本該在家頤養天年。為了太師府的家事，卻讓他老人家來回奔波，實在太不孝了。」江氏也不是省油的燈，早看出了她的盤算，便先發制人，替自己的女兒解圍。

族長和司徒芸的臉色都有些難看，若不是為了長遠之計，恐怕這二人早鬧起來了。

「母親，雖說太師府的事是家事，但族長乃我司徒一族的長輩，前來做個見證，也是理所當然的。這族長都還未發話呢，母親就將族長排除在外，不大好吧？」司徒芸即使不承認江氏這主母的地位，但還是低聲下氣的喊了她一聲母親。

當然，她這麼做，也是在外人面前做做樣子罷了。

司徒錦抬眸掃了她一眼，道：「如此說來，堂堂太師府的夫人連當家作主的權力都沒有了。什麼事都由族裡的人決定，那還要分家立戶做什麼？將軍夫人也姓司徒，難道妳將軍府的事情，太師府也可以隨意過問？」

提到將軍府，譚梓潼便有些坐不住了。「二妹妹說的什麼話？芸兒不過是想請德高望重的長輩過來做個見證罷了，又沒有說要過問。」

「如此說來，倒是錦兒誤會了，真是該打。」司徒錦等的就是這句話，他一開口，她便突然轉變態度，認起錯來。

只要先將族長壓制住，那麼其他問題就好解決了。

司徒芸見司徒錦三言兩句，就將譚梓潼給鎮住了，不由得懊惱他頭腦簡單四肢發達，成事不足敗事有餘。

「難道太師府的事情，我就過問不得？」族長大人聽了譚梓潼的話，也惱了。

龍隱見這些討厭的人一進來就針對著自家娘子，臉色頓時更加陰沈。他原本不想插手，畢竟他不過是個女婿，又是堂堂王府世子，不該過問岳父家的家務事。可這些人真是太放肆，讓他不得不出聲。

「夠了。」一聲冷叱，立刻讓廳堂裡安靜了下來。

那族長本來眼高於頂，很是囂張，龍隱突然出聲喝止，他便被嚇得三魂七魄去了一半，整個人渾身一顫，差點兒摔倒在地。

世子是什麼人？那可是當今皇上兄弟的兒子，是未來的王爺！隱世子不但是皇上身邊的紅人，外界更傳言他冷血無情，是個殺人魔頭，是個不能招惹的人物！偏偏這樣一個麻煩人物，是錦丫頭的夫君、太師府的女婿。看來，芸丫頭所求之事，並不是那麼容易就能達成的。

起初，他也不想來摻和太師府的事情，只是芸丫頭一再以太師府手上幾處莊子做誘餌，讓他很是心動。如今司徒家族漸漸沒落，也是亟需金銀錢財支撐，因此他才放下面子，巴巴兒湊上來。

現在倒好，這還沒有開始說事，就惹到了隱世子，這可如何是好？他如今退出，可還來得及？族長這樣想著，在心中權衡利弊，左右搖擺不定。

司徒芸也是被嚇了一跳，不過因為有太子為她撐腰，膽子便漸漸大了起來。「世子爺，雖說你是咱們太師府的佳婿，但總的來說也是外人。這太師府的家務事，就不勞世子操心了。」

她的意圖很明顯，就是直接將他排除在外。

司徒芸心裡打的算盤是，先將世子鎮住，家裡就剩下司徒錦母女。她諒司徒錦也沒那個本事，敢跟族長抗衡，如此一來，事情就簡單多了。就算沒有周氏和司徒青在場，她也一樣能夠將管家大權給拿回來！

瞧見她眼底那抹得意之色，司徒錦嘴角忍不住向上揚起。「世子自然不會過問太師府的家事，就如譚將軍一樣。」

一句話，頓時將譚梓潼也掃地出局。

司徒芸言語一梗，她沒料到司徒錦的反應如此之快。她仔細打量著這個從未正眼瞧過的庶妹，手心傳來指甲陷入皮肉的刺痛。

司徒錦一身錦衣華服，雖然不算隆重，但那一針一線都是極好的上品。頭上、手上所配戴的首飾，全都是價值不菲的稀世珍品。反觀自個兒這個嫡姊，雖然貴為將軍夫人，但處處顯得寒酸。兩者一比較起來，除了她那張臉蛋之外，再無勝過司徒錦之處。司徒芸頓時嫉妒心氾濫，說起話來酸得可以。

「二妹妹如今貴為世子妃，倒是比以前懂事多了。以前在家做姑娘的時候，整日只知道任性胡鬧，總是惹得爹爹不快。如今嫁了人，倒是長進了不少。」

司徒錦聽她說起過去，不由得笑了。「多謝大姊姊讚譽。錦兒不過是長大了，又有爹爹母親的諄諄教誨，故而能夠改過。大姊姊從小到大都是爹爹眼中的珍寶，是太師府美名遠播的大家閨秀，只是……愈長大卻似乎愈沒長進了，讓爹爹丟盡臉面不說，還鬧得整個家族雞犬不寧。唉，爹爹如今都這個樣子了，大姊姊還不讓他老人家安心，這樣鬧騰，就不怕爹爹心寒嗎？畢竟，爹爹一向是最疼大姊姊妳的。」

這樣的酸話，難道就只有妳司徒芸一人會說？我司徒錦再也不是那個任妳欺負的小丫頭了，人敬我一尺，我敬人一丈。司徒芸這般自取其辱，就怪不得她不手下留情了！

「妳……」司徒芸像個潑婦一般，指著司徒錦的鼻子，想要罵回去，卻又說不出話來，那滑稽的模樣，說有多可笑，就有多可笑。

廳堂裡的人，都有些驚訝，除了隱世子外。

司徒長風不敢置信地看著二女兒，眼中滿是驚詫。以往，她的幾分聰慧，幾分堅毅，他都看在眼裡，覺得她長大了懂事了，倒也沒有多少驚奇。如今，看著她那般氣定神閒，三言兩語就把才名在外的大女兒給說得啞口無言，失了大家閨秀的風範，豈會不被她的氣勢給震住？

龍隱向司徒錦投去一個讚許的眼神，彷彿在說：儘管回擊，一切有我。

而司徒錦也沒有讓他失望，頓了頓又繼續說道：「今日是中秋佳節，本是個美好的日子。錦兒以為大姊姊回娘家來，是為了與家人歡度節日，沒想到卻是來找碴兒的。爹爹，女兒真替您感到不值。您說，原先那個知書達禮的大姊姊去了哪裡？該不是有人易容成大姊姊的樣子，故意給太師府難堪吧？」

司徒芸氣得直跺腳，不等司徒錦說完，便謾罵起來。「司徒錦，妳這個賤人！妳敢誣衊我?!」

司徒錦故意裝作很害怕的樣子，往椅子裡縮了縮，眼神閃爍不定。「妳真的是大姊姊嗎？大姊姊向來端莊優雅，怎會像妳這潑婦一般？」

她變相罵司徒芸潑婦，更是將司徒芸氣得快要吐血。

好好一個計劃，如今演變成這個樣子，司徒芸實在無法忍受。為什麼那個處處都不如自己的丫頭，會變得如此凌厲，還處處壓著自己一頭。她死都不甘心，也嚥不下這口氣！

族長的眼神，在兩個晚輩之間掃來掃去，權衡又權衡之後，做了最後的取捨。「芸兒，妳太不像話了！還不快些給妳二妹妹賠禮道歉？她可是世子妃。」

「世子妃？呵呵呵……」司徒芸一邊笑，一邊往後退，整個人有些瘋癲起來。

司徒錦眉頭微蹙，難道是原先那病症還沒有完全好起來，要舊疾復發了？是花弄影的醫術太差，還是他沒有盡全力？

她這樣想著的同時，譚梓潼已經走上前去，將她給拉回了椅子裡。他是軍人出身，做事一向按部就班，眼看計劃就要失敗，他不得不親自出馬，站出來說話了。「是內子的不是，還望世子妃見諒。」

「大姊夫倒是懂禮數。」司徒錦這句話，也不知道是褒是貶。族長都發話了，司徒芸卻置若罔聞，簡直就是藐視族長的威信。譚梓潼這麼晚才站出來，到底是幫司徒芸，還是在害她？

「錦丫頭，妳也有不是。芸兒終歸是妳的長姊，就算她有錯，妳也不該對長姊不敬。既然兩人都有錯，那就算扯平，我也就不計較了。趁著大伙兒都在，還是先將正事提一提吧？」族長擺出一副大人有大量的樣子，做起了和事老。

司徒錦掀起嘴角冷笑，他以為她在乎他的大度量？

平日裡，這些長輩仗著自己的身分，不知道從太師府得到了多少好處。不懂得為家族著想也就罷了，還處處貪小便宜，恨不得將太師府的產業都霸占了去。在外，還打著太師府的旗號耀武揚威。這樣的長輩，她才不稀罕！

如今司徒長風一倒下，他們便迫不及待找上門來了，美其名是要幫著處理家務，心底恐怕早就恨不得將這些產業都歸到自己名下去了吧？

哼，這般假惺惺的姿態，看著就讓人噁心！

提到「正事」二字，江氏的背脊一僵，臉色有些灰白。

司徒錦豈會不明白那是什麼事？她給了江氏一個安心的眼神，然後故作不解地問道：

「不知族長所說的正事為何？」

族長輕輕地咳嗽了一聲，用眼神示意司徒芸開口。

畢竟有外人在，他的面子還是要顧。這是太師府的家事，他雖然是長輩，但也不好過問。

司徒芸此刻正一臉狠毒地盯著司徒錦，那要吃人的模樣，看起來真真是恐怖至極。譚梓潼有些尷尬地推了推她，想讓她回過神來，可惜他推了好幾次，她都沒有反應。

司徒錦正納悶著呢，便聽見司徒嬌一聲尖叫，緊接著，司徒芸不知道從哪裡拿出一根尖利的簪子，紅著雙眼就朝司徒錦刺來。

此一變故，讓屋子裡的人措手不及。

那族長更是瞪大了雙眼，一副驚訝的模樣，半天合不攏嘴。

「司徒錦，妳這個賤人！都是妳……是妳毀了我的一切，納命來！」受到嚴重刺激的司徒芸，像個瘋子一樣，揮舞著手裡的銀簪，惡狠狠地撲向司徒錦。

此刻，她眼裡除了報仇再無其他，早就將預謀的計劃拋到了九霄雲外。

司徒錦見她發瘋似地撲過來，想要往後退已經是來不及。

那譚梓潼表面上看來像是要過去勸阻，卻不知怎麼的慢了一步，讓司徒芸搶了先。眼看著司徒芸就要得逞，一直坐在一旁未動過的隱世子突然出手了。

茶杯裡的一滴水，在他的內力作用下，頓時便成了無堅不摧的利器。那水滴急急地射出，朝著司徒芸腋下而去。只聽見哧嚓一聲，接著便是司徒芸歇斯底里的慘叫。

「啊……」她的身子被擊退好幾步，最終重重地朝後面倒了下去。

譚梓潼有心去扶，卻發現渾身無法動彈。

他抬起眼眸，一臉不敢置信地望著猶如冷面殺神的隱世子，心裡怨恨的同時，又忍不住渾身發顫。

他是故意的！

就因為他剛才一時猶豫，沒有攔住司徒芸，他便生生打斷了司徒芸的一隻胳膊，還用掌風隔空點了他的穴道。

他這是在為司徒錦出氣！

司徒錦臉色有些蒼白，卻仍舊穩穩坐在椅子裡，氣息也逐漸恢復正常。江氏怔了好一會兒，這才衝到司徒錦面前，焦急詢問。「錦兒，妳有沒有事？」

司徒錦搖了搖頭，對江氏說道：「派人去請大夫吧，大姊姊那胳膊，怕是要廢了。」

司徒芸此刻早已疼得暈死過去，臉色慘白異常。再仔細一看，她的胳膊以怪異的姿勢彎曲著，是正常人根本無法做到的程度。

她是被世子所打傷，但她欲傷人在先，因此沒人敢對世子吭聲。況且瞧世子那渾身散發的冷冽氣息，也沒人敢去招惹這個殺神。

只是一滴水，和幾乎快得讓人看不清的動作，就輕易地卸了司徒芸一條胳膊，這樣的功力，任何人都望塵莫及。

經過司徒芸這番作為一攪和，族長也沒臉再繼續留下來了，灰溜溜地尋了個理由匆匆離去。

等到族長一走，江氏便發了話。「大小姐癔症復發，還不快去請大夫。」丫鬟、婆子們忙活了起來，而譚梓潼在聽到「癔症」二字時，眼睛頓時瞪得像銅鈴。怎麼可能？司徒芸竟然有癔症？當初還讓他娶了她？

太師大人真是欺人太甚！

可是瞧著司徒長風歪著脖子，連話都說不清楚的樣子，譚梓潼也不知道這口怨氣該向誰發洩，只好閉了嘴，冷冷地注視著眼前這對夫妻。

「爺，替將軍解了穴吧？」司徒錦一邊勸導自己的夫君，一邊笑著安撫譚梓潼。「讓姊夫受驚了。唉，真沒想到，大姊姊的癔症還未痊癒，竟在這個關鍵的時候復發了。還望姊夫你……多擔待些。」

司徒錦說得極為周全，臉上浮現出十足的歉意。

譚梓潼身子一自由，便氣憤得一揮衣袖，狠狠地瞪著龍隱。

他今日所受的恥辱，總有一日會討回來，至於司徒芸這個女人，他早已厭煩。非但是隻破鞋，還是個瘋子。想著自己竟然讓她做了正妻，頓時覺得晦氣。於是，他連瞧她一眼都覺得多餘，轉身離去。

屋子裡頓時變得安靜了下來，江氏派人將司徒芸送回了原先的院子，再將司徒嬌也打發出去。

「老爺，您現在可瞧見了？那就是您一直引以為傲的好女兒。若不是有錦兒，恐怕這份家業，都要落到別人手裡去了。」江氏一邊感嘆，一邊默默流淚。

這些日子以來，她所受的委屈，全在此刻發洩了出來。

司徒錦上前去勸說了好一會兒，這才讓江氏止住了哭泣。恰在此時，王府派人來請世子和世子妃，說是王妃昏倒，王爺和莫側妃起了爭執，要他們趕緊回去。

夫妻二人互望了一眼，同時感到不解。

——未完，待續，請看文創風112《庶女出頭天》4

吉時良緣 百里堂 著 全套二冊

老天爺給了她這個大好機會！
看她怎麼收拾惡姊姊、壞小三，
然後甩掉爛男人，
讓自己活得精彩痛快——

文創風 100 上

說什麼名門閨秀生來好命的，其實都是假象！
她沈梨若沒爹疼、沒娘愛，處處吞忍才能在沈家大院艱難求生，
本以為嫁了風度翩翩的良人，就能從此擺脫悲慘人生，
哪知道手帕交和夫婿偷來暗去，還勾結她的貼身婢女陷害她——
她含恨嚥下毒酒，一縷芳魂飄啊飄～～
再睜開眼看見的卻不是奈何橋，而是五年前還未出閣時的光景！
天可憐見，讓她的人生可以重來一回，
前世欺她、侮她、輕慢她的人，這一世她都不會再忍讓，
這一次她要拋棄那些溫順軟弱，勇敢追求嚮往的自由！
為了離家出走大計，她偷偷攢錢打算開鋪子營生，
卻三番兩次遇到這奇怪的大鬍子男插手管閒事，
加上一大堆亂七八糟的陰謀算計，搞得她頭都昏了。
唉，這一世的日子，好像也沒有那麼平順好過……

文創風 101 下

上天可真是和沈梨若開了個大玩笑！
一心想挑個普通平凡的良人度過一生，這挑是挑好了，
結果樣貌普通的夫君新婚之夜才知是個傾城的絕色美男 ?!
而且原以為出身小戶人家竟成了高門大戶，讓她心情跌到谷底。
實在不是她愛拿喬或不知足，
她真的怕了那些花癡怨女又來和她搶條件優秀的夫君啊！
而且她明明選擇了和前世相反的道路，身分、際遇都大不同了，
命運卻還是讓她和前世仇人兜在一起，麻煩接二連三找上門。
瞧他們神仙眷侶的生活不順眼，真要跟她鬥是嗎？
要知道她可不是當初那個任人擺佈的軟柿子了！
況且如今的她不必單打獨鬥，
和他相攜手，她有信心面對即將襲來的狂風暴雨——

匠心獨具、妙筆生花／七星盟主

重生／宅門／言情／婚姻經營之雋永佳作！

庶女出頭天

全套五冊

人善可欺，天真與單純必須留在過去；
重生一回，計謀及陷阱都是為了自保。
這次，她要昂首闊步，走出屬於自己的另一片天！

文創風 109 1

若說她司徒錦真有什麼不可饒恕之處，就是身為庶女，
不僅不得父親喜愛，嫡母、姊妹更以欺負她為樂，
最後甚至落得遭砍頭處刑，連母親都因心碎而死在自己身邊！
她含冤受辱，走得不明不白，如何能甘心？!
幸而老天垂憐，給了她一次重生的機會，讓她能再返人間……

文創風 110 2

她司徒錦是招誰惹誰，為何重生了一回，命運依舊如此多舛？!
好在她頭腦冷靜、聰慧過人，不但逃出重重陷阱，
更將計就計、反將一軍，不但給足了教訓，
還讓那些惡人一個個啞巴吃黃連，有苦說不出，只能自認倒楣！
只不過，她的十八般武藝，在他面前全成了空氣，
他非但無視她的抗拒跟退縮，甚至得寸進尺，藉機吻了她！

文創風 111 3

原以為成親後能稍微喘口氣，享受片刻寧靜，
沒想到這王府裡除了有瞧不起自己的王妃婆婆，
還有備受王爺公公寵愛的勢利眼側妃、專門找碴的小姑跟大伯，
更過分的是，竟然住了個對夫君用情專一的小師妹！
天啊，難道她的考驗現在才正式開始？!

文創風 112 4

好不容易處理完這一團爛帳，也坐穩了當家的位置，
皇位爭奪之戰卻一觸即發，不僅王爺失蹤，世子也不知去向。
就在全府上下人心浮動之際，皇后竟下了道懿旨宣她進宮，
太子甚至親自來迎接她——這葫蘆裡賣的是什麼藥，
著實讓人丈二金剛摸不著頭腦……

文創風 113 5 完

當司徒錦準備迎接新生命到來時，卻傳來太師爹爹暴斃的消息，
母親也忽然病重，弟弟則是身體有恙。
看樣子，那些幕後黑手還不死心！這群傻瓜怎麼就是不懂，
跟她作對，就是跟她親愛的相公為敵，
膽敢打擾他們幸福過日子，挑戰冷情閻王隱世子的底限，
後果請自行負責！

機關算盡、局中有局之絕妙好手／玉井香

任何磨難，凡是殺不死她的，
終將化作她的養分，令她變得更強，
她就像懸崖上的花，牢牢抓著岩間的縫隙，
什麼風吹雨打都無法令她低頭！

豪門守灶女 全套七冊

文創風 102 1

她焦清蕙是名滿京城的守灶女，也只有良國公府的二子權神醫配得上她了，
所謂生死人而肉白骨，這個權仲白是名滿天下的神醫，連皇帝后妃都離不開他，
偏偏他超然世外、不爭世子位的態度，與她未來要走的爭權大道不同，
看來想扳倒權家大房之前，她得先收服了二房這個不成器的夫君才行吶……

文創風 103 2

這輩子她焦清蕙沒嚐過第二的滋味，到死她都是第一。
不過，人都死了，就算生前是第一又有什麼用？
這輩子她也就輸這麼一次，甚至連死都不知道是怎麼死的！
她不想再死一回，所以重生後就得好好活，活得好，並揪出凶手來！

文創風 104 3

權仲白這個人實在是有趣得緊哪，講話直來直往又任憑自己的意思而活，
焦清蕙承認，一開始自個兒的確是小瞧了他，以為他好拿捏得很，
但仔細想想，能在詭譎多變的皇宮中自由來去多年又深得君臣后妃看重，
他，又怎麼可能會是個頭腦簡單、不懂揣度人心的平凡人物呢？

文創風 105 4

焦清蕙不得不說，大嫂林氏這個人也確實算得上是個對手了，
若非天意弄人，始終生不出一兒半女來，世子位早非大房莫屬，
也因此自己一進門，林氏就急了，暗中使了不少絆子，甚至還給摸出喜脈了！
成親多年都未能有孕，二房剛娶妻就懷上了胎兒？這也太巧了吧？莫非……

文創風 106 5

焦清蕙的體質與桃花相剋，才食用攙有丁點桃花露的羊肉湯竟險些喪命！
而出事前便知道她與桃花相剋的權家人只有四個：兩個小姑、大嫂、老四。
兩個小姑就不用說了，老四早在她懷孕時便知相剋一事，要害早害了，
如此推算下來，所有的矛頭便指向了剩下的那個人——大嫂林氏！

文創風 107 6

該怎麼品評權家老四權季青這個人呢？焦清蕙一時還真有些沒底。
初時，她只覺得他是個想在大房和二房間兩邊討好之人，
但相處過後，她卻漸漸發現他不若表面上的良善無害，
相反地，他狼子獸心，竟存著弒兄奪嫂，想將她占為己有之心！

文創風 108 7 完 隨書附贈：繁體版獨家番外二篇，首度曝光！

懷璧其罪，焦清蕙手中的票號分股引來了有心人的覬覦，天家便是其一。
皇帝想方設法要吞了票號，又怕吃相太過難看，於是變著法從她這邊下手，
她一方面得跟皇帝斡旋，一方面還得追查當年想殺害她的幕後黑手，
沒想到這一抽絲剝繭，竟發現權家藏著一個連權仲白都不知道的驚人秘密……

她年紀雖輕，卻也非省油的燈！招招精彩的權謀比拚，盡在《豪門守灶女》中！

天才廚藝美少女遇上天下最挑剔刁嘴的美少年

重生的試煉．穿越的新鮮
人情的溫暖．溫柔的情意
精緻烹煮的美食佳餚，佐以專一的愛情調味，
引得你食指大動、會心一笑……

食全食美 全套八冊

真情流露派寫作大手／尋找失落的愛情

文創風 092 **1**

她對愛的癡傻竟換來寧氏全族遭到滅門之禍。
既然老天爺讓她重生，她定要好好的活一回！
從此，她不再是那個不解世事、爹疼娘寵的嬌嬌女，
她求爹答應教她廚藝，憑著過目不忘及異常靈敏的味覺，
她肯定能成為世上獨一無二的名廚。
她要避開前世所有的禍端，守護所有的親人。
她要看清楚所有人的真面目，不再受人欺瞞。
但容瑾這男人卻是她看不明白的，遇上他，她就上火……

文創風 093 **2**

這個寧汐，是長得像個精緻的娃娃似的，模樣討喜，
但她不饒人的小嘴和倔強的性子，他領教得可多了！
哼！她想山高水遠不必再見，他偏不如她的願，
要知道少了她在眼前晃，他生活可就太平淡無聊了……

文創風 094 **3**

這容瑾自大自傲，說話又毒辣，可實在太俊美了，
他只要淺淺一個微笑，都會令少女心神蕩漾。
不過迷戀他的少女之中可不包括她。
但看著他運用聰明才智地將鼎香樓炒得火紅，
她心生佩服之餘，覺得他的毒辣似乎沒那麼難忍了……

文創風 095 **4**

容瑾的出身、絕美的容貌、睿智才情……
看得愈多，就愈明白他真有高傲狂妄的資格。
她配不上出身高貴的他，可他老是來撩撥她的心，
連夜探香閨這種事他都做得出來，她根本拿他沒轍……

文創風 096 **5**

在他心裡，這寧汐什麼都好，就是太招人喜歡的這點不好！
迷了他就算了，還迷了一堆男人，
惹得他老大不痛快，吃不完的飛醋！
看來他下一步要籌劃的就是怎麼樣儘快娶她進門……

文創風 097 **6**

寧汐知道大皇子想要的是她身上所具有的神奇異能，
她不想嫁入皇室當妾，更不想容瑾為了她衝動惹禍。
如果能平安地度過這次的危難，她願意早點嫁給容瑾……

文創風 098 **7**

不能怪他性子急，娶妻這事他是一天也不想忍了！
心愛的女人遭人覬覦的感覺真是糟透了。
只要寧汐還沒娶進門，他就名不正、言不順，
無法大方地行使他作為丈夫的權益！

文創風 099 **8** 完

這次容瑾真的無法低頭了，瞧他把她寵成什麼樣？
他全然地對她坦白，她卻藏著自己的秘密，
還是關於另一個男人的，這下更是氣極了！
婚後最大的爭執於是展開，冷戰就冷戰吧……

文創風
111

庶女出頭天 3

國家圖書館出版品預行編目資料

庶女出頭天 / 七星盟主著. --
初版. -- 臺北市 : 狗屋, 民102.08-
冊 ; 公分. --（文創風）
ISBN 978-986-328-122-1（第3冊：平裝）. --

857.7　　102013493

著作者	七星盟主
編輯	連宓均
校對	黃亭蓁　黃薇霓
發行所	狗屋出版社有限公司
地址	台北市104中山區龍江路71巷15號1樓
電話	02-2776-5889～0
發行字號	局版台業字845號
法律顧問	蕭雄淋律師
總經銷	知遠文化事業有限公司
電話	02-2664-8800
初版	102年8月
國際書碼	ISBN-13　978-986-328-122-1
原著書名	《重生之千金庶女》，由瀟湘書院（www.xxsy.net）授權出版

定價250元

狗屋劃撥帳號：19001626

網址：love.doghouse.com.tw　E-mail：love@doghouse.com.tw